はなやかな哀情

崎谷はるひ

幻冬舎ルチル文庫

CONTENTS ✦目次✦

はなやかな哀情

✦カバーデザイン＝小菅ひとみ（CoCo.Design）
✦ブックデザイン＝まるか工房

イラスト・蓮川 愛✦

はなやかな哀情

都内では一等地とされる、千代田区番町《ちよだくばんちょう》の閑静《かんせい》な住宅街。

平日の昼、ひとの気配のしないマンションビルの一室をまえに、秀島慈英《ひでしまじえい》は当惑していた。

相手から呼ばれて訪れたのに、インターフォンをいくら押しても応える声がない。

「日付を間違えたか？」

つぶやいた慈英は、携帯に転送されたメールを確認した。

【――五月十三日、午後なら何時でもかまいません。下記の場所までお越し下さい】

さらに文面をスクロールすると、事務所兼自宅であるマンションの住所と、最寄り駅の書かれた説明文。念のため、携帯の時計表示で確認したが、日時も住所も合致している。

「どういうことだ？」

慈英はつぶやき、こめかみを伝った雫《しずく》に顔をしかめて手の甲でいらだたしげに拭う。東京《とうきょう》の初夏は相変わらずの異常気象を繰り返していた。五月のなかばだというのに、真夏日になったかと思えば春先の冷えこみをみせる。この日は前者にあてはまった。

長野《ながの》に暮らして、もう七年。あの涼しく穏やかな気候と澄んだ空気に身体《からだ》はすっかり慣れてしまっているのだと、こんなときに痛感する。

そもそも気乗りのしない呼び出しだ。いっそこのまま引き返そうかと思ったところで、ふっと頬に風を感じた。足下に目をやると、ドアの隙間に斜めに切ったような、ちいさな木片が挟まっていた。

（開いてる？）

試しにドアノブを引いてみると、あっさりと開く。とたん、ほのかなハーブ臭のようなものを鼻先に感じた。同時に、理由のわからないいやな予感がした。

「鹿間《しかま》さん？」

慈英は目を眇《すが》め、呼び出しをかけてきた本人の名を呼んだが、返事はやはりない。室内は暗く、慈英は奇妙な違和感を覚えた。

「やっぱりやめておけばよかったかな」

明かりをつけようかと手探りしながらつぶやいたとたん、風がドアを押した。

「えっ……」

ばん！　と音を立てて閉まったドアに一瞬どきりとする。突然の暗さに視界がきかなくなり、慈英はどうしようかと一瞬迷ったが、壁に手をつき、すり足で歩みを進めた。

玄関と室内の段差はなく、靴を脱ぐ必要はないようだ。

（住居用マンションをオフィスに改造したって感じだな）

狭い廊下を進むと、コンクリート打ちっ放しの、二十畳ほどの広い部屋に出た。

慈英は、そこで目にした光景に顔をしかめた。

（ひどい状態だな）

パーティションで区切られた一角には、応接のためらしい布張りのソファセットがある。

壁面にはガラス戸のはまったスチールキャビネットが並んでいた。部屋のなかでもっとも目立つのは、アンティークのデスク。木製の大ぶりなそれは、窓に背を向ける形でペルシャ緞通《だんつう》のうえに置かれている。

いずれも外国製らしく、一見は高級そうだが、どれもうっすらと埃《ほこり》がたまっていた。

「鹿間さん、いらっしゃらないんですか」

ふたたび慈英は声をかけたが、やはり返事はない。どういうことだ、と眉《まゆ》が寄った。

ここに慈英を呼び出した鹿間俊秋《としあき》は、かつて大手広告代理店で部長をつとめ、アート業界にも幅をきかせていた男だった。

風向きが変わったのは、彼がその広告代理店を退職してからだ。伝手《つて》を使って美術商をはじめたものの、商売はあまりうまくいかなかったらしい。

ここ数年で一気に悪化した不況も相まって、現在では相当の資産を失い、身を持ち崩したと聞いていたが、噂を裏づけるかのように、目のまえの光景はひどく荒れたものだった。

掃除をするための人手も、応対をする事務員もいないのは、誰ひとり慈英を出迎えにこないことで理解できた。

室内は妙に蒸し暑い。風を通すように玄関を開けているのも、空調がいまひとつ機能していないからだろう。ガラス戸のついたスチールキャビネットのなかには、キャンバスや素描とおぼしきものも整理されていたが、除湿器が稼働《かどう》している気配もない。

管理のずさんさには驚くほかになく、慈英は眉をひそめた。

「こんなところに絵を保存するなんて、なに考えてるんだ」

このマンションビルは外装もコンクリートだった。かなり古そうな建物であるため、断熱材などが使われているとも思えない。壁には染みのようなものも見てとれるから、結露《けつろ》がひどいことは間違いない。そんな場所で、デリケートな絵画のたぐいを保管している状況には、あきれるしかない。

しかも約束をしておきながら本人は不在。その約束というのも、メールでの一方的な通達のみ、というのはかなりおかしな話だ。

(やっぱり、こないほうがよかったのか?)

執念深い鹿間を無視して放置すると、あとあと面倒だからと出向いたものの、こうしてすっぽかしを食らうようであれば、無駄な努力だったのかもしれない。それともこれも、鹿間のいやがらせだろうか？　慈英は、疑心暗鬼《ぎしんあんき》になりかける自分にこそ、うんざりした。

「まいったな……」

ため息をついて、慈英はもういちど、室内を見まわした。

高い背もたれのある革張りチェアは、デスクに対して斜めに位置するよう置かれていて、いかにもさっきまでひとがいた、という気配がした。

(買いものにでもいってるのか？　それより、このにおいはなんだ)

慈英は鼻に皺《しわ》を寄せ、すん、と息を吸いこむ。

部屋のなかには、さきほどよりくっきりと感じるハーブ臭と、かすかなアルコールのにおいが漂っていた。これも違和感を覚えた理由のひとつだ。応接テーブルにも、鹿間のデスクにも、酒瓶らしいものは見あたらなかった。

慈英は視線をめぐらせながら室内を歩きまわり、すこし大きめに声をかける。

「鹿間さん？　いらっしゃらないんですか？」

ふと、なにかが視界の端で動いた気がした。はっとして振り返ると、カーテンが揺れていて、慈英はほっとため息をついた。

(なんだ……窓が開いていただけか)

遮光性の布ではないらしく、このマンションビルの脇にそびえている木の影が、カーテンに複雑な模様を作っている。光と影の作り出す、偶然のアートに慈英はしばし目を細めた。

頭のなかに、ふわりとイメージが浮かぶ。光、色、曖昧《あいまい》でうつくしいそれが脳内に次々と現れ、慈英は背筋がぐうっと反るような、不可思議なトランス状態に入りこんだ。

絵のイメージが浮かぶときは、いつもそうだ。脳内がマーブル状になって、現実が見えな

くなる。とらえどころのない、漠然としたそれにおちいると、慈英の年上の恋人はいつも、

『また、どっかにお出かけしてた？』とからかってくる。

慈英の脳裏に、彼のあまく秀麗な顔が鮮明に浮かんだ。

かつてつきあった誰もが不満を抱き、知りあうすべての人間に理解しがたいと突き放された慈英の悪癖を、彼はいつでも笑って許し、包みこむ。

——東京で仕事？　暑いみたいだし、気をつけていってこいよ。

見送りもできずにごめんと詫びながら、仕事に出かけていった彼は、刑事という仕事にはあまり似合わないような繊細な美貌の持ち主だ。もう三十代もなかばになろうというのに、きれいな顔は出会ったころとなんら変わりがない。それどころか年々若くなるのではないかとすら思える。徐々に慈英に気を許し、あまえることを覚えたせいだろうか。

——でも、なるべく、早く帰ってきて。

すこし寂しげな声が耳によみがえり、慈英はすっと正気に戻った。

（もう、いいか）

鹿間には後日、訪ねたが不在だったと伝えればいいだろう。こんなところで時間を浪費しているくらいなら、さっさと用事をすませて長野に戻りたい。

結論づけた慈英は、ちらちらと木漏れ日を浮かばせるカーテンに背を向け、歩きだす。

だが数歩踏みだしたところで、こつんと靴のさきにぶつかるものに気づき、立ち止まる。

「なんだ？」

足下を見おろすと、デスクのすぐまえにグリーンのガラスのボトルが落ちていた。一枚板のデスクの前板には、十五センチほどの隙間がある。さきほど室内を見渡したときにはわからなかったが、どうやら吹きこんだ風のせいでボトルが転がり出てきたらしい。

緞通のクリーム色の部分は薄いグリーンに染まっていた。くせのあるハーブのような香りの原因はこれだろう。慈英は爪先でボトルを転がし、ラベルにある文字を読んだ。

「Pernod……ああ、ペルノか」

グリーンボトルの銘柄はいかにも鹿間らしく思えて、慈英はかすかに鼻白《はなじろ》んだ。

ペルノ・アブサンは十九世紀末のフランスで流行した酒で、ゴッホやボードレールなど芸術家たちが好んでたしなんだと言われている。原料に使用されたニガヨモギの中毒性が麻薬より重いとされ、生産が禁止された歴史を持つ強い酒だ。現在では成分を見なおされ、ハーブなどをブレンドしたものもあるが、味はくせが強く、慈英はうまいと思ったことがない。

「鹿間さんらしいチョイスだな」

なにごともスタイル重視の彼らしいとため息をつき、ボトルを拾いあげるために屈みこんだ慈英は、前板の隙間に奇妙なものを見た。

「……え？」

革靴の底だ。片方の爪先は天を向き、片方は横に倒れている。そして――その靴のさきには、誰かの脚が続いていた。ぎょっと慈英の顔から血の気が引く。どういうことだと目をしばたたかせ、あわててデスクをまわりこんだ。

「鹿間さん!?」

革張りチェアの足下に、頭から血を流して倒れているのは鹿間だったとわかったとたん、一瞬で背中に冷や汗が流れ、首筋が総毛立つ。

「鹿間さん、どうして！」

慈英は彼に駆けより、反射的にその身体を揺さぶろうとしてやめた。どういう事情かわからないが、鹿間が頭を打っているのはたしかだ。なにか衝撃を与えて、悪化させてはまずい。

七年ぶりの対面にしては、あまりにショッキングな光景だった。敵対関係にあった相手とはいえ、こんな状況は想定外だ。

臣と出会ってから、何度か事件に巻きこまれたり、現場を検分するのにつきあったこともある。だいぶ免疫がついたつもりでいたけれど、さすがに血まみれで意識のない人間を直に見るのははじめてだ。かすかに手が震え、ごくりと息を呑む。

「とにかく、救急車だ。電話、１１９番……」

慈英は気を落ちつかせようと深呼吸し、これからの行動を口に出して確認した。

ジーンズの尻ポケットに入れておいた携帯電話を取りだし、手早く１１９と入力する。

通話をオンにしようとしたところで、鹿間の身体の横に転がっているものを見つけた。切り子の厚手のグラスがふたつと、その横には血のついた外国製のミネラルウォーターの瓶。

「これで殴られたのか」

無骨なデザインのガラス瓶にヒビが入っている。どうやら誰かとここで飲んでいたらしい。グラスは厚手の緞通のおかげか割れてはいなかった。緞通は零《こぼ》れた酒をかなり吸いこんでいるらしく、揮発《きはつ》したアルコールのにおいが強い。そして額からこめかみに流れる血の色も、まだなまなましく赤い。

(ということは、殴られてから、そんなに時間は経ってない?)

鹿間はぴくりともせず、声も立てることはない。息があるのかたしかめようと口元に手を伸ばしたそのとき、背後でふたたび影が大きく揺らぎ、慈英ははっとした。

「え?」

振り返るより早く、慈英の頭部になにかが振り下ろされた。

硬く重いその衝撃を受け、反撃することもできないまま倒れこんだ慈英は、デスクの硬い側面にさらに頭をぶつけた。声も出せないまま頭を抱えると、指先にぬるりとした感触があり、こめかみが血で濡れていることがわかった。

(いったい、なぜ、どうして)

混乱する慈英の耳に、ぜいぜいと音が聞こえた。頭が痛くて、崩れ落ちるように床にうずくまる。狭まった視界の端に、汚れた靴のさきと、肩で息をしている人間のシルエットだけが映っている。それも、重くなってくる瞼《まぶた》にふさがれ、曖昧にぼやけてくる。

慈英のまえに誰かが立つ気配がした。

「すまん。あ、あんたを巻きこむつもりじゃなかった。怪我、させて悪かった」

相手をたしかめるために見あげようにも、全身にまったく力がはいらない。しゃがれた男のわななく声が、頭上から落ちてくる。

「あ、あ、あんたの『……』を、もらってく。悪い。ほ、本当にすまん。許してくれ」

「な……に？」

口ごもる男の言葉は、はっきりと聞きとれなかった。強烈な痛みのおかげか耳鳴りがひどく、息を荒らげた男の声も、震えてかすれていた。

ただ、「すまん、すまん」と繰り返すことで、慈英の『なにか』を奪う気だと、それを詫びていることだけはわかる。相手の恐慌状態に不安が募り、起きあがろうとする手がすがるものを探すけれど、眩暈《めまい》がひどくて上下左右の判断すらつかない。

焦る慈英の耳に、かすれわななく声がまた聞こえた。

「こ、こうするしかなかったんだ。もう、これしか……ほかには、なにもないんだ」

「ま……て」

いったいなんのことだと問いたかった。どうして自分をこんな目に遭わせたのかも。

けれど慈英はうめくような声しか発することができなかった。殴り倒されたまま、どうにか机によりかかっていた身体が、ずるずると床に崩れ落ちる。

(痛い。割れる。頭が割れる)

かすむ意識の奥で、慈英はコンクリートの床に投げ捨てられた瓶の割れる音と、誰かが走り去る音を聞いた。残った力で手のなかの携帯を握りしめ、どうにか通話ボタンを押す。たったそれだけの動作がひどく億劫《おっくう》で、つなぐことができたかどうかすら怪しかった。

(死ぬのか?)

ずきずきと、こめかみが痛む。ペルノのにおいに、鉄錆《てつさび》のような血のにおいが混じり、鼻の奥がつんと痛くなった。目のまえが赤く染まり、流れてきた血が目に入りこんだのかもしれない、と慈英はまるで他人事のように思った。

不思議なくらい、頭が冴えている気がした。同時になにもかもが曖昧な、そんな気もした。不安定な意識のなか、強く残ったのは男が言った言葉だ。

――あんたの『……』を、もらってく。

(なんだ? なにを奪った? なにが奪われた?)

風をはらんだカーテンが大きく膨らみ、室内へと青い初夏のにおいを運びこんだ。ぐにゃぐにゃと歪みだす赤く染まった視界のなかで、光と影がゆらゆらと揺れて、割れたガラスの破片に反射する。不規則なきらめきは、どこかリズミカルな明滅を慈英の頭に焼きつけた。

(痛い。ひかり。暗い。赤い。眩《まぶ》しい。緑。暗い。黒い)

（におい。草のにおい、香草のにおい、酒のにおい）

（俺のもの。奪われた。盗られた。——見えない、見えない。なにも見えない）

思考が散漫になり、やがて意味をなさなくなった。

そしてそれきり、慈英はなにも、わからなくなった。

＊　＊　＊

小山臣《こやまおみ》は、長野県の山間部にあるちいさな町の駐在所に赴任している。

もともと県警の刑事部に所属していたが、警部補昇進試験を受けたのち、異動になったのだ。任期予定は一年程度、その後は県警に戻るという話だったはずなのが、現在のところ県警から臣への異動の打診はないままだ。

北信の山奥、ムラといったほうがしっくりくるような町での主な仕事は、夫婦げんかの仲裁や野菜泥棒の取り締まり。半年ほどまえには、かつてこの町の住人だった男が盗難事件を繰り返す騒ぎもあったが、そんな事件はめったにない。

平和な日々をかき乱すような知らせを聞いたのは、臣が自転車で警邏《けいら》をしている真っ最中のことだった。

「——ごめん、電波悪いみたいで。もう一回言ってくれないか」

『残念ながら聞き間違えじゃねえよ』

重苦しい声を発する電話の相手——秀島照映《しょうえい》は『落ちついてよく聞け』と念を押し、さきほどの言葉を繰り返した。

『慈英はきのうから、頭殴られて入院してる。意識がなかったんで、現場から比較的近かった、御茶ノ水《おちゃのみず》の病院に救急でかつぎこまれた。いまもまだ、目を覚まさない』

農道のはしに停めた自転車へとまたがっていた臣は、携帯電話を片手に持ったまま、ぐらりと倒れそうになった。

初夏の光を受けて青々と輝く木々が、一瞬で色をなくしたかのように思えた。

この半年、さして大きな事件もなく、大事な恋人との穏やかで静かな生活が続いていた。かたときも離れないと誓った言葉のとおり、どうしてもはずせない仕事以外では必ず隣にいる彼は、いままさにその『どうしても』に属する仕事で東京にいるはずだった。

(入院？　殴られた？　意識がない？)

いったいなにがどうなっているのか理解できず、臣は声を荒らげた。

「な、殴られてって、なんで!?　仕事の打ちあわせにいったのに、なにがあったんだよ！」

刑事の自分ならばともかく、慈英は画家だ。若き天才と呼ばれる彼は、ときにその才能ゆえに嫉妬や羨望の的にもなるが、本来なら暴力的なこととはおよそ無縁のはずだ。

それがどうして、と混乱する臣に、照映は『俺もまだわからん』と重い声で告げた。

『鹿間を訪ねていって、事件に巻きこまれたらしい。やつは慈英より重態で、こっちも意識不明だ』

指が震え、息がわななく。どくどくと脈打つこめかみのせいで、照映の声がうまく聞こえない。道の途中で自転車を停めたまま、臣は眩暈のする頭に手を添えた。

深呼吸をして、ぎゅっと目をつぶる。額をゆるく握った拳で数回叩く。冷静になろうとする刑事の自分と恋人の身を案じる自分とが、脳のなかでばらばらになりそうだったけれと、臣はどうにかパニックになることを抑えた。

「じ、事件って、どういうことなんだ」

『まだ調査中らしいが、鹿間の事務所からはかなりの数の美術品や絵がなくなってる。荒らされた様子もあるから、強盗かもしれないと、いまのところそれしか聞いてない』

「慈英は、たまたまそこに行き会ったってことか？」

『だから俺にもわかんねえって！　コトが起きたのはきのうでも、警察から連絡がきたのはついさっきだ。慈英は目ぇ覚まさねえし、俺にもなにがなんだかわかりゃしねえよ！』

ふだんは落ち着き払っている照映の、いらだたしげな声などはじめて聞いた。かつて、慈英が容疑者として逮捕されかかったときですら、この男は笑い飛ばしていたというのに。

それだけ重篤《じゅうとく》な状態なのだろうか。青ざめた臣は声を震わせる。

「目を覚まさないって、容態はどうなんだ？　まずいのか？　脳挫傷とか、そういう……」

悲鳴じみたその声に不安を感じとったのだろう、臣の気分をなだめるように、照映はいくらか穏やかな声で状態を説明した。

『CT検査もしたが、いまのところ頭部の打撲以外にとくに異状は見つかってないそうだ』

検査の結果、CTスキャンではなんの異状も映らなかった。外傷についても、外皮を少々切ったのと打撲程度のことで、頭蓋骨《ずがいこつ》も無事だったと彼は補足した。

『血腫《けっしゅ》や脳挫傷の心配はない。現状では脳しんとうと診断された』

「そ、そうか。よかった」

照映の言葉に、臣は胸を撫で下ろした。そして仕事柄、気になる部分へと意識が向く。

「あ、でも、鹿間も慈英も意識がなかったんだろ。どうやって発見されたんだ？」

『慈英の携帯から、119番通報があったんだそうだ。どうも、殴られる直前に鹿間を見つけたかなんかしたんだろう』

当初、呼びかけても応答のない通報によくある悪戯《いたずら》かと思われた。だが電話を受けた担当者が、ごくかすかなうめき声がするのを聞きとったことで意識不明者がいるのではないかと察し、GPS機能を使って居場所を発見したのだそうだ。

『で、救急隊員が駆けつけてみりゃあ、現場に倒れた男がふたり。鹿間はそれこそ脳挫傷起こしてて、緊急手術だったそうだ。とりあえず、まだ目は覚めてねえけど、命は助かったらしい』

慈英とはいがみあっていた関係とはいえ、人命が助かったことには安堵《あんど》する。そして、そんなものを発見したあげく殴られた慈英を思うと、息が苦しくなった。

『とにかくそんなわけで、あんた、こっちきてくんねえか？　慈英のやつが目ぇ覚ましたとき、いたほうがいいだろ』

もっともな言葉だが、臣はとっさに答えられなかった。沈黙に照映の声は剣呑《けんのん》になる。

『おい、まさか、こねえとか言わねえよな』

「そりゃ、いきたいよ。いきたいけど……東京に出る時間、もらえるかどうか」

『なんだそれ、休みくらいもらえんだろう』

照映は気分を害したように、声を歪めた。臣もまた余裕なく、声を大きくして反論する。

「ふつうならそりゃ、もらえるよ。けどわかってるだろ、俺いま、駐在さんなんだって！」

『駐在所に休みはねえのかよ』

「なくはない。でも実質ないようなもんなんだ。基本は平和な町だけど、無人にしていいってわけでもないし」

すぐにでもいきたいが、仕事がある。おまけに警察は慢性的な人手不足だ。町を離れる用事がある場合など、事前の申告があれば交代要員を出してもらえることもあるが、大抵の場合は手が足りなくてままならない。所定の休みでも駐在所兼自宅にいる状況で、結局は町のひとが訪ねてくるため、完全な休日にはなり得ないのだ。

ましてや突発の場合、駐在所の人員の手配が整うまで、どれくらいかかるかわからない。

『青年団のひととか、いただろ。あのへんに、休むから頼むとか相談できねえのか』

昨年末、突然この町を訪れた照映は、町の青年団長が自警団のようなものを結成しており、駐在員よりよほど警備には役立つことを知っていた。事実、臣ひとりいなかったところで、町の治安に変わりはない。――だが、それとこれとはべつの話だ。

「頼めばやってくれると思う。でも……理由言えないだろ」

この町での慈英と臣は、たまたま同時期に引っ越してきた絵描きと警察官、という触れこみで『友人づきあい』をしていると周知させている。その状況で『たかが一年たらずのつきあいの友人』が怪我で入院したからといって、駐在員が仕事を突然放り投げ、東京まで見舞いに駆けつけるというのはさすがにおかしく思われかねない。

「あいつに身寄りがないとかならともかく、照映のことも町のひとたちは知ってるんだ。命に関わる状態でもないなら、なおのこと職務は放棄できない」

一生をともにする相手だと公言できない以上、どうしようもない。苦悩を押し殺しながら臣が言えば、照映は彼らしくもない浅知恵を口にした。

『親戚が入院したとでも言ったらどうなんだよ』

「嘘のつきようがないんだよ。いずれ慈英が戻ってきたら、怪我してたのはばれるだろ。そのとき、どう言えってんだよ」

煩悶《はんもん》する臣の言葉に、照映はなにか言いたげだったが、よけいな口を挟んでいる場合ではないと理解したのだろう。すぐに事務的な話に切り替えた。

『おまえの状況はわかった。とにかく、できるだけ早く休みもらって、こっちにこい。それまでは俺が面倒みとく』

「わかった。一応、堺《さかい》さんに相談してみる」

上司にかけあえば多少融通《ゆうずう》してもらえるかもしれないと告げ、臣は通話を切る。

そのとたん、全身の力が抜けて、地面にへたりこみそうになった。

「なんで……」

茫然《ぼうぜん》とつぶやく声は、やはり震えていた。動揺に心臓がどきどきと早鐘を打ち、いても立ってもいられない気分になる。

——ただの打ちあわせですから。ちょっと野暮用もすませるので、五日で戻ります。

そう告げたのは、いまからたった三日まえのことだ。翌日、慈英は東京へと旅立ち、ひと晩で事件に巻きこまれた。どうりで電話もないはずだ、と臣はサドルにまたがったまま、ぼんやりと考える。

現実感のない不安に沈みこみながら、臣はその三日まえの夜、慈英と最後に交わした会話のことを思いだしていた。

シーツのうえに横たわった臣がひんやりとした空気にちいさく身震いすると、隣にいる恋人が「寒いですか？」とやさしく訊《たず》ね、上掛けをそっとかけてくれた。

「平気、ありがと」

＊　＊　＊

窓の外からは、虫の鳴き声がかすかに聞こえていた。このあたりは市内に較べると標高も高く、夜半になると急激に気温がさがるため、初夏とはいえどけっこう冷える。

現在の臣の住居は、駐在所の二階部分だ。内装はふつうのアパートのようになっているが、もともと住宅用の造りではないため、外気温に室内はかなり左右される。

だが、ひんやりした外気に触れているちいさめのガラス窓はうっすらと曇っていた。わずかに結露するほどの熱気は、ふたりぶんの体温と、あがる吐息がもたらしたものだ。

「……いきたくないいな」

慈英のため息は、剝きだしの背中に湿った熱い感触を残した。ついさきほどまで、熱っぽく睦みあっていた肌は敏感で、臣は「んん」とちいさく息をつめる。

ベッドと洋服ダンス、ちいさな本棚しかない、寝るためだけのシンプルな部屋。けれど、なにより大事な存在が肌の触れる位置にいる。臣にとって満ち足りた、贅沢な空間だ。

「いきたくないって、東京？」

身をよじり、慈英へと視線をあわせると、彼は「ええ」と目を伏せたままうなずき、冷えた背中をあたためるかのように、細い身体へとのしかかってきた。臣は「重い」とくすぐったく笑ってみせながら、長い腕が自分を包むのにはあらがわない。

「仕事だろ。御崎《みさき》さんとの契約の更新と、画集の第二弾の打ちあわせするんだろ？」

「ええ、繁次《しげつぐ》さん……御崎さんの息子さんとの引き継ぎ関係で」

慈英が仕事絡みでマネージメントを頼んでいるのは、高校生のころからつきあいがあり、専属契約をしている画商の御崎だ。慈英の才能に惚れこみ、あらゆる意味でバックアップをしてくれている穏やかな彼を、慈英自身もかなり信頼している。

しかし老齢である御崎は、七年まえに一度、過労が原因で倒れている。健康面にもいまひとつの不安があるため、彼の長男である、繁次にも仕事を手伝わせることになったそうだ。

「会ったことはあるのか？　その、繁次さんってひと」

「何度かね。税金関係の相談に乗ってもらってたんで、面識もあります」

繁次の本業は税理士なのだが、個人事務所を立ちあげ、画廊経営を手伝う次男とともに御崎の仕事の一部を引き継いでいくことに決めたのだそうだ。

地方公務員である臣には縁のない話だが、画家はフリーランスのため、当然ながら確定申告が必要だ。しかし、毎年そんな作業をしている様子も見たことがないと思っていたら、その道のプロにちゃんと頼んでいたらしい。

「じゃあ、引き継ぎって言っても形だけなんだろ。なにも面倒はないじゃないか」

「御崎さん絡みの件は、そうなんですけどね」

「じゃ、なんだ？　ほかの仕事とか？」

ふう、とまたため息をついて、慈英は臣の肩に顎《あご》を乗せ、ぎゅっと抱きしめてくる。まるであまえるように臣へとぴったり抱きついてくる彼は、しばし無言のままだった。

臣もとくに聞き出すようなことはせず、慈英の長い腕に指を沿わせ、やさしく撫でる。言いたければ言えばいいし、そうでないなら黙っていてもかまわない。仕種《しぐさ》で語ると、慈英は鼻先を臣のうなじにこすりつけたあと、そっと腕をほどいて身を起こし、ベッドサイドに座った状態で、足下に放り投げられていた自分のボトムを長い腕で拾った。

「どうした？」

身支度でもするのかと思いきや、振り向いた慈英は「これです」と臣の鼻先に携帯電話をぶらさげる。臣も起きあがり、彼がフラップを開いて画面を操作するのを横から覗《のぞ》きこんだ。

またもや無言で差しだされ、臣は思わず受けとってしまう。

裸の肩が冷えないようにと慈英がシャツを羽織らせてくれて、「ありがとう」と笑いかけながら彼に寄りそう。

「見ていいのか？」

うなずかれ、臣は画面に目をやった。差出人名は――【鹿間俊秋】。覚えのあるそれに、

思わず顔をしかめてしまった。

「こいつ、まえにいやがらせしてたやつだろ？　なんでケータイのアドレスまで知ってんだ」

「これは仕事用に公開してるアドレスからの転送なので。名刺とかにも載せてますから、知ってるひとは知ってるんですが」

鹿間は、慈英と浅からぬ因縁のあった業界崩れの男だということは臣も知っている。

かつて御崎が倒れたことから慈英の初の個展に関わることになったが、意見の対立から企画をつぶした。あげく慈英を目の敵《かたき》にして、数年にわたっていやがらせじみた妨害を続けていた。いつぞやは金にあかせて鹿間が雑誌の誌面を牛耳り、慈英へのバッシングを繰り返す記事を掲載させたのを知ってしまい、臣が激怒したこともある。

そして、いざメールを読みはじめてみると、胃の奥がかっと熱くなり、だいぶ忘れたつもりだった怒りがまた再燃するのがわかった。

【秀島慈英様。大変ご無沙汰致しております。さて、先日、目録を整理しておりました折りに発覚したのですが、おそらく貴殿の作品の習作と素描とおぼしきものが数点、倉庫より出てまいりました。七年まえに返却しそびれたものであろうと推察されますが、申し訳ないことに管理が悪く、他作家のものと混在してしまっております】

それからしばらく、状況の言い訳とも愚痴ともつかない言葉が続いており、さらにはへりくだっているようでいて、ずうずうしいとしか言いようのない文面が出てきた。

【つきましては、過去の謝罪と作品の返却を致したく存じます。五月十三日、午後なら何時でもかまいません。下記の場所までお越し下さい。なお、お手数をおかけしては恐縮ですので、ご都合のつかない場合であれ、ご来訪いただけるのであれ――】

「……返信はけっこうです、か。本当に一方的だな」

残る文面を声に出して読み、顔を歪めた臣に、慈英は眉をさげたままうなずいた。

「相変わらず、勝手なひとのようですね」

「これって、放置できないのか」

「関わりたくはないけれど、逆恨みされるのもごめんなんですよね。しつこい性格なのは身に染みてますし」

放置は無理かと、臣も唇を歪めた。なにしろたった一度の仕事を自分の思いどおりにできなかったからといって、その後数年にわたって妨害工作をしてくるような粘着質な男だ。

「照映さんにも、会うにせよ会わないにせよ、無視はやばいと言われましたし」

慈英の年長のいとこは、東京で宝飾の工房を営んでおり、美術業界近辺の噂に精通していた。どこか浮き世離れした慈英とは対照的に、世知にも長《た》けている。

臣自身は、話をするたびにからかわれるため、本人と会ったり話したりする際にはどうにもけんか腰になってしまうが、照映の情報収集力と判断力には一目置いていた。

「照映、ほかになんか言ってたか？」

「ええと、このメールがきた直後に、一応相談したんです。そしたら……」

事情通のいとこは今回の呼び出しについて、決していい顔をしてはいなかったそうだ。

——かなりやばい話にも手ぇつけてるって噂だ。なりふりかまっちゃいねえんだろ。いまさら、おまえの習作を返すってのも、うさんくせえ話だ。

——おおかた過去作を安値で買い取ってたたき売ろうって腹だろうが、勝手するわけにいかねえから、『商談』したいってとこなんじゃねえのか？

「そんなこんな。とにかく、妙な話ふっかけられないように注意しろ、とのことでした」

「あいつが注意しろっていうなら、そうなんだろうな」

たいがいマイペースなくせに、相変わらず照映の言うことに全面的な信頼を置いている慈英は、あっさり「そうなんです」とうなずいてみせた。

（やっぱり、ちょっと妬けるな）

独特の強い絆があるいとこ同士の結びつきは、臣にとってはいささか複雑だ。

理性では、慈英にとって、自分以外にも大事なものがあることは、本来、彼のためにはいいことなのだと思うし、助言者としての照映は貴重な存在だとわかっている。

だが、絵を描くこと以外のあらゆることに対して執着が薄く、他人についてはその認識すら希薄と言っていい彼の、幼いころから唯一の例外だった男について、ひどく羨ましさを感じたことは事実だ。

(でも……)

ちらりと、壁に立てかけたままのキャンバスに描かれた少年の慈英を眺めた。お世辞にも広いとは言えないその部屋を唯一飾る一幅の絵。かつて絵を志した照映が、年少のいとこへ負けを悟り、最後にとしたためた一枚は、いまでは臣の手元にある。

臣の知らない慈英を見守り、慈しんできた男がこの絵をやると告げたとき、ある意味では、もっと重たいものを譲られたのだとわかっているから、闇雲にいらだったりはしない。

ただほんのり、もっと早く出会えていたなら——と感傷的に思うだけだ。とはいえ、それもいまだからこそ思うことなのだろう。

ぴったりと体温をわかちあうほど寄りそって、なんの不安もなくなったいまだからこそ。

そんな臣の感傷的な気持ちも知らず、慈英は暢気《のんき》なことを言う。

「俺は、七年もまえの習作や素描なんてもう忘れてたし、売るなら勝手にすればいいとも思ったんですけど」

「そういうわけにもいかないだろ」

相変わらず、過去に対して執着のない男だと臣は苦笑しつつたしなめた。

臣の本音としては放っておけと言いたいけれど、完全に無視するわけにもいかないのは、彼の作品が鹿間の手元にあるなど、それこそ冗談ではないからだ。

「だって、もしかするとその習作って、『蒼天』の一部かもしれないじゃないか」

三年ほどまえに出た慈英の画集は、美術書にしてはかなりの部数が出たらしい。ちょうどその時期、有名企業のポスターとテレビＣＭにも慈英の描いた絵が使われたことで、知名度があがっていたのも大きな要因だ。

突き抜けた空を思わせるような、独特の青を使う画家として有名になり、『天空』や『飛翔』など、一連の『蒼天クロニクル』と呼ばれる作品は蒐集家《しゅうしゅうか》や美術館からの商談が殺到し、またたく間に売れたと聞いている。

「今度画集出すのってそれだろ？　ますますまずいんじゃ」

「あ、いえ、それはないです」

臣の心配をよそに、慈英はあっさりとかぶりを振った。

「あれらについては、ぜんぶ長野に移ってからのものばかりですから。それ以前のとは、ぜんぜん違ってます。それだけは確信ありますから」

たしかに絵については描いた本人が一番わかっているのだろうが、臣は「なんで？」と首をかしげた。

「さっき、忘れてたって言っただろ。なんでそこまで断言できるんだ」

素朴な疑問に、慈英は「言うまでもないと思うんですけど……」と苦笑した。

「臣さんと会ってからの作品と、会うまえの作品じゃ、まったく違うのは当然なので」

思いもよらない発言に、臣は「は？」と間抜けな声を出してしまった。

「あなたに出会ってからの俺は別人みたいなものなので、それ以前のものが出てきたと言われても、自分的にはまったくこう、そそられないので」

そうでしょう？　とにっこり微笑《ほほえ》みかけられて、なんと言えばいいのだろうか。うろうろと視線を泳がせていると、慈英が喉奥をくつくつと鳴らした。

「顔、赤いですよ」

「う、うう、うるさい」

わざと邪険に押しやると、慈英は笑いながら肩を抱いてくる。からかわれたのかと腹が立ち、その手をはたいて睨《にら》みつけたが、くすくすと笑われただけだった。

「と、とにかく。自分の大事な作品なんだから、ちゃんと管理しろよ。っていうか、できないならそれこそ、御崎さんとか繁次さんとかに頼めよ」

咳払いしてまじめにたしなめると、慈英は「わかってます」とこちらもまじめに答えた。

「そのへんがどうも俺は、ザルなんで。本当はこの件も、臣さんの言うように、代理を立てようかとも思ったんですけど……」

連絡がきた当初は、御崎に代理人として鹿間に会ってくれるよう頼もうかと慈英は考えていたそうだ。

「じゃ、なんで直接会う気になったんだ？」

「鹿間さんは、もともと御崎さんに紹介されたんですよ。けど、結果はあんなことになってしまって。いまだに責任感じてらっしゃるようなんです」

慈英の個展がつぶれたあとから、御崎と鹿間の関係もかなりこじれたらしい。

「だったら、俺が直接会ったほうがマシかと思って。御崎さんも意外にあれで短気ですし、興奮して血圧でもあがったら、逆に大変だ」

「おまえ、それで平気か？」

心配そうな臣に、慈英は「大丈夫です」と微笑んだ。

「よくも悪くも、忘れっぽいほうなので。引きずってません」

「……いや、おまえの場合悪いだろ。忘れすぎだろ、いろいろ」

苦い顔をしてしまうのは、かつての慈英の同級生である三島慈彦《みしましげひこ》という男が、臣を巻きこんで大変面倒なことをしてくれたからだ。

ある意味では慈英の病的な信奉者であり、フォロワーであろうとした彼は、美大時代には慈英の作品を盗作し、彼とつきあった女性を卑怯な手口で奪うということを繰り返していた。だが、そこまでしても慈英に三島がライバルとして意識されることは一度もなく、あげくの果てにはたった数年で、その存在を完全に忘れられてしまっていた。

三島のやり口は卑怯で悪辣《あくらつ》で、臣にとっては理解もできなければ許せるものでもない。ただ、あそこまで慈英が無関心でさえなければ、三島も追いつめられなかったのではと、ちらりとでも考えなかったとは言えない。

（つうか、ふつう忘れねえだろ、そんな相手）

常識や現実認識がずれていたり、情緒面がふつうでないのは、ギフテッド、タレンテッドと呼ばれる天才型の人間にありがちらしいけれど、慈英もまた、あらゆる意味で偏《かたよ》りが激しく、バランスの悪い男なのだと臣は重々知っている。

「慈英はさあ、もうちょっと人間関係、まともにやれよ」

言うだけ無駄だとは思いつつ、それでも臣の言うことだけは聞く男だから、とにかく繰り返し言う努力だけはしよう。そう思っての言葉に、慈英はにっこり笑った。

「大事なことは忘れませんよ？　臣さんの言ったことなら、ぜんぶ覚えてます」

「それも、どうだかなあ。……あ、こら」

小言すら嬉しそうに聞き入れた慈英は、臣の薄い身体に腕をまわし、腰を抱いたまま鼻先を喉にこすりつけてくる。「くすぐったい」と身をよじれば、またベッドに押し倒された。

「もう、慈英。まじめに話、してたん、だ、ろ……っ」

言葉がとぎれたのは、やわらかくなりかけていた乳首にちゅっと吸いつかれたからだ。反射的に身を強ばらせた臣の薄い胸に頰を押しつけ、慈英は目を閉じる。

「なんだよもう。なにあまったれてんだよ」

子どもをあやすような手つきで頰をさすり、人差し指で眉毛をなぞる。やわらかいくせのある髪をこめかみから撫で梳《す》き、形のいい額をあらわにしたところで、臣は噴きだした。

「……なにその顔」

片目を眇めた慈英は、ふだんの彼の印象とは違い、まるで拗《す》ねているような顔に見えた。しかも続く発言は表情とまったく違和のないものだったので、逆に臣は驚いてしまった。

「だって、五日も臣さんに会えません」

「ば・か・だ・ろ」

あきれた臣は言葉を一音ずつ句切りながら、頭を同じリズムで軽く叩いてやる。その手を捕まえられ、人差し指のさき、爪のうえに歯を立てられた。

「ばかじゃありませんよ。この一年近くめったに抱けない状態で、それでも毎日顔をあわせるだけで、なんとか我慢してるのに」

恨みがましく言われて、臣は目を逸らした。慈英はそれを追うように、顔を覗きこんで文句をつけてくる。

「泊まりにいくのもしょっちゅうじゃおかしいって、臣さんが拒むし」

「あとちょっとで市内に戻るじゃん。そしたらいっしょに暮らせるだろ」

この町では、慈英は臣の駐在所から歩いていける場所を借りて暮らしている。冬場のうちは、暖房設備の弱い駐在所の造りを言い訳に、しょっちゅう慈英の家に泊まりにいっていたけれど、あたたかくなってきてからはそれも通用しなくなり、ここ数カ月はお互いばらばらに夜をすごすことのほうが多かった。

「あとちょっとって言いますけど、まだ辞令、おりませんよね？　まさか、あと一年、とか言わないですよね」

じろりと睨まれた臣は「それは……」と言葉を濁して目を逸らす。正直、否定はできないと自分でも思っていたからだ。

のどかなこの町への赴任は、昇進に伴ってのものであったが、着任してからそろそろ一年が経つ。慣例からすると県警へ戻る辞令はもうじきのはずだったが、公務員の異動辞令は、蓋《ふた》を開けてみるまでわからない。辞令がおりてから官舎を出るまで十日たらず、というのはよくある話で、臣は念のため引っ越しの準備だけははじめていたが、いまだ異動の通達はないままだった。

「堺さんに訊《き》いてみたんでしょう。なんて仰ってました？」

「人事の申請はできるけど、決定権はないから、堺さんもなんとも言えないって」

上司であり、かつては後見人でもあった堺和宏《かずひろ》は、現在、刑事部捜査第一課の課長――警部の役職にあるが、人事の決定権までは持っていない。そのため、いつ県警に戻すとは明言できない、と言われていた。

――昇進させてこっちに戻すつもりの人事なんだ。とりあえず、様子を見ててくれ。

臣の後任の駐在としては、本来、臣に同じく昇進試験を受けた人員が望ましいという。

だが日本全国の警察がそうであるように、長野県警も慢性的な人手不足による過度の労働条件であるため、どこの課も即戦力を引っこ抜かれるのはいやだというのが本音だ。

——たぶん嶋木《しまき》あたりが、後釜に据えられるとは思うんだがなあ。あれはあれで、いま、町の交番勤務だから……。

そっちはそっちで手が足りないと言われ、頭が痛いとぼやいていた堺に、あまり強くは言えなかった。

むろん臣とて、刑事として事件に関わりたいという夢を持ってこの仕事についたからには、あまりにも平和な町の駐在員を長く続けるのは、ぼけてしまいそうで怖いのだが——いまの状況すべてが不満とも言いきれないから、微妙なのだ。

狭すぎる町は、恋人とすごすにはすこしむずかしいものがあるけれど、神経を張りつめ、余裕がなくなるような事件はめったにない。なにより親兄弟というものに縁がない臣からすると、住民の全員が顔見知り、地域のすべてが家族のような田舎町の暮らしは新鮮だった。

なにくれとなく気遣われ、いくさきざきで声をかけられ、頼られる。その親密なあたたかさは、ときどき窮屈《きゅうくつ》で居心地が悪いこともあるが、喜びを感じることも多い。

人生のなかでいまが一番、穏やかで、平和で。幸せすらも感じている。そんなふうに感じさせてくれるこの町が、臣は好きなのだ。

(あと一年くらいはいいかな、とか言ったら、怒るよなあ)

つらつらと考えていた臣は、慈英の気配が変わったことに気づけなかった。

「なに考えてるんです？」

「あっ、ちょっと、や……」

いつのまにか臨戦態勢になったものが臣の腹へと押しつけられている。へそのくぼみでぬるりと滑らされ、妙な感触に臣は身震いした。

「浮気はいけませんよ」

「な、なにが浮気だよ！」

「俺とこんな格好でいるときに、俺以外のことを考えるのは浮気です」

おそろしく心の狭いことを言って、慈英は臣の胸を両手で撫でまわした。左の胸のうえに手のひらを押しつけ、自分の熱を染みこませようとでもいうように、ぎゅっと押してくる。びくりと息を呑んだところで、慈英のため息が肌に落ちた。

「臣さんは、冷たい」

「なにがだよっ、どこが⁉」

「五日も顔が見られない。最近の臣さんは早寝するから電話もできないし、声も聴けない」

臣が心外だと声をあげると、ひどく恨みがましい目つきでじっとり睨まれる。そもそも七年もつきあっていて、そのうち同居も数年していた相手と、たかが数メートルの別居になっただけでここまで拗ねるというのはどうなのだろう。

倦怠期《けんたいき》という言葉を知らない男は、なおもぶつぶつと文句を言った。

「俺の大事なスケッチブックも返してくれないし」

「お、おまえが変な顔ばっか、描くからだろ！」

臣は真っ赤になって怒鳴った。

慈英には妙な悪癖がある。臣とセックスしたあと、最中だとか事後だとか、とにかく他人に見られてはたまらないような顔だの身体だのを、やたらとスケッチにして残したがるのだ。リアルで精緻なデッサンによって再現された自分の痴態をはじめて見たとき、臣は頭が沸騰するかと思った。それも慈英の視点で、彼の主観がたっぷりと入りこんだものだから、恥ずかしいなどというものではない。

——臣さんの、感触とか、声とかがずっと、なかで渦巻いて。描いて吐き出さないと……おかしくなりそうな気がして。

だから描くことを許してくれと懇願《こんがん》されたが、臣は頑として譲らなかった。あふれんばかりの愛情が感じられるそれは、卑猥《ひわい》画ではないけれど、恥ずかしいものは恥ずかしい。

以前描いたものは没収したのだが、その後、彼のいとこである照映から、こっそり描きためているスケッチブックの所在を知らされ、それもまた取りあげて、臣は自分の部屋へとしまいこんでいる。そして、以後同じような真似をしたら、ただではすませないと言い含めてあった。

「だいたい、禁止したのは慈英の管理が悪いせいだろうが！　三島に見られるわ、照映に見られるわ。いったい、おまえは俺のなにをどうしたいんだ！」

「……言っていいんですか？　きっちりぜんぶ、口にして、臣さんそれ、聞けます？」

ぎくりと臣は硬直する。ふだん、上品でやさしい言葉を使う慈英だが、いざ色事となるとかなりの奔放《ほんぽう》さと情熱を見せつけ、豊かな語彙《ごい》がとんでもない方向で使われることも多い。そして、いかがわしい言葉以上に、臣を責め立てることも執拗《しつよう》になる。

「そ、れは、あの」

口ごもる臣ににやりと笑った慈英はますます腰を揺すりながら言った。

「うわっ。……お、おなかこするの、やめろってば」

「ふふ。おなか、だって。かわいい」

強く押しつけられて、力を入れていない腹部が慈英の形にたわむ。卑猥すぎる感触に赤くなり、臣は目をつぶって顔を逸らした。あらわになった首筋に噛みつかれたあと、耳をまるごとくわえられ、耳孔を尖《とが》らせた舌でつつかれる。

「慈英、ほんとにそれや、あ、うあ！」

「あっ、あっ、ばか！」

逃げるように脚をばたつかせていた臣は、いきなり腰を抱えあげられて声を裏返した。

「んんー……」

合意も得ずに挿入《そうにゅう》され、ぐんっと背中が反り返った。しかも、ひどく熱くて濡れた感触が体内でうねりをあげ、臣は涙目でうえにいる男を睨む。粘膜を押しつぶすような硬いそれの形が、たまらなくなまなましい。はっとして、臣はもがいた。

「おまえっ、つけてない、だろっ」

「ん？」

にっこりと笑った慈英は、平手で胸を叩いて抗議する臣の手を摑《つか》み、頭上へと持ちあげて押さえつけた。そのまま予告もなしに容赦なく腰を使いはじめ、臣は「あっぁあ！」とちいさく叫ぶ羽目になる。

「もう、やっ、じぇ……きょ、きょう、軽くする、ってて っ」

「軽い、でしょう。まだ二度目だし、臣さんが元気に、警邏できる、くらいで、やめます」

嘘つき、ばか、となじりながらかぶりを振っていると、頬を両手で包まれて口づけられた。ようやく解放された両手は、一度だけ慈英の裸の肩を殴り、そのまま広い背中に絡みつく。

「んんん……！」

深く唇をあわせ、舌を絡ませたまま、ものすごい勢いで突かれ、揺さぶられる。ぬめった肌と彼の下生えがこすれる搔痒感《そうようかん》、打ちつけてくる肌の振動すらもが快楽に直結し、下腹部から拡がる熱は、爪先から脳までを痺れさせる。

「臣さん、臣さん、……臣さん」

熱に浮かされたような目で見つめ、忙《せわ》しなく唇を噛み、合間に名前を呼んでくる。求められ、欲されていると痛感せざるを得ない情熱的な抱きかたに、臣はどこまでも溶けていく。

「あああ、ふあっ……い、も、もうっ」

挿入の角度を変えられ、今度は深くゆっくりと出し入れされる。強い刺激のあとにこれをされると、臣はもうぐずぐずになる。触れられてもいない性器は硬く強ばり、先端からあふれたぬめりが慈英の肌にとろりと光る筋を作っている。

「気持ちいい？　臣さん。いいって言って」

やさしく卑猥に笑って問われ、悔しくなって睨みつけるとさらに乳首をつねられた。

「んあ！　あ、あと始末、面倒だから、ここでするときは、ゴムつけろって言ったのにっ」

素直に言うのも業腹で、はぐらかすように文句を言えば、慈英は「してあげるから」と頬に唇を寄せてくる。

「俺の指で最後の一滴までかきだして、きれいにしてあげる」

想像しただけでぞくぞくして、赤面した臣はなにも言えずにかぶりを振った。否定する仕種とは裏腹に、下腹部の粘膜は慈英を締めつけ、複雑な蠢動《しゅんどう》で悦びを伝えてしまう。

目を細めた慈英は、くすりと低く笑って、さらに奥へと腰を押し進めた。

「だから、ここで出させて、臣さん。ひさしぶりに、いいでしょう？」

「うあっ、あっ！　だ、だめっ」

ここ、と薄い腹を手のひらで押さえられると、呑みこんだものの大きさをひどく意識してしまう。おまけにわざとなのか偶然なのか、慈英の手首のあたりを臣の高ぶった先端がかすめ、臣は腰を跳ねあげた。

「だめ？　だめならおなかにかけていいですか？　いっしょにいって、このおへそのうえで、俺のと、臣さんのと、混ぜてもいい？」

「あっ、あー……っ！」

「それとも、あそこのさきっぽにくっつけてから、いっぱい出しましょうか？　臣さん、それしたら、泣いちゃいましたよね」

含み笑いの声になぶられて、全身が痺れて鳥肌が立った。どれも、されたことのある射精のパターンだった。身体に精液をかけられる、それ自体もかなり親密で淫猥《いんわい》なことなのに、慈英はそれすらも官能のステップに変えようとする。

「やだ、ばか、へんたい……」

涙声でなじると、いじめるようにぎゅっと胸をつねられた。

「ひどいな。誰がねだったの」

「ぜ、ぜんぶ、い、言わせたのおまえのほうっ……だろっ」

どれもこれも、最後には臣のほうから「して」と言うように仕向けられたことだ。自発的にねだってはいないとそっぽを向くと、慈英はにんまりと笑う。

「じゃあ、言わせたりしません。俺が選んであげますね」

「ちょ、それ違っ……」

腰を両手で摑んで逃げられなくされ、最後のスパートをかけた慈英に、めちゃくちゃに内部を攪拌《かくはん》される。

「いきますよ。いい？　舌嚙まないで」

「やっ、だめ、なか、なかっ……あああ！　うう、んうー……！」

もうなにがどうなっているのかわからず声をあげた臣の唇が、痛いくらいのキスでふさがれる。頭がぐらぐらするほど揺さぶられた。慈英がはじける瞬間も唇は解放されず、臣は苦しい息のしたでうめく声を吞みこんだ。

（ああもう、ばか、なかぐちゃぐちゃ……勝手に出てるし、もう、もうっ）

射精されたあともしつこく突かれて、臣は自分がいつ達したのかすらまったくわからなかった。沸点を超えた身体が冷めることはなく、息継ぎのたびに「いく」「だめ」とすすり泣いたのはたしかだが、最悪なことにこの夜は、それで終わりではなかった。

「い、一回、抜いて……やす、休みたい」

泣きながらお願いしたのに「だめ」とにっこり笑った慈英は悪魔のように見えた。

立て続けに求められ、全身を愛撫されては挿入され揺さぶられて、もう無理だと泣き言を言っても、慈英はすこしも許してくれなかった。

何度目かの射精を終え、意識も朦朧《もうろう》とした臣が息を荒らげながら慈英の身体のうえに伏せていると、彼はその頭を胸に抱えこみ、妙なことをねだった。

「臣さん、ここ……吸って」

「う、あ……なに？」

「噛んでもいい。痕、つけて」

疲れてなかば寝ぼけていた臣は、言われるままに鎖骨に吸いつき、広い胸に歯をあてる。

「もっと強く」

「ん……っ」

しなやかで張りのある慈英の身体にはなかなか痕がつかなかった。そのうちムキになって吸っていると、お互いまた煽《あお》られて、終わりがこないのではないかというほど、溺れた。

長かった行為が終わり、しばらく経ってから正気づいた臣が明かりのしたで慈英の身体を検分すると、いくつもの吸い痕が内出血じみた色になって残っていた。およそキスマークなどという、色っぽいものには見えない。まるで湿疹でもできたかのようだ。

「ごめん、なんか、すごい痕になった」

謝ると、慈英は笑いながら言った。

「五日間消えないように、俺の身体に覚えさせておいてほしかったから。いいんです」

「……ばか。なんだそれ」

恥ずかしい男だと臣が顔をしかめると、慈英は赤くなった頰を指の背で撫でる。

「できれば、もっとはっきり覚えていられるように、絵に残して持って歩きたいんですが」

「それは却下！　だめ！」

平行線の言い争いは、キスと抱擁《ほうよう》に終わり、ただひたすらにあまい夜だった。

——覚えていられるように。

ささやかれたとき、臣はむずがゆいような幸福感を味わっただけだった。

けれど、数日後に起きた事態を考えると、まるでなにかの予言のような言葉だったと——

そう思えてしかたなかった。

＊　＊　＊

臣が東京に向かう休みをとるまでに、照映の電話を受けてから三日を要した。

同僚連中に頭をさげ、堺にも協力をあおいでどうにか休みの言い訳をでっちあげ、取りはぐっていた年休をかき集めても、確保できたのはやっと五日間だった。

過去に研修で一度訪れただけの東京はひどく暑かった。空気は排気ガスにどんよりと濁って湿り、酸素の足りなさに眩暈を起こしそうになる。長野市内もそれなりに都会ではあるのだが、一年近く山奥ですごしたせいか空気の悪さに過敏になっている自分に気づいた。

『慈英は目ぇ覚ました。けどまだ意識が混濁してて、寝たり起きたりを繰り返してる』

照映からそう聞かされたのが、東京に発つ前日。つまり、事件が起きてから二日後のことだった。ただの脳しんとうにしては目覚めるのが遅く、不安と心労はピークに達していた。

『とにかく一日でも早くこっちにきてくれ。あんたが声かけりゃ、頭もはっきりするだろ』

照映の言葉どおりであることを願いながら、祈るような気持ちで臣は上京した。

交代の警察官に無理を言って早朝から車で山をおり、長野駅から新幹線に飛び乗った。途中の待機時間をあわせて、約五時間。東京メトロの丸ノ内線に乗り換え、御茶ノ水駅から歩いて五分。長旅の末に辿りついた総合病院は、ひどく近代的なうつくしい造りで、いまの臣には必要以上に大きく感じられた。

「ここか。……なんか病院っていうより、ホテルみたいだな」

入り口のまえで立ち止まり、臣は額の汗を手の甲で拭った。

鼓動は速く、息が浅い。都会の熱気のなかを歩いてきたからでなく、極度の緊張のせいだ。汗は冷たく、指先は強ばっている。その手をきつく握りしめ、臣はふたたび歩きだした。

総合病院の、広く明るいロビー。入り口のエスカレーター付近では、約束どおり照映が待ち受けていた。

「おい、こっちだ」

数カ月ぶりに再会した男の精悍《せいかん》な顔には疲労が滲《にじ》み、トレードマークの不精髭《ぶしょうひげ》も以前より濃く感じられる。けれど、くせのある髪がやや乱れていることすらさまになる、相変わらずふてぶてしいほどの色男だ。

「ひさしぶり、照映さん」

慣れない場所にも無意識に気後れしていたのだろう、知った顔を見つけてほっと息が零れる。そんな臣の顔を見て照映は笑い、軽口を叩いてみせた。

「ようやっときたな」

「悪い。これでも最短できたんだ」

顔にも緊張が表れていたのだろう、ふだんならからかってくる男は、軽く臣の肩を叩いただけだった。臣にしても、いつもならうるさいと振り払うところだが、力なく笑うほかにリアクションをとれなかった。

「見舞いの予約は取っておいた。このバッジつけろ」

差しだされた青いバッジには『面会者』という表記がある。クリップタイプのそれをシャツの胸ポケットにつけると、照映は「こっちだ」と顎をしゃくって歩きだした。

長い脚で歩む男の背中に続きながら、臣は奇妙なものを見る目で周囲を見まわしていた。

建物のなかは病院というよりも、どこかのテナントビルか、ホテルかのような造りに思えた。入り口付近にはタッチパネル式の受付があり、壁面のデジタルディスプレイには、それぞれの課の待機時間や、支払いの待ち人数が表示されている。

「東京の病院ってすげえのな」

きょろきょろと周囲を見まわす臣に、照映はかすかに笑った。

「最近はどこも、こんなもんだぞ」

「そうは言うけど、俺でっけえ病院なんて、ろくに用がねえもん」

臣自身はといえば、警察での健康診断以外で病院の世話になったことなどめったにない。去年の冬に一度、大風邪を引いたことはあるけれど、かかった病院では受付には看護師が座り「小山さーん」と呼び出されるような、消毒液のにおいが強い、古い個人病院だった。

事件に巻きこまれた被害者や加害者の聞きこみで、警察病院におもむくこともあるが、そこは地方、さすがにここまでの設備はない。

とはいえ、ものめずらしさに目を瞠《みは》っていたのは一瞬だ。「いくぞ」とうながされ、またにわかに緊張がぶり返してきた。歩きながら、臣はこわごわと問いかけた。

「なあ、慈英、どうなんだ？」

「きょうはもう、完全に目が覚めてる。ただ、相当頭を強く打ったみたいで、頭痛がひどいらしいし、しゃべるのも億劫そうだが」

病室へ向かう道すがら、照映は慈英の状態をおおまかに説明してくれた。慈英はこの三日でだいぶ回復し、すでに一般病棟に移っているとのことだった。

「とくに吐き気とかもないらしいしな。どうもねえならきょうにでも退院していいとさ。本人も、薬くさいところに寝てるのは不愉快らしくて、同意した」

「退院？　大丈夫なのか？」

病院のベッドはいつも満杯で、回転率をあげるために早めの退院をうながすことが多いという話は、臣も聞いたことがある。照映は「平気らしい」とため息混じりに言った。

「ぶっちゃけ言えば、入院してても寝てる以外できることもねえってことだ。だったらご自宅のほうが落ちつくでしょう、だとさ」

「そうなのか」

入院棟は外来のある病棟からはかなり遠いようだ。長い廊下を表示に従って進み、エレベーターに乗る。数階をあがると、またべつの建物へ向かうようにと表示が出ていた。

「でも、動いて平気なのか？　長野に戻るってなると、長旅になるし」

臣の問いかけに、照映は一瞬押し黙った。なんだろう、と臣が怪訝《けげん》に思うより早く、彼は口早に答える。

「むろん、しばらくは安静にしてなきゃまずい。けど、今朝の様子じゃだいぶ平気そうだったんだが……」

言葉を切って、照映はまたふっと眉間《みけん》に皺《しわ》を寄せた。ひどく重いものを感じさせる表情に、臣は胸の奥がざわつくのを感じた。

（なんなんだ？　その顔。なにがあるんだ）

不安になって背の高い男の顔を見あげると、「気のせいならいいんだが」と照映は前置きして説明をはじめた。

「慈英はまだちょっと、状況が把握できてなさそうなんだ。自分がなんで殴られたのか、どうしてあんな場所にいたのか、思いだせないらしい」

「え……」

「脳しんとう起こした患者には、よくあることらしい。衝撃の前後の記憶が吹っ飛ぶとかな。まだ頭も痛えみたいだし。だから、すこし妙なこと言うかもしれねえけど……まあそりゃ、いつものことか？」

茶化してみせる照映に、臣はじっと鋭い視線をあてた。たったそれだけで、この男が緊張を滲ませていることが納得いかなかった。

「そんな状況じゃ、事情聴取はどうなってる？」

「やっぱりそこにいくか。顔つきが変わったぞ」

照映はちいさく苦笑し、素早く周囲に視線をめぐらせる。通りすがりの入院患者や看護師たちをはばかるように、声のトーンを落とした。

「今朝目が覚めたとたん、警察の連中が俺に電話してきて、あれこれ訊いてきた。できたら慈英に話も訊きたい、とさ」

「だろうな」

あきらかに事件性のある現場からの救急搬送となれば、間違いなく警察に通報されただろう。もうひとりの被害者である鹿間は、緊急手術のあと、いまだに目を覚まさないらしい。となれば、事件の関係者で事情を知るのは慈英以外にない。

「ん？　そういえば、警察って縄張りとかどうなってんだ？　あんた、もしも刑事が訪ねてきたとき、いて平気なのか」

いまさら気づいたように照映がつぶやき、臣は「根回しはしたよ」と苦笑した。

「そういうこともあるかと思って、堺さんが警視庁のほうに一報はいれてる。それもあって、こっちにくるの、遅くなったんだ」

「やっぱり、そういうの必要なのか」

「杞憂《きゆう》かもしれないけどな。被害者にいつも刑事がひっついてる、わざわざ地方から飛んできた——なんて、いらん疑いかけられないとも限らないし」

休みをとるのに時間がかかったのは、その点も大きかった。

地方所轄の刑事が都内で起きた事件の関係者と関わりがあり、なんの前触れもなく居合わせるとなると、疑うのが商売の警察には妙な邪推をされかねない。そのため、『懇意《こんい》にしている友人の見舞い』に、小山臣が訪ねることがあると思うが、捜査のためではないという話を通しておく必要があった。

ざっくりと説明しただけで、照映は「うわ面倒くせえ」と顔をしかめた。

「面倒くせえよ。県外に出る申請も手続き必要だったし。ま、強引に通してもらったけど」

「融通のきく上司がいてよかったな。……と、ここだ」

あれこれと話すうちにようやく辿りついた病室のまえで、臣はごくりと息を呑んだ。照映が目顔で「いいか」と問いかけてくる。うなずくと、ごく静かに病室の扉は開かれた。

採光のいい広い個室のなかは、ロビーに同じくやはりホテルの部屋のようにも感じられた。ソファセットにテーブルに木目調の壁など、上質な造りのそれらは、しかし臣の目を素どおりしていく。

「慈英……」

彼はベッドの背もたれを起こしたまま、目を閉じていた。起きているのかどうかはわからないが、憔悴《しょうすい》しているのは間違いなかった。

横顔が、ひどくやつれて見える。ふだんよりも鬚が濃く感じられ、頭に巻かれた包帯と、治療と検査のためだろう、髪の一部が不揃いに短く切られていた。

痛々しい姿が、一瞬で臣を七年まえに引き戻す。自分の不甲斐なさを思い知った、彼の命でもある右腕を傷つけたあの日がよみがえり、ぐうっと喉が苦しくなった。

「じ……慈英、じえ」

涙目になって駆けよろうとしたところでドアの死角から花瓶を手にした人影が現れ、臣はとっさに踏みとどまった。

「あ、照映。小山さん無事にきた？」

「きたきた」

腕に抱えた大ぶりの花が嫌みなく似合う、すらりと背の高い美形の男だった。やわらかなウェーブのかかった髪は長く、前髪をバレッタのようなものでまとめている。

長髪の男は、まじまじと臣を眺めたあと、にっこりと優雅に微笑んでみせた。

「なるほど。審美眼が偏重《へんちょう》しまくった慈英くんがひと目で惚れたわけだ、大変すばらしい」

「……は？　あの？」

突然のそれに面くらっていると、照映が「言い忘れてたな」と頰をかいた。

「俺の仕事の相棒で、ダチの霧島久遠《きりしまくおん》だ。ここんとこ、交代で入院中の面倒みてた」

「どうも、霧島です。小山臣さんだよね？　んん、臣くんって呼んでいいかな？」

「あ、は、はあ」

にこにこと微笑みつつも押しの強い男に、臣は曖昧にうなずくしかなかった。

「お噂はかねがね。照映と慈英くんとは、学生時代からのつきあいですから、ぼくも身内みたいなもんだと思っていいからね」

照映から聞いたとなれば、いったいどんな噂だか知れたものではない。顔をひきつらせる臣に、花瓶を棚に置いた久遠は手を差しだしてくる。握手とはまた、日本人らしからぬ挨拶だと右手を差しだした。

細いわりに力の強い指でしっかりと握られたまま、また、じいっと見つめられる。久遠の長い睫毛《まつげ》がけぶる奥二重の目はどこか神秘的な印象のあるもので、ひどく落ちつかない感じになる。おまけに、久遠はいつまでも手を離そうとしない。

「ええと、霧島さん、手を」

「あ、うん。ごめん。いい骨格だなあと思ってつい」

「はあ……？」

「臣くん、細いのに筋力強いよね。そういうのはうつくしいよね」

久遠の言動は理解しがたかった。ようやくほどかれた手をひっこめた臣に、照映はため息をついて「すまん」と言った。

「変人だが、害はねえよ。単に美人が好きなだけだ」

「びじんて……」

そんなことを言われて、どう返事をしたものか。臣は困惑しつつも、状況判断のつかない日本人としてもっともありふれた反応——愛想笑いを浮かべてごまかした。

「うつくしいもの全般が好きなだけだよ。語弊があるだろ」

ならば久遠は鏡でも見ていればいいんじゃなかろうか。なかば現実逃避しかけていた臣は、ふっと声のトーンをさげた照映の言葉に顔色を変えた。

「で、久遠。慈英のやつ、なんか変わったことは？」

「とくになし。さっきまで起きてたんだけど、また突然寝ちゃった。でも退院する気は満々みたいだねえ」

「そうか……」

久遠の言葉に、照映はひどく苦い顔をした。臣は、やはり無理があるのでは、と不安になりながら問いかける。

「あの、本当に退院して大丈夫なんですか。それに、またって」

「んー、どうも頭打ったせいか、スイッチ切れるみたいに寝ちゃうんだ。ま、ここ数日寝っぱなしで、なにも食べてないしね。弱ってるだけだと思うけど」

「たいしたことはねえと思うんだがな。ずっと寝ぼけてる状態、みたいな感じで」

気遣わしげなふたりの会話に、臣はひどく心配になってくる。妙に歯切れの悪い、どこかぼかしたような会話をする照映と久遠が、なにかを懸念している様子も気がかりだった。

(なんだろう……?)

穏やかそうにしているけれども、ふたりの顔に漂う緊張は隠しきれていない。それを臣に告げようか告げまいかと迷っているような、そんな揺らぎが感じられる。しかし、事態を悪く想像しすぎている自分の邪推かもしれず、臣も追及はしきれない。

なにより、恋人の親戚と、身内同然の長いつきあいの友人をまえに、臣はどういう立場で振る舞えばいいのかわからなかった。

慈英のそばにいきたい。けれど、さりげなく臣のまえに立つふたりが、まるで慈英のベッドに近寄らせまいとしているかのように感じるのはなぜだろう。拒まれているのとは違う、好意も感じられるのに――壁のようなものがそこには立ちはだかっている。

「んん……」

ちいさく、うなるような声がした。はっとして三人が目をやると、慈英がぱちりと目を開くところだった。

立ちすくんだ臣の代わりに声をかけたのは、照映だった。

「よ、慈英。具合どうだ？」

「……ああ、照映さん。すみません、何度もきてもらって」

弱々しい声で、慈英はそっと首だけを動かし、力なく照映に笑いかけた。

「久遠と交代してっから、たいしたこたねえよ。それより、見舞い客だ」

「見舞い……？」

身体を動かすのも億劫なのか、それとも頭痛がするのだろうか。慈英はゆっくりと首だけを動かし、臣のほうへと視線を向けた。

目があったとたん、こらえきれずに涙があふれた。無言で駆けより、驚いた顔をする慈英の手をとって、臣は震える声を発する。

「い、痛い？」

まるで、子どもが問いかけるような声を出す臣に、慈英はすこしぼんやりとした目を向けていた。けれど一瞬ののちに、穏やかに微笑んでくれる。

「心配、させてしまいましたか」

「したよ！　あたりまえだろ！　なんでこんな、怪我なんか」

「すみません。そのことは俺も覚えていないので。でも、泣くほどのことじゃないですよ」

声にも疲労が滲んでいる。こんな状態で本当に、退院などできるのだろうか。なだめるような言葉に違和感を覚えるのは、たぶん、ふだんの慈英らしからぬ茫洋《ぼうよう》とした声のせいだろうと臣は思った。

視線を落とすと、入院着の胸元がゆるみ、数日まえにつけさせられた痕がかすかに覗く。あの日あんなにも力強く、まるで抱きつぶすと言わんばかりにこの身体を捕まえた男の手は、いまはごくゆるくほどけて力をこめることもせず、臣の手に握られているだけだ。

「なあ、やっぱりもうすこし、入院してたほうがいいんじゃないか？」

抱きしめてくることもない、手を握り返しもしない。涙ぐむ臣を見てもろくに反応しない様子に、心配と不安は募った。だが臣の言葉に、慈英はどこかあっさりと、こう言った。

「いえ。寝てるだけだったら、家でも同じですし。帰るだけなんだから、平気ですよ」

その言葉に、なにを言っているのかと臣は声をあげた。

「帰るだけって⁉　電車だけでも何時間かかると思ってんだよ！　そこからだって、車で二

時間かかるのに――」

「……二時間？」

臣の言葉に、慈英はなぜか不思議そうな顔をした。何度か目をしばたたかせ、ふっと臣から視線をはずすと、かたわらで苦い顔をする照映へと問いかける。

「照映さん。俺、いったいどこの病院にいるんです？」

（え……？）

同じく照映をあおぎ見た臣は、きつく眉間に皺を寄せている男の表情に息を呑む。

照映は、どこか気まずそうに臣から目を逸らした。しばし逡巡《しゅんじゅん》するかのように唇を引き結んでいたが、じっと見つめてくるいとこの視線に負けたように、口を開いた。

「御茶ノ水、だ」

「ですよね。じゃあ、阿佐ヶ谷《あさがや》までって、中央線で三十分たらずでしょう？」

臣は一瞬、なにを言っているのだと口を開きかけた。それを止めたのは、久遠の手が静かに肩に載せられたからだ。

（阿佐ヶ谷？　なに言ってんだ。どういうことだ？）

いま自分がどこにいるのかと、臣にではなく、照映に慈英は問いかけた。当然と言わんばかりの態度が、さきほどから覚えていた違和感をさらにひどくした。

そして阿佐ヶ谷。それは、慈英が学生時代に住んでいた街のはずだ。

（なに、これ？　なにかおかしい）

頭がぐらぐらする。すがるように慈英の手を握りしめた一瞬、その長い指がぴくりと——どこか不快そうに動き、臣の手をほどこうとしているのだと気づいた。

目のまえが、真っ暗になる。力が抜け、膝立ちの状態からそのまま床にへたりこんだ。それでも離したくはないと、震える手は慈英の指先にすがりついている。

照映の声が、ひどく遠くから聞こえた。

「おまえがいま住んでるのは、阿佐ヶ谷じゃねえよ」

「え……そう、でしたっけ？」

「自分はどこに住んでるか、思いだしてみろ」

照映の重い声に、どんよりと慈英の目が濁る。臣は首筋から総毛立つのを感じた。

「え、っと。鎌倉《かまくら》……じゃなくて、いま……住んでるのはたしか」

眉間に皺を寄せ、ぎゅっと目を閉じた慈英は、ややあってうつろな声でつぶやいた。

「……長野？」

自信のなさそうな声に、臣ははっと顔をあげ、ベッドのうえで頭を抱える慈英を食い入るように見つめた。床にへたりこんでいる臣を一瞬、痛ましげに眺めた照映は、慈英に言い聞かせるかのようにその言葉を肯定する。

「ああ。そうだ。長野の山奥にいる」

「長野……長野……でも、なんで？」

そして、握られたままの自分の手と、そのさきにいる青ざめた臣の姿を、うつろな目で眺めた。目があった瞬間、ぞっと全身がそそけ立った。

「あの、すみません」

「な、に」

「申し訳ないのですが、手を離してください」

無関心で、無感動で——どこか無邪気なくらい、意味を持たないまなざしに心臓を撃ち抜かれ、臣の声はひび割れた。

「それから、その……あなたは、どなたでしょうか？」

その場の全員が息を呑む。臣はただ茫然としたまま、困惑した顔の慈英を見つめるしかできなかった。

＊　＊　＊

きょうになって発覚した記憶障害に医師は目を剝き、再度の検査がはじまった。

ＣＴスキャンでは見落としがあったかもしれないということで、緊急でＭＲＩをとることになり、慈英は再度検査にまわされた。

外科、脳外科、心療内科をたらいまわしにされるようにして、調べまくられた。

MRIのほうは、ちょうど機材が空いていたため、すこしの待ち時間のあと二十分ほどで検査が終了し、医師がデータを検証したあとには『やはり異状なし』という結果が出た。

一番時間がかかったのは心療内科だ。

——生年月日は。名前は。住んでいる場所は？

そんな質問からはじまって、微にいり細を穿《うが》ち、生い立ちから慈英の認識する『現在』までを追いかけるように訊ねられた。

延々と続く長い検査の間、慈英はうんざりする気分をどうにかこらえていた。

突然病院のベッドで目覚めてからというもの、ずっと頭が重たくてならない。殴られて意識を失い、入院していたのだと告げられても、その前後の自分の行動と記憶が、まったくつながらなかった。

鏡を見ると、自分の顔に微妙に違和感がある。覚えているより、すこし歳を取っている気がする。おまけに意識を取り戻してから着替えた際、右腕には見たこともない切り傷の痕があって、これはなんだと唖然とした。

（いったい、なにが起きたんだ）

それを知るためのカウンセリングをする医師の語り口は、やわらかく丁寧だったが、まるで尋問のようだと感じたことは否めない。

（どうでもいいだろうに）

どこか投げやりな気分なのは、体調が悪いせいもあるのだろう。こめかみはずきずきと疼《うず》いていて、座っているだけでも身体がだるかった。

数時間かけて、長い検査はどうにか終了したが、ひたすら苦痛で、頭の芯に残る鈍い痛みが神経をいらつかせ、ときどきひどい眩暈も覚えた。

「……では、あちらで結果をお知らせしますので、それまでお待ちください」

看護師に言われ、ようやく解放されたと思った瞬間、また意識が落ちそうになって、慈英は自分の脚に爪を立ててこらえたが、かなわなかった。


気づけば、またすこし意識が飛んでいたらしい。

はっとして目をしばたたかせると、目のまえにはMRIの写真があり、しかつめらしい顔をした医師のまえに座っていた。隣には照映がつきそっていて、慈英の肩を摑んでいる。

「CTもMRIも、結果は同じです。脳の内部に問題はまったくありません。頭蓋骨も無事で、本当に外傷だけでした」

「それじゃ、治療についてはどうなんですか」

検査結果を延々と説明している医師の声も耳を素どおりしていくばかりだったが、照映の強ばった声が鈍く重たい頭に響き、ようやく慈英の意識がはっきりしてきた。

「傷の縫合《ほうごう》と抗生剤の投与で、処置はすんでいます。ほかにどこも悪くないですから」

「結論としては、いまのところできることはないってことですか？」

つめよった照映に、医師は、慈英の顔色の悪さをじっと検分したのち、どこか冷めた口調で「そうですね」と答えた。

「しばらく様子を見て、頭痛が落ちついたら記憶も戻るかもしれません。とにかく、しばらくの間は安静にして、秀島さんが自然に思いだすのを待つしかないと思います」

納得いかないように、照映が「いったいなにが原因なんでしょうか」と問うと、医師はあきらめろと言うようにかぶりを振った。

「原因は、頭を打ったから、としか言いようがないんです。記憶障害については、正直に申しあげてまだ未知の領域で、これといった治療法はない、としか言えないんです」

脳波にも異状はなし、健康状態も、打撲以外にはとくに問題がない。そのほかの外傷による要因はひとつも見つからなかったのだ、と医師は苦い顔で言った。

「ほかに考えられることとすると、心因性のストレスによる乖離《かいり》かと思いましたが、私生活も仕事も、とくに問題はなかったというお話ですし――」

「あの」

不毛なやりとりをこれ以上聞いていられず、医師の言葉を遮《さえぎ》るように慈英は片手をあげて声を発した。

「すみませんが、ちょっと眩暈がひどいので、横になりたいんですが」

「ああ、そうですね。では……」

目配せした医師に応えて、看護師がすっと近づいてくる。「立てますか」と手を差しださ
れたが、そこまでひどくはないと慈英は断った。

「ひとりで戻れます。……すみませんが照映さん、話、聞いておいてください」

「わかった」

うなずいたいとこの顔は、見たこともないほど深刻なものだった。慈英は力なく笑ってみ
せながら「大丈夫ですよ」と告げた。

「俺が忘れっぽいのは、もとからでしょう。さほど問題はないですから」

慈英としてみれば、自分が誰であるのかはわかっているし、一部に欠損した記憶があると
言われたところで、なんの困ることがある、という気分だった。

だが、その言葉に照映は安心するどころか、ますます表情を険しくするだけだった。

「おまえが、そう言っちまうのが一番の問題なんだよ」

「え？」

「なんでもねえ。……おい、久遠！」

立ちあがったいとこは自分をさっさと追い越し、診察室のドアを開ける。そこには、見知

った顔と見知らぬ――慈英にとってはこの日はじめて見たばかりの――顔が、ふたつ並んでいた。

「慈英が横になりてえって言うから、病室まで連れてってくれ」

断るよりさきに、「了解」と微笑んだ久遠に腕を取られた。いとこの親友が、柔和に見えても強引であることは重々知っている。慈英はあきらめのため息をついて「お願いします」と軽く頭をさげた。

そのとたん、またくらりと眩暈がした。とっさに身体を支えたのは、久遠ではなかった。

「……大丈夫か?」

心配そうに見あげてくる彼の名前は、小山臣と言うのだそうだ。どうやら自分と関わりの深い人間であるらしいことは、目を開けるなり泣きだしていたことでも知れたけれど、いまの慈英にとってはなじみのない他人だった。

(いちいち気遣われるのも、面倒くさいな)

関わりがあったはずの人間を忘れることは、慈英にとってあまりにもよくあることだった。かつての同級生や、つきあったはずの彼女も、姿を見なくなって一年もすると名前すら忘れてしまう。そういうときの対処だけは、いやというほど身についていた。

穏やかに微笑んで、礼儀を欠かないように接していれば、さほどの問題はない。あとは相手が勝手に話すなり、行動するなりとしてくれるからだ。

「平気です。ご心配かけてすみません」

まだいささか朦朧とする頭で、慈英は習い性になった行動を取った。だが、痛むこめかみをこらえてまで笑ってみせた相手は、慈英の表情にますます顔をひきつらせている。

おまけに、身体を支えるために触れていた手を、さっとひっこめ、数歩あとじさった。

（……なんだ？）

怪訝に思って問いただすより早く、そのひとは苦しさをこらえるかのように拳を握りしめ、じっとこちらを見つめてくる。

「あの、な。無理に、笑わなくていいんだぞ」

案じるような目が、どうしてかひどく鬱陶《うっとう》しかった。ここでも病人扱いなのかと、ため息が出そうになる。

「あまり、おおげさに反応しないでほしいんですが」

「おおげさ？　どこがだよ！　おまえ、記憶、ないんだろ」

責めるような目で見つめられるのはなぜだろう、と慈英は内心首をかしげた。そして、どうしてかこの彼をまえにすると、神経が妙に波立つことも自覚した。

近づきたそうにしているのに、近づいてこないからだ。そして慈英の示した距離に敏感に気づいて、怯えるような顔をするからだ。

（なんでだ）

理由はわからないけれど、気に入らない。覚えていないのは自分なのに、なぜか不快な気分が募る。またこめかみが疼いて、慈英の浮かべた笑みは、いささか険悪なものになった。

「覚えてなくても問題ありませんし、どうってことはないでしょう」

あっさりと言ってみせると、臣はショックを受けたように固まった。青ざめた顔のなかで、大きな目がいっそう際だって見える。

「……本当にそう思う？」

震える声で問われ、慈英は「ええ」とうなずいてみせた。

「だって自分が誰なのもわかってるし、仕事に支障もないでしょう。自然に思いだすのを待っていればいいって、先生も言っていましたから」

らしくもなく感情が乱れ、つっけんどんな口調になった自分に驚く。なにより、その発言に目を瞠った臣のショックを受けた様子を目にすると、妙な罪悪感がわいた。

どうしてこんな気まずさを味わわねばならないのかと、ひどく理不尽な気がした。

（それに、なんで俺はこんなに、いらいらしてるんだ？）

目が覚めたとたん、いきなり入院していたことにまず驚いた。照映や医者の言うことをつなぎあわせて状況を判断するに、どうやら殴られて入院する羽目になったらしいけれども、いったいどういうシチュエーションで、どんな理由でそんなことになったのか、まるっきり思いだせない。

おまけに、もともと睡眠を長く取るほうではないのだが、いくら寝ても眠たくてたまらない。起きていても、頭のなかはぼんやりと霞がかかっているようですっきりしない。

たとえるならアルコールで悪酔いしたときだとか、数日間徹夜をしたあとの、かすかに熱っぽく、思考が散漫なあの感じに似たものが、延々続いている。

はたからは浮き世離れしているだとか、ぼんやりしているだとか言われることも多い慈英だが、自分自身の思考回路は常にクリアだった。創作に没入したときは、たしかに外界との回路は遮断されているけれども、内的な思索《しさく》にふけっている間、むしろ感覚は研ぎ澄まされていることのほうが多い。

だというのに、目覚めてからというものずっと、すっきりしない。それが気持ちが悪い。

(それに、このひとだ)

いま現在、慈英の記憶にかけらも残っていない、きれいな顔の細身の男。彼の存在が妙に胸をかき乱し、平常でいられなくする。その理由はまったくわからないまま、自分よりも頭ひとつほどちいさな彼を、慈英はじっと見つめた。

「小山、臣さん、でしたっけ」

「……そうだよ」

名前を確認しただけで、潤んだような茶色い目が揺れる。せつなそうに見つめられ、胃の奥がざわざわと落ちつかなくなった。

彼が自分のどのような知りあいであるのか、臣自身も、そして照映も久遠も、まったく語ろうとしない。ただ、目を開けたらいきなり泣きだして、手を握りしめてきた、それだけの記憶しかない相手だ。

(知っていた――はずの、顔。知りあい？　友人？　それとも……)

それとも、なんだ？

無意識に、慈英のまばたきが減った。すっと瞳孔《どうこう》が開き、見おろした相手を凝視する。

飛び抜けた長身ではないが、手足は長く、頭がちいさい。目鼻立ちが整っているのも骨格のバランスがいいからだろう。肌もきめ細かく、睫毛も長い。唇はふっくらと赤くやわらかそうで、ときおり覗く歯並びも完璧だ。

それこそ耽美派の巨匠が好んで描きそうな、あまく中性的で、ただただうつくしい顔だ。

「な、なんだよ。じっと見て」

「いえ……」

視線の強さに臆したのか、臣は警戒するように顎を引いた。上目遣いに、睨むような顔をしてみせても、やはりひどくきれいな顔をした男だと慈英は思った。さらに見つめていると、困ったように頬を赤らめ、目を逸らしてうつむいてしまう。

「……『カーネーション、リリー、リリー、ローズ』」

突然の慈英のつぶやきに、臣は顔をあげ「え？」と目をまるくした。ひどく幼い表情にも胸がざわついて、とっさに目を逸らす。

「いえ、なんでも」

慈英がその細いうなじと頬のラインから連想したのは、十九世紀末のアメリカ人画家、ジョン・シンガー・サージェントの代表作『カーネーション、リリー、リリー、ローズ』。

百合の花が咲く庭園で、天使のような白い服を着た少女が日本の盆提灯《ぼんちょうちん》に火を入れているさまを描いたそれは、テート・ギャラリーでも人気の幻想的な一枚だ。

サージェントのほかに、こんな絵を描くのは、誰だったかと慈英は首をかしげた。

（サージェント自体は審美派に分類されるけれど、あの絵は、たしか、『――』にも通じると言われていて……）

ぼんやりと思索にふけっていた慈英は、はっとまばたきした。

慈英にとってなじみ深いはずの言葉が、形にならない。追えば追うほどに探す言葉は曖昧にぼやけ、そのうち自分がなにを考えていたのかすらわからず、軽くパニックになった。

（あれは、なんだった？　なに派だった？　ヴィクトリア朝の……十九世紀ごろの、芸術運動の中心で……名称は、『――』っていう）

詳細については理解しているのに、『それ』を指す言葉が出てこない。うろたえたように、意味もなく周囲を見まわし、困惑に浮かんだ額の汗を手の甲で拭う。

「……て、ない？」

「え？　なんか言ったか？」

ぼそりとつぶやいた言葉は、ほとんど声にならなかった。臣が聞きかえすけれど、答えることもできずにかぶりを振る。

(覚えて、いない。なんでだ。どうして)

ここまで自分の記憶の欠損を、はっきり感じたのははじめてだった。それがぞっとするほどにおそろしかった。

もともと人間関係については関心が希薄なたちであったから、現在の自分を取り巻く環境やなにかを忘れていても、不安はなかった。

けれど、絵に、絵画にまつわる知識や言語、そうしたものを思いだせないなどというのは、慈英にとってまったくはじめての、そして恐怖すら感じるほどの事態だった。

「く、久遠さん」

妙に口が渇いて、言葉がつっかえた。名前を呼んだ相手は「なに」と怪訝そうな顔で慈英を見やる直前、臣をほんの一瞬、気の毒そうに眺めた。

自分と大差のない長身の久遠へと目を向けた慈英の視界に、身長差のある臣の姿は映らない。目のまえにいる彼がどんな表情をしたのかなど見ている余裕もいないまま、口早に慈英は問いかける。

「ミレイとかが属してた、十九世紀ごろの画家とか批評家とかの、芸術家の集団……なんて言うんでしたっけ」

　参加していた画家の名前や、末端の知識はすらすらと出てくる。なのに、名称がさっぱり浮かばない。彼らを表した単語だけが、すっぽりと抜け落ちている。これもおかしい。

「あの、象徴主義のさきがけとか言われて……有名な、はず、なんですけど」

　慈英はあえぐように言葉をつむぎ、冷や汗をかきながら、かたわらにいた久遠にすがる目を向けた。だが彼は「はあ？」と顔をしかめるだけだった。

「象徴主義とか言われても、知らないよ。ぼく美術史なんか取ってないし」

「あ、そう……そうでしたね」

　久遠は照映とともに宝飾工房を経営し、ジュエリー職人としての腕はたしかだが、美大には進学していない。彼の持つ技術や知識はすべて実践で学んだものばかりで、芸術全般についてもさほどの興味を持っているわけではないから、仕事に関わる以外のことについてはむしろろうといのだ。

　そんなことすら忘れていたのかと、また恐慌状態に陥《おちい》りそうになった。息があがり、汗はいつのまにか頬を伝うほどになって、指先が小刻みに震えている。

　尋常でない様子に、臣が顔を曇らせ、顔を覗きこんできた。

「慈英、あの、大丈夫か？　顔色、真っ白で」

「さわるな！」

そっと肩に触れようとしてきた手を、反射的に叩き落とす。はっと息を呑んだ臣は、はじかれた手をしばらくじっと無言で眺めていた。

どうしてか、臣の悄然《しょうぜん》とした姿にひどくいらだった。同時に、哀しい顔をさせてしまったことに対する罪悪感に苛まれ、慈英は息を荒らげたまま、どうにか謝罪を口にする。

「す……すみません。神経が妙に、立ってて。ごめんなさい」

「いや。うん。いいんだ。しんどいの、おまえのほうだから」

眉をさげたまま、臣はそれでも笑っている。口角《こうかく》は強ばり、はたかれた手をなにかから隠すように、もうひとつの手でそっと包んで、「こっちこそごめん」と彼は言った。

「なにが、ですか」

「おまえ、具合悪いんだろう？　早く横になったほうがいい。……あの、久遠さん。病室、連れていってやってください」

力のない声で告げた臣に、久遠は眉をさげた。

「わかった。けど臣くんは？　大丈夫？」

久遠は、慈英が聞いたことのないほどやわらかい声でそっと訊ねる。臣はあきらかに強ばった顔で、それでもうなずいた。

「照映さん、まだ話聞いてるんですよね。ここで待ってますから」

「そう。……じゃ、あとでね」

うつむいたまま、細い首が、ふたたびこくりとうなずく。あの大きな目はもう、慈英を見ない。それがなぜかいらだたしく、慈英はこめかみをさすりながらきびすを返した。

* * *

病室に戻り、ベッドに腰かけたとたん、どっと疲労感が襲ってきた。

「座りこんでないで、きついんならさっさと寝たら」

だが横になるどころか、のろのろと入院着を脱ぎ着替えはじめた慈英に、久遠が怪訝な声を出す。

「……なにやってんの?」

「きょう、退院する予定だったんですし。帰り支度をしたほうがいいかと思って」

「は?　頭痛いんじゃなかったわけ」

「寝てるほうが気分悪いです」

ああそう、と鼻を鳴らした久遠は、とくに止めようともしなかった。ベッドの脇にある、自分で持ちこんだらしいインスタントコーヒーを淹《い》れると、カップを手に窓辺によりかかる。

「でもさあ、退院っていっても、きみの記憶が穴ぼこだらけだってのがわかったばっかりだろ。しばらく様子見しろとか言われてないの」

「そこまで聞くまえに、出てきてしまったので。とにかくたいしたこともないのに、こんな病人スタイルでいるのは落ちつかない」

「ふーん、好きにすれば」

久遠は冷ややかとも言える態度だったけれど、いまはその無関心さがありがたかった。

本音を言えば、まだ頭痛は去っていないし、気分も悪い。手も震えている。だがいまの状態はどう考えても、殴られた後遺症というより、精神的なものが大きい気がした。

記憶の一部がないと言われ、漠然とした不安はあるけれど、相手に病人扱いされると、本当に自分がおかしいのかと思えて、不快感がひどくなるのだ。

脱いだ入院着を適当にたたんで片づけ、シャツとジーンズに着替えた慈英は、さきほど振り払ってしまった臣の手を思いだした。

(なんなんだ、あのひとは)

ほっそりした指をはじき落としたとたん、臣はあからさまに傷ついた顔をした。

泣いたり、顔をしかめたり、愕然《がくぜん》としたり——とにかく、はじめて顔を見るなり、マイナスの感情を表す顔しか見せていない。

(だから、なんだっていうんだ)

他人がどんな表情をしていようが、どういう感情を持っていようが、いまの自分になんの関係があるというのか。そもそも、そんなことをいままで、気にしたことすらないし——こんなにも、ひとのことでいらだった覚えはない——ないはずだ。

「っ……」

またもや、眉間に鋭い痛みが走った。本当に宿酔《ふつか》いかなにかのようだ。神経は逆立っているし、波の強弱はあれど完全にクリアにならない頭が、もはや腹立たしい。

もやもやする感情をぶつけるように、洗濯籠へと脱いだ入院着を突っこんだ。本調子ではない身体にはささやかな荷造りすらも妙に億劫に感じられた。

久遠は慈英の世話を焼くこともせず、暢気にコーヒーをすすりながら、ぽつりと言った。

「あのさ、慈英くん」

「……なんです？」

「マジでさあ、忘れちゃってるのに、怖くないの」

繰り返しの問いかけに、慈英はいささかうんざりしていた。また、自分がさきほど恐慌状態に陥ったこと自体も認めがたく、ややぶっきらぼうに答える。

「べつに……なにが変わるとも思えませんし」

「うっそだあ」

慈英の言葉を、久遠は鼻で笑った。

「さっき、なんだっけ？　象徴主義のナントカが思いだせなかったじゃない。あれって、キミ的には変なことだったんだろ？　だから焦ったんじゃないの？」

慈英が陥った恐慌状態には気づいていたらしい。しれっとした顔で指摘された事実を認めるのはどこか不愉快で、慈英は「ちょっとした物忘れでしょう」と言い張った。

「自分の絵のことはちゃんと覚えてます。まあ、仕事場の状況とか、細部についてはまだ曖昧なところもあるけど、やってるうちに思いだすでしょうし」

不思議なことに、現在の慈英が手がけている作品については、なにひとつ記憶から消えてはいない。やろうとしていたことや、御崎と打ちあわせする予定だった、彼の息子への仕事の引き継ぎについても、はっきりと覚えていた。

「先月サインした契約書の文言だってちゃんと覚えてますよ。そこさえわかってれば、なにも不便はないと思いますから。なんで山奥に住んでるのかはわかりませんが、俺は絵さえ描ければいいわけですし」

長野での生活についても、地理的なことや家の間取りなどについては、だいたい把握できていることはわかった。あとはそれになじむ時間があれば問題ないはずだと告げると、久遠はわざとらしく音を立ててコーヒーをすすった。

「気になるのって、そこだけなのかな。絵と仕事のことだけ？」

「ほかに、なにが？」

慈英が首をかしげると、久遠はうつくしい唇を皮肉に歪めた。

「ぼくさあ。ほんっとにきみのそういうところ、大きらいなんだよねえ」

「そういうところ？」

カップの中身を揺らし、目を伏せた久遠は慈英を見もせずにつけつけと言った。

「執着ありませんって顔してさあ。絵さえ描ければなにもいらないとか、ストイックぶって。自分がそばにいる人間傷つけてることとか、なーんにも気づいてなくて」

「……久遠さん？」

久遠が遠回しに誰のことを言っているのかは、なんとなく察せられた。おそらくあの、やたらきれいな顔をした男のことだろう。だが、いまは他人を思いやる気持ちの余裕がない。

（そんなこと、いま言われたって）

慈英は顔をしかめるけれど、久遠は言葉を止めなかった。

「いやあ。ここ数年で多少は成長したかと思いきや、こうまでおばかさんに逆戻りするとは思わなかったよ、うん」

嫌みもすぎる言葉に、慈英は困惑した。だがいまさらのことだと、ため息ひとつで彼の皮肉を受け流した。

「久遠さんって、本当に俺がきらいですねえ」

「さっきそう言っただろ。なに聞いてんだよきみは」

以前から、久遠は慈英に対しての悪感情を隠そうとしない。それは彼の親友である照映に、筆を折らせたことが要因だろうと思っていたのだが、どうもそれだけではないらしい。

困ったことに慈英は、久遠をきらいではなかった。じっさい、鈍い部分があるのは自覚しているので、彼のようにずけずけと言ってくれたほうがありがたいと感じる。

以前それを久遠に告げたら、またきらわれてしまったけれど。

——自分の欠点、自分で考えるより、他人に言われたほうが楽チンだって？　どこまであまえてんの？　最低だなほんとに。

ばかか、と冷ややかに告げられたけれど、やはり慈英は彼をきらうことはできなかった。だがそれすらも、久遠の不興を買う一因であるらしい。

「数日まえまで、きみといっしょにすごしていたひとたちのこと、けろっと忘れて『問題ありません』？　そういう精神状態って、相当問題だと思うんだけど？」

「……それって、あの、小山ってひとのことですか」

反応すまいと思っていたが、執拗に重ねられる嫌みについ問いかけると、久遠は笑う。

「教えてあげないよー、そんなの」

慈英は眉をひそめたが、久遠はそれっきり口を閉ざし、これ以上のヒントを与える気はないと態度で示した。

「で、どうすんの？　きょう、退院できるかどうか訊いてくる？」

飲み終えたコーヒーカップを手早く洗った彼は、片づいたベッドを眺めて告げる。

「あ、じゃあ、お願いします」

ひらひらと手を振った久遠は「はーい」と部屋を出ていく。姿が消えたとたん、どっと疲れを覚えて慈英はふたたびベッドに腰をおろした。

「おばかさん、って言われてもなあ」

マーブル模様を描いて混乱している頭のなか。消え失せたものは、いまの慈英にとっては、はじめからないものに等しいのだ。

自分が誰かもわかっている。親戚である照映のことも、いまの首相が誰であるかも、長野で運転していた車の車種すらも覚えている。

「いったい、なにをなくしたっていうんだ？」

つぶやいた声に、答えるものは誰もいなかった。

＊　＊　＊

時間はすこし遡《さかのぼ》り、久遠と慈英が病室に向かってからしばらく経ったころ、険しい顔をした照映が臣のもとへと現れた。

「話、聞いてきた」

「どうだったんだ」

微妙な表情をする照映に、全身を強ばらせて臣が問いかけた。

久遠と慈英と別れた臣が、看護師に勧められてひとり待ち続けていたのは、談話室のような場所だった。通路とはガラス張りのドアで隔てられた、きれいな色遣いのソファセットのある空間は、家族や友人らにインフォームドコンセントをする際のプレッシャーをやわらげるためのものだろう。

「とりあえず、なんか飲むか」

いらない、と答えるまえに部屋の隅にある飲み物の自動販売機へと照映は向かった。紙コップに注ぐタイプのホットコーヒーを差しだされ、臣はのろのろとそれを受けとる。

飲め、と目顔で命令され、ミルクと砂糖の入ったコーヒーをすすると、おそろしく喉が渇いていたことに気づかされた。砂糖のあまみも、妙に身体に染みる。

「おまえ血糖値さがってんだろ。顔色、真っ白だぞ。飯食ったのか」

「いや……忘れてた」

言われて、朝、家を出てから飲まず食わずだったことに気づいた。ほっと息をついた臣を見やり、こちらはブラックのコーヒーを手にした照映は、舌を湿らせた。

「とにかく座れ。説明してやる」

「うん」

談話室のソファに臣を座らせ、自分もその隣に腰かけたあと、照映は胸ポケットからメモのようなものを取りだした。

「まず、今回の症状の説明だ。脳しんとうを起こしたあとには、一過性の逆向性健忘《ぎゃっこうせいけんぼう》が見られることは、ままあるそうだ」

聞き慣れない言葉に、臣は「逆向性健忘？」と首をかしげた。照映は、医師の話を聞く間書きつけていたらしい、手元のメモに目を落とした。

「昔の記憶が抜け落ちることだ。前向性健忘《ぜんこう》てのはその逆に、怪我とかしたあとからの物事が覚えられなくなる。まあこりゃ、今回は関係ない話だ」

ごちゃごちゃと専門用語らしい言葉が記されているそれの端には、ＭＲＩのスケッチとおぼしき、簡略化された脳の絵が描かれている。

こんなときだというのに、やはり照映も絵がうまいな、などと臣はぼんやり思った。あまりのことに、なにか意識を逃避させる必要があったのかもしれない。惚《ほう》けている臣をよそに、照映はひたすら淡々と説明を続けた。

「慈英みたいに怪我や脳しんとうで逆向性健忘が起きる場合、大抵は二十四時間程度で記憶が回復するし、寝たら治るのが一般的なんだと。とくに外傷性の場合、ショックで一時的に記憶が混乱しているだけ、ということが多いそうだ」

慈英の場合はいわゆる全生活史健忘――完全に自分が誰かわからなくなるそれとは違い、自分のことは認識できているし、生い立ちや周辺の人間関係などについてもある程度は覚えているらしい、と照映は説明を続けた。

「たとえばいまが西暦何年だとか、現在の日本の首相が誰だとか、そういう常識に関しては問題ない。ただ、エピソード記憶について、いくつか曖昧だったり抜けている部分がある」

「エピソード記憶って、なんだ」

「言葉そのままだ。自分に関してのエピソード。どこでいつ、誰と出会った、なにがあった、といったことが、あやふやな部分があるんだ」

照映の言葉に青ざめ、臣はぎゅっと紙コップを握りしめた。

「誘導的に話してみると、長野で暮らしていることとか、断片的には思いだしたみたいだ。部分健忘ってやつらしい。でも、それこそ鹿間のことはまったく覚えちゃいなかった」

「なんであの場所にいたか、とか?」

照映は言いづらそうに「そうじゃなく……」と口ごもった。じっと見つめていると、彼は観念したようにため息をつき、打ち明けた。

「慈英の大学卒業直前くらいから、いま現在までの時間軸がちょっとめちゃくちゃになってて、覚えてる人間と、そうでない人間がいる」

「た……たとえば、俺のこと、とか?」

そうだ、と照映はうなずいた。予想はしていたけれど、臣は蒼白になって唇を嚙む。

「さっき、エピソード記憶の話をしただろ。おそらく、記憶のあやふやな部分ってのは、ぜんぶ臣に関しての記憶とリンクしてるんじゃないかと俺は思った」

「俺に……？」

「ああ。個展で失敗しておまえに出会った。そのあと、事件に巻きこまれて腕を怪我した。それらはおまえと切り離せないできごとだから、『個展失敗』も『腕の怪我』も、あいつは覚えてないいんじゃないか」

正直いって、まだ現実感がなかった。殴られた後遺症で、ちょっとぼんやりしているだけだと信じたかった。

（……でも、さっき、振り払われた）

一見は穏やかにしているけれど、慈英は人間関係の敷居が異様なくらいに高い。

人見知りとかそういうレベルではなく、枠のなかにいる人間と外にいる人間の区別が半端じゃなく厳しいのだ。

いままでの臣はおそらく慈英の中核ともいえるほど、なかにいた。けれどさきほどの態度は、あきらかに、慈英のなかでの臣の位置が、まったく特別なものではないと示していた。

（落ちこんでる場合かよ）

しょうがないことだ。怪我だし、事故だし、病気だ。慈英の意思でそうしたわけじゃない。

何度も自分に言い聞かせ、どうにか冷静になろうと努めながら、臣は現実的な問題について問いかけた。

「今後の治療は？　どうなるんだ？」

退院してもいいとの話だったが、さきほど発覚したことがことだ。あのまま長野に連れ帰っていいものなのかどうかわからないし、場合によっては最先端の治療が受けられるであろう、東京の病院に入院していたほうがいいのではないか。

そう告げると、照映は苦い顔をして「どこでも変わんねえとさ」と言った。意味がわからず、臣は顔をしかめる。

「変わらないって、どういうことだ」

「慈英の記憶健忘については、治療そのものが、まったくできないそうなんだ」

「そんなに悪いのか?」

手の施しようがないと告げる照映に、臣は青ざめる。だが照映は、落ちつけというように臣の肩を叩いて続けた。

「逆だ。悪いところが見つからないんだ。脳に異状もないし、頭痛を訴えるのも検査結果では打撲とこめかみの傷のせいだとしか思えないらしい。だから治療のしようがない」

照映自身も、事態を納得しかねているのだろう。何度も医師に確認したのだとため息をついた。

「いま考えつくことといったら、せいぜい打撲と擦過傷が治ったころに再検査してみるとか、それくらいしかないそうだ。本来なら、きょうにでも退院のはずだったが、念のためあいつの頭痛がおさまるまでは入院させておくことになった」

数日、様子見をして再検査をする手はずにはなっている。けれど、それできょうの検査と違うなにかが見つかる可能性は低いだろうと、医師は言ったそうだ。

「今後、いまの状態が続くのか、記憶が戻るかどうかも、まったく未知数だとよ」

「そんな……」

臣は弱々しくつぶやいたあとに、ぐっと唇を嚙みしめた。痛ましげにそれを見やった照映は、さらに言葉を続けた。

「それから、これもややこしいんだが。いまの慈英が覚えていないことについて、じっさいにはこうだった、ああだったと、あまり細かい話はしないように注意を受けた」

「え、な、なんで？」

思いだすためには、ちゃんとヒントを与えたほうがいいのではないのか。臣は戸惑ったが、直接の説明を受けた照映も同じ気持ちだったのだろう。

「曖昧になっちまってる記憶が、『情報』に上書きされて、それがもともと覚えていることなのか、あとから誰かに教えられたことなのか、混乱する可能性があるんだそうだ。それに……慈英は、覚えてないことについて指摘されると、妙にいらついてる」

心療内科でのカウンセリングの最中も、曖昧な事柄が出てくるたびに、あからさまに剣呑な顔で黙りこむことも多かったらしい。

——まだ非常に不安定な状態ですから、急がないでください。周囲が焦ると、本人にもストレスになる。くれぐれも情報を与える場合には慎重に。

医師からはそう念押しをされたのだと、照映は眉間に深い皺を作っていた。

「おかしいとは思ってたんだ。目が覚めてからも、あいつがあんたのこと、ひとっことも口にしやしねえから。それでも直接顔を見れば、と思ってたんだが」

照映は、臣の上京に一縷《いちる》の望みをかけていたのだそうだ。ずっしりと響いた言葉に、臣はなにも言えなくなった。

「そんな、ドラマでもあるまいし、都合よくはいかねえだろ」

「だな。妙なプレッシャーかけて、悪い」

気持ちはわかるだけに、臣はかぶりを振った。

わなわなと手が震え、握っていた紙コップをつぶしてしまいそうになる。なるべくそっとテーブルに置いたつもりだったけれど、半分ほど残っていた中身が指を濡らした。

ぬるくべたついた感触が、過敏になった肌には最悪に感じられた。

「むしろ、俺は誰、ここはどこ、ってな事態にならなくてよかったって考えるべきだろ」

気を取りなおすように、すでにぬるくなりはじめたコーヒーをすすり、臣は喉の奥にわだかまる、いやな塊を飲みくだした。

「なあ、あいつ、どこまで覚えてるんだ」

鍵のかかった記憶に触れないためには、知っておかなければならないはずだ。必死に気持ちを建てなおしながら問う臣に、照映は平坦な声で言った。

「大学を出たあと、長野に住まいを移したこと自体はなんとなく理解してる。おそらく、この七年であいつのなかに生活史として長野の暮らしが染みついてるからだろう。描きかけの絵のモチーフはむろんのことだが、スーパーの場所だのなんだのはよく覚えてた」

ただし、と照映はため息をついた。

「さっきも言ったが、なんで長野にいって暮らしてるのか、そのきっかけはなんなのか——そういうことが逆にすっぽ抜けてる。それに、鹿間と揉めて個展がつぶれたことも、なんのことだって首かしげてた。それに、大学を卒業したかどうかって訊くと、それも混乱してる」

「自分が、画家になったのか、大学生なのかがわからない、ってことか？」

「そうらしい。というか、『毎日絵を描いている』ってことだけは、中学のころから変わってねえからな。要するにあいつは周辺の環境変化についてはどうだっていいんだ。自分の作るもの、それを邪魔されない状況でさえありゃあいい。……わかるだろ」

「まあ、ね」

わかる、と言いかけて、けれど言いたくはなく、臣は曖昧にうなずいた。内心では、照映の言葉を否定したい自分がいて、けれどその反論を彼にぶつけても意味がないこともわかっていた。

（でも、すごく、変わってるはずなのにな）

慈英が現在手がけている『蒼天』のシリーズは、すべて長野にきてからのものだ。

——臣さんと会ってからの作品と、会うまえの作品じゃ、まったく違うのは当然なので。あんなふうに言われて嬉しかったのに、それすら忘れてしまったのか。作風の違いやなにか、その要因に誰がいたのかすら、いまの慈英は疑問にも感じないらしい。

しょせんはその程度だったのだろうか。忘れても、適当に頭のなかで整合性がつくような、その程度の存在だったのか？

疑心暗鬼のいやな苦みに舌を痺れさせながら、臣はうつろな声で言った。

「あいつは自分の頭のなかにあるものさえ無事なら、ほかはどうでもいいってことだろ。ときどき、昼と夜どころか、夏か冬かもわかんなくなること、あったくらいだから」

それでもここ数年は、臣の生活を管理するため、慈英のほうがよっぽどまっとうな日常を送っていた。ことに、あの山奥の町にひっこんでからは、なにくれとなく面倒をみてくれた。よそものが排斥されやすい田舎町になじむため、近所の奥様がたに絵を教えたり、青年団のひとたちとも親しくなって——。

「やっと、慈英も、ふつうっぽくなったかなあって思ってたんだけどな」

つぶやくと、沈黙が訪れた。臣も照映もまだ混乱がひどくて、お互いになかば放心状態に近いことが空気で感じられる。

記憶が戻るのか、戻らないのかもわからない。照映はさきほどそう言った。つまり臣は、これからさきずっと、慈英にあの無関心な目を向けられる可能性があるということだ。

頭が真っ白で、なにも考えられない。なのに、気づけば口が勝手に言葉を発していた。

「まあ、でも、とりあえずよかったよな」

「……よかった？」

照映は険のある声で繰り返した。臣はうつろな目で、唇を嗤《わら》いの形に歪ませる。

「すくなくとも、いまのところ……俺のこと以外は、だいたい、覚えてるみたいだし。仕事にも影響、ねえんだろ。よかったじゃねえか」

声に皮肉が滲むのは、どうしようもなかった。背筋がひりひりと痛くて、心拍数はずっと乱れたまま、戻らない。

（なんで、俺だけ）

誰にともなく怒鳴りたくなる。けれどそんなことをしても意味はない。行き場のない、怒りとも哀しみともつかないものに感情をめちゃくちゃにされていると、照映がぼそりと吐き捨てた。

「どこがいいんだよ」

ぞっとするような声に反射的に振り向くと、凶悪な目で睨みつけられた。

「ちっともよくねえよ。だからさっさと籍入れろっつったんだよ」

「いまそれ、関係あんのかよ」

間髪《かんはつ》を容《い》れずにきつい声を返すと、隣にいる男は「大ありだよ」とけんか腰だった。

「病院にくるのひとつとったって、あれこれ言い訳つけて根回ししなきゃなんねえくせに。そんなもん、籍入れときゃあ、親戚の見舞いで一発ですんだだろうが」

「無茶言うなよ、警察官はそんな簡単に休みは――」

「話すりかえんな。身内の大事なら、もうちょっとは融通きくだろうがって言ってんだよ！」

すりかえるもなにも、同世代の養子をもらった事実がばれたらどうするのだとか、そんな良識は照映のなかから吹き飛んでしまったらしい。

「おまえこれでいいのかよ。今後あいつになんかあったら、ぜんぶ責任取るの俺になんぞ」

「ぜんぶ、あんたがって……実家はどうなってんだよ？」

「ほとんど縁切りだ。あいつの身内は、俺しかいねえようなもんだ。俺は、おまえがそうなるんだと、てっきり思ってたけどな」

縁切りだ、という実家について、どういうことかと問いただしたい気持ちはあった。だが、それ以上に、いまそれを言うのか、と臣は唇を噛んだ。

照映は容赦なく、臣の後悔を抉《えぐ》る言葉をずけずけと突きつけてくる。

「俺はな、あの絵といっしょに、てめえにアレ預けたんだよ。やっと荷物おろしたんだよ。やっと落ちついたと思ってたのに……なのに、なんで振り出しに戻ってんだよ」

「振り出しって、なんだよ」

「てめえがさっき言ったんだろうが。やっと慈英もふつうっぽくなったって。けどなんだありゃあ。大学のころよりひでえよ。殻に閉じこもって、えせくさい笑いかたして、あんな慈英、俺は、二度と見たかねえんだよ！」

腹立たしげに、照映は手近にあったテーブルを殴りつける。その瞬間、ぶつりと臣のなかでなにかが切れた。

「……それは、俺のせいかよ」

「あぁ!?」

「それは俺のせいかよ、つってんだよ」

声を振り絞るようにして、臣は照映を睨みつけた。やつれて青ざめ、ふだんよりさらに大きくなったような臣の目に滲んだ涙が、激昂《げっこう》していた男の感情を一瞬で冷ましたようだった。

「あんたはまだいいよ。昔となんにも変わんねえで。照映さん照映さんって頼りにされて。でもあいつが、慈英が、俺のこと、忘れてもかまわないやつといっしょくたにした。それが、俺にとってどういうことか、あんたにわかるか」

慈英のまなざしを思いだし、臣はぞっと身体を震わせた。慈英とはじめて出会ったときですら、あんな無感動な視線を向けられたことなどなかった。やさしげなくせに、とんでもなく分厚く高い壁がそびえる、そんな慈英を臣は知らない。

「あいつは俺のだったのに、もう俺のじゃない。ぜんぶ、消えて、それが俺にとって、どれだけ……っ」

「……臣」

照映の同情的な視線に、臣の激昂はさらにひどくなった。

「それで籍入れときゃよかった？　あんたがぜんぶ責任取る？　なんだよそれ、……なんだよ、それ！」

叫んで、反射的に立ちあがった。膝がテーブルにぶつかり、飲みかけのコーヒーがばしゃりと音を立てる。

がくがく全身が揺れるほどに震え、臣はとっさに握った拳に歯を立てた。気づかないふりでやりすごそうとしていたショックがいまさらになって襲いかかり、立っているのもやっとの状態だった。

「あいつのなかに、どこにも俺がいないんだ。……なのに、なんで、あんただけ、あいつのなかにちゃんと、いるんだよ！」

常々、思っていた。慈英のなかで、臣はこの男をどうしても越えられないのではないかと。それでもカテゴリーが違うのだから、大事の意味が違うから——と、必死になって見逃してきた嫉妬が、心臓を焼き焦がしてしまいそうなくらいに高まっていた。

「忘れてること、言っちゃいけないんだろ。俺があいつのだったたって、あいつが俺のだったって、それ言っちゃいけないんだろ。忘れたんだろ。もう戻らないかもしれないんだろ」

「……戻るかもしれねえだろ」

疲れた声のとりなしに、臣は髪が肌にあたって痛むほど、激しくかぶりを振った。

「誰が保証してくれんだよ、そんなもん！」

妬ましさと憎悪すら覚えながら照映を睨みつける。動じることのない男は、そのぎらついた目つきにぞっとしたかのように、かすかに顎を引いた。

（なんで、俺は忘れられて、こいつは）

慈英が打ち立てた壁、その象徴が、まるで照映そのもののように思えた。いっそ消えてくれとすら感じる、おのれの感情の醜さにも吐き気がする。

そしてなにもかもが、いやになった。

（もう、いやだ）

心の負荷に耐えられず、脚が萎《な》えた。ぐらりとかしいだ身体を、大きな手が支える。歯の根が噛みあわないほどにわななく臣の頭を、照映は自分の胸に押しつけた。

「悪い。カッとなって、見誤った。言いすぎた」

「はな、せ……っ」

「俺もテンパってたから、わけわからなくなってた。許せ」

子どもをなだめるように、広い胸に臣を抱きしめ、何度も背中を叩かれた。ぼろぼろになった神経は、あれほど憎らしいと、死んでしまえと罵《ののし》りたいとすら感じた男の手でなだめられた。

「一番しんどいのは、臣だよな。気遣ってやれなくて、やつあたりして悪かった。だから泣くな。落ちつけ」

「なんだよそれ。……ずるいだろ」

これだから、照映はいやなのだ。なぜこの男が慈英の特別なのか、言葉ではなく態度で、その懐《ふところ》の深さで、ことごとく臣に思い知らせる。

「いやだ、あんな慈英は。あんな顔する慈英は。でも、そんなこと考えてる場合じゃねえし」

わななく声で本音を漏らす。照映は「ああ」とだけ言って、また臣の背中をさすった。

「よ、よかったって。命に別状もなかったし、仕事、続けられるし……よかったって思うしか、ねえじゃん、俺……」

あまえたくなどないのに、ほかになにもすがるものがなかった。この大きな男によりかかっていなければ、きっと足下から崩れて、立ちあがれなくなる。シャツが皺になるのもかまえずに、臣は逞《たくま》しい胸にしがみつき、きつく目をつぶる。

「泣くなって」

「泣いてねえよ。殴られて、しんどいの慈英だし、俺は……俺は、ただ……」

言葉は支離滅裂《しりめつれつ》になり、臣は目からどっとあふれた感情を照映の胸に押しつけて隠した。そうすれば、怖いこともつらいことも、なにもなかったことになるかのように、ただあまやかしてくれる男にすがる以外、なにもできなかった。

＊　＊　＊

久遠が部屋を出ていってから三十分ほどが経過した。けれど彼は戻ってくる気配もなく、ただ待つばかりで手持ちぶさたの慈英は自分から出向くことに決めた。

（たぶん、さっきの部屋のあたり……）

診察室のすこしさきに、待合いのような部屋があったはずだ。入院棟を抜け、心療内科のほうへとぶらぶら歩いていくと、目的の場所に目当ての人物がたたずんでいるのを見つける。

「あ、久遠さん。あの――」

振り返った久遠は、唇のまえに人差し指を立て、「しい」と声に出さずに告げた。いったいなんだと怪訝に思いながら近づき、ガラス張りの部屋を覗きこむ。

「……！」

そこには、照映の胸にすがって泣いている臣がいた。ときおり噎《む》せて苦しげに細い身体を震わせる彼を、照映の大きな手のひらがなだめるように撫でている。

しばし、ぼんやりとその光景を眺めたあと、慈英は色のない声でつぶやいた。

「彼は、照映さんの新しい恋人ですか？」

「は？」

なにか不気味なものでも見るかのように、久遠はうろんな目を向けてきたけれど、慈英はかまってはいられなかった。

震えて泣きじゃくる臣はきれいで、ひどく苦しそうだった。親戚ながら、相当な色男だと素直に感じる照映とは、絵になる取りあわせだと感じられた。

そしてなぜか慈英は、妙に似合いのふたりをまえに、いらだたしいものを感じた。

（なんだ、これは）

自分の顔がひきつっているのがわかる。けれど、頭痛がひどくてなにも考えられない。

絶句していた久遠は、そんな慈英をまじまじと眺め、「びっくりしたな」とつぶやいた。

「あー、と。あんまりにも非現実的な質問だったから、スルーしちゃったけど。あのふたりは、そういうわけじゃないから」

「……へえ」

目のまえのふたりから顔を背《そむ》け、ガラスによりかかった慈英は、握った拳で額を何度か叩く。そうすれば、いま見てしまったものが頭から追いだせるような気がした。

横顔にあたる視線が痛い。無視していると、久遠が長いため息をついた。

「あのさあ、そんな顔してるくせに、それでも思いださなくていいって言うの？」

「忘れちゃったことなんか、俺にとってたいした意味がなかったってことでしょう」

慈英の切り返しに、彼は「へえ？」と鼻で笑った。

「わざわざ、臣くんがあいつの恋人かどうか訊いておいて？」

挑発的な久遠の声に、ざわざわとしたいらだちが肌を走った。顔にもそれは表れたのだろう、あざけるように久遠は嗤った。

「慈英くん、いままで照映が誰とどうつきあおうと、どういう現場見ようと、ぼくにそんなの訊いたことあったっけ？」

豪放磊落《ごうほうらいらく》なあのいとこが、恋愛に関して非常にストライクゾーンが広く、性別すら関係ないことは知っている。たまに不意打ちで彼の家に遊びにいけば、それこそ事後の空気を引きずった相手と、男女問わず鉢合わせたことは何度もあった。

そして慈英はたしかに、彼らについて久遠にも照映にも、訊ねたことなど一度もない。ないのだが――どうして、そんな質問を口にしたのだろうか。

すべてがばかばかしくなって、慈英は投げやりな気分で息をついた。

「そうですね。俺には関係のない話でした。すみません」

頭が痛すぎて、言葉を選ぶ余裕もない。どこか荒い口調になったことに気づいていたが、久遠をまえに取り繕《つくろ》う気分でもなかった。

ただ、とにかく、気分が悪い。胸がむかついて、眩暈もする。血圧があがっているような気もするから、やはり退院はしばらく無理ではないだろうか。

「関係がない、かあ」

慈英の言葉をわざとゆっくり繰り返し、意味深に笑って、久遠は言った。

「それ、ぼく以外には言わないほうがいいよ？　Ｊくん」

なつかしいあだ名で呼ばれたのは、いい意味ではないだろう。慈英が作品に記すサインは一文字のイニシャルのみで、読みをもじった学生時代のあだ名でもあった。そしていつも慈英を鈍いと罵る久遠は、知性を表す『英』の字が無駄だ、『Ｊ』の一文字で充分だと、意地悪く言っていた。

「忘れたものに意味がないとか。絶対に。とくに照映と、あの、きれいなひとには言わないほうがいい。後悔するのはきみだから」

顔色の悪い慈英をじっと眺めながら、久遠は皮肉に嗤ってみせた。

「ただでさえ、ふだんから若年性健忘かっつうくらいのおばかさんなのに、そのうえ記憶喪失って。ほんっとに足りないよねきみは。いろいろ足りなさすぎ」

「ひどいなあ、久遠さん」

容赦のない物言いに、慈英は苦笑した。だがその瞬間、久遠はすっと表情をあらためる。

「笑ってる場合じゃねえだろうが」

「え……」

表情ばかりか、口調までもが別人のような久遠に、慈英は目を瞠った。久遠のまなざしは、まるで心の奥に忘れてきたなにかを見通すように冷たく鋭い。

「笑うな。あとになって、それがどれだけまずいことだったかわかったとき、間違いなく死にたくなる。つうか、いまの自分をぶっ殺したくなるぞ」

真剣な口調は、ただの脅しではないと知らしめる。だが、いまの自分にはその意味するところがわからない。混乱し、疼くこめかみを押さえた慈英はかすれた声で問う。

「それ、どういう意味です」

問いかけると、久遠はまた、いつもの彼に戻った。はぐらかすように「さあねえ?」と笑った彼に、慈英はなおも食いさがる。

「彼……のこと、久遠さんは知ってるんですか」

「直接会ったのは、きょうがはじめてだ。でも知ってたよ、七年まえから。照映と……きみが、とてもたくさん彼のことを話したから」

久遠はすっと視線をめぐらせ、痛ましそうな目で臣の姿を眺めた。

(なんなんだ、いったい)

ほっそりした身体は、いまにも倒れそうな風情で逞しい照映の胸によりかかっている。それを見るたび、慈英はどうしてかまた、いらつく自分を抑えきれなかった。

鬱屈《うっくつ》したものの含まれた慈英の視線に久遠は目を瞠り、そのあと、にやりと笑った。

「ふうん。なるほどね」

「なにがです」

意味を探るような慈英の視線をはぐらかし、「べつに」とかぶりを振った。

「照映もああいうのには弱いからね。ま、いまはほかの子のことで手一杯だから、間違いはないと思うけど……」

「照映さんには、ほかに、誰か、いるんですか？」

だとしたら、あの光景はいったいどういうことなのだろうか。慈英は痛みをこらえて問いかける。久遠はすぐに答えようとはせず、うろんな目で慈英を眺めた。

「それがなんか、きみに関係あんの？」

「思わせぶりなことばかり言うのは、誰のほうですか？」

ヒントを投げては突き放す久遠にいらだち、慈英は無意識のまま彼を睨みつけていた。

臣に対して慕わしい目を向ける久遠に、不思議な感じがした。柔和で穏やかに見せかけているけれど、久遠のなかにはどこか冷たい壁のようなものがある。ファーストインプレッションから心の裡《うち》に受けいれるものとそうでないものを瞬時に選りわけ、『この距離』と決めたものに関してはそれ以上近寄らないし、近寄らせない。

そんな彼が、ただ伝聞だけで知っていた相手を気遣うような言動をするのがとても不思議

だった。なにより、久遠は言ったのだ。

――きみが、とてもたくさん彼のことを話したから。

いったい、自分はあのうつくしい彼のことを、どんなふうに話したのだろう。そこになんの意味を見いだし、久遠はそんなことを言ったのか。

(頭が、痛い)

ぼんやりかすんでいる記憶を掘り起こそうとしたとたん、またあのいやな頭痛が襲ってきた。検査の疲労にくわえ、久遠の謎かけのような言葉が慈英を混乱させる。

額を押さえ、軽く肩を上下させて、肺に足りない空気を送りこむ。追いつめたことを察したのか、久遠はまた、あの軽い調子に戻った。

「まあ、いいんだけどね。本当に記憶が戻っちゃったとき、ぜーんぶ手遅れでも、ぼくの知ったこっちゃないし」

「……久遠さん?」

「ただ、そのときになって、ぼくがいま言った言葉を覚えてられたら、ぼくに『ごめんなさい』って、『忠告してくれてありがとう』って、ちゃんと言いな」

目を細める久遠に対し、慈英はなにを言えばいいのかわからなかった。

＊　＊　＊

ＭＲＩ検査をした翌日、目を覚ました慈英の状況は、なんら変わってはいなかった。朝から見舞いに訪れた臣の顔を見ても、相変わらず微妙な反応しか見せない。

「わざわざ、こんな時間からきていただいても、ご迷惑でしょうから」

そのひとことをかけたっきり、あとはベッドで目を閉じてしまっていた。退院が不可能と決められたのも不快だったらしい。

誰に対してもそういう態度なのかと思いきや、多少はローテンションでも照映や久遠、医師たちには穏やかに接しているらしい。

あまりの空気の悪さに耐えきれず、談話室でぼんやりしていた臣に、照映が詫びた。

「あいつがあそこまで不機嫌まる出しってのも、めずらしいんだがな……悪いな」

照映が驚き詫びてくるのに、臣は気にしていないと答えた。

「俺がいると『覚えてない』って意識するから、いやなんじゃないか」

言葉の端々で感じたことだが、照映の仮説どおり、慈英は臣に関連した物事についての記憶がひどく混濁していて、会話はほとんど成り立たない。

あげく親戚でもない、関係性をはっきり説明されてもいない臣が連日の見舞いにきたことで、なにかを訝《いぶか》りはじめている。

「不機嫌な慈英。……たまに、あったけどね」

「それって、無意識であまえてんのか？」

「さあ……それはない気がする。俺が知ってる不機嫌と、質が違うから」

恋人としてすごした時間のなかで、けんかをしたことは何度もある。だがそういう際の慈英が感情を波立たせるのは、あくまで臣に向かって気持ちがあったからだ。

「いまは、知らないやつがなんで俺のまえをうろうろするんだって、そういう感じ」

きのうのきょうだからしかたがないと自分に言い聞かせたけれど、落ちこまないでいるのはむずかしかった。

「ところで、ちょっといいか」

「なに？　なんでもいいよ、どうせ暇だし」

力なく微笑む臣に、照映は苦い顔で告げた。

「この件の担当刑事が、臣に事情を訊きたいと言ってる」

慈英が殴打されたことに関しての裏づけに、臣からも話を訊きたいらしい。断る理由もなく、臣は快諾《かいだく》した。

「俺？　いいよべつに。もうきてんのか？」

「さっき俺も話を訊かれたからな。あっちで待ってる」

照映が親指でさしたさき、スーツの男が頭をさげていた。

念のため人払いをしてもらい、臣は警視庁の刑事だという男と向かいあった。

「はじめまして、警視庁の島田《しまだ》です。堺さんから連絡はいただいております」

精悍な顔をした短い髪の男は、臣よりも四つか五つほど年上に見えた。差しだされた名刺の肩書きを見るに、キャリアなのだろうことは推察できた。だが、とくに階級を告げることもなく、えらぶった空気もない。

(ふつう、この歳で警視っつったら、管理にまわってると思うんだけど……)

島田のよれたスーツは現場を走りまわっている証拠だ。変わり種なのだろうことは察せられた。問いかける声も穏やかで、好感の持てる相手だと感じた。

「長野県警の小山です。今回は、完全にプライベートですので……」

言葉を濁すと、島田は「了解しています」とうなずいてみせた。

「ただ、小山さんに二、三、お訊きしたいことがあるだけですので。そちらからも、ご質問があればどうぞ」

「わかりました」

融通のきく男らしく、「ある程度の情報までなら開示する」と島田が自分から言ってくれたのが心強かった。

「では、本題を。ご親戚の秀島照映さんと霧島さんには、さきほどお話をうかがいました。なんでも、記憶が一部、失われているとか?」

「ええ。だから犯人を見たかどうかも、彼にはわからない状態です」

すでに確認ずみなのだろう。島田はうなずいたのみだった。

「被害者のひとりがまだ話を聞ける状態にないですし、もうひとりは記憶がないってことで、こちらもけっこう手詰まりなんですよ」

島田といっしょに訪れた刑事は、鹿間の容態を確認するために、担当医と話をしているそうだ。鹿間は依然として意識不明のままだ。関係者への聞きこみなどが行われているが、いまのところ事態は進展していないとのことだった。

「で、小山さん。なにか、お心当たりはないですか」

「心当たり……慈英のことに関して、ってことですか？」

「ご不快にさせたらすみません。状況的に見て、暴行犯は、鹿間さんの関係者であることは間違いないと思いますし、秀島さんは、おそらく巻きこまれたのだと推察しています」

顔をしかめた臣に、島田はあえての質問だと念押しした。

「ただ、なにしろ、ご自身が有名人でもあるので。念のために」

「ええ、それはわかってます」

ありとあらゆる方向から、可能性を探るのが仕事だ。個人的な感情をこらえて臣がうなずくと、島田は手帳をめくりながら言った。

「被害者——鹿間さんに関しては、逃げようとする彼を何度も打ちすえたと考えられる形跡があった。かなり明確に、殺意を持っていた、あるいはそれに近しい気分で被害を与えようていたはずです」

陥没《かんぼつ》した頭蓋骨のほかに、肩、腕、顔など、数カ所にわたって打撲やひっかき傷が残っていたことから、相当に抵抗し、揉みあったのだろうと島田は言った。

「ただ、秀島さんの場合は背後からガラス瓶で一発だけ。傷の様子からみて、それもさほど強い殴打ではない。意識を失ったのは、むしろ倒れたときに机にぶつけた位置が悪かったせいだと考えられています」

「机って……」

「黒檀《こくたん》で造られたものです。非常に硬い板なので、かなりの衝撃だと思います」

臣はぞっとした。打ちどころによっては、本当に命も危ない可能性があったのだ。

「憶測ですが、犯人は鹿間を殴り倒したあと、盗むものを物色していたときに秀島さんが訪ねてきたんじゃないかと」

そうとは知らずに部屋の奥へと向かった慈英は、隠れていた犯人が逃亡するために殴られた可能性が高いと島田は言った。

「現場に残ってたボトルの指紋を拭き取ったあとがあった。キャビネットも荒らされているけれど、そっちには鹿間さんの指紋以外ほとんど残っていなかったから、おそらくは手袋でも使ったんでしょう。当初の目的は窃盗のみだったんじゃないかと考えられています」

グラスはふたつ使われていた。当初は慈英に出されたものかと思われたが、傷の治療の際に調べたところ、慈英の体内からアルコールは検出されなかったため、彼らを殴打した第三者が使用したのだろうと思われた。

「ほかになにか、物証は？」

臣の問いかけに、島田はやれやれというように首を振った。

「残念ながら。ほかにわかっていることといえば、左利きじゃないかってことくらいですね」

「左利き……」

鸚鵡返《おうむがえ》しにした臣の頭にぱっと浮かんだのは、照映のことだった。職人である彼はほぼ両方の手を使えるが、基本的に左利きだ。表情で察した島田が、苦笑いを浮かべる。

「秀島……ええと、照映さんのほうには、一応その件でお話をうかがいましたよ」

「あいつ、怒ってたでしょう」

「いやいや、ははは」

笑ってごまかすあたり、けっこうな剣幕《けんまく》だったのだろう。臣が同情的な目を向けると、島田は手を振って話を戻した。

「それで、秀島さんは、なぜあそこに向かわれたんです？」

「鹿間さん本人から、メールで呼び出しがきたと聞いています。過去の習作を預かったままなので、返したいという話で……メール自体も見ました」

そのことを臣が慈英と話したときの状況はさすがに伏せたが、メールの内容などについて、臣はできるだけ細かく思いだしながら話した。おそらく照映や本人にも訊ねたのであろう、島田はメモを取るでもなく、ふんふんとうなずきながら聞いていた。

ひととおりの話を聞き終え、島田はがしがしと短い髪をかいてため息をついた。

「うーん。こちらがわかってる以上のことはご存じないみたいですねえ。新事実と言えば、秀島さんが鹿間さんと会うのは面倒くさいと思ってたってことくらいだ。それも想定内だけど」

臣自身、はっきりしない事件に不安感はあった。同時に、捜査にあたる刑事が、情報のすくなさにもどかしくなる気持ちもよくわかるため、恐縮しながら言った。

「すみません、お役に立てなくて」

「とんでもない。今回小山さんは被害者側だ。俺らに気を遣う必要はないですよ。ただ、なにか思いだしたら教えてください」

励ますような島田の声に、すこしだけ慰められる。「わかりました」とうなずいた臣は、重い声で問いかけた。

「いまのところ、犯人の目星はついてないんですか」

「それがねえ……」

島田は困ったようにまた頭をかいた。微妙な表情に臣が首をかしげると、「ここだけの話で」と彼は声をひそめた。

「正直に言えば、容疑者だらけなんですよ。とにかく、敵の多いひとらしい」

さもありなんなコメントに臣がうなずこうとしたとき、島田は聞き逃せないことを言った。

「それこそ、秀島さんも数年まえ、けっこうな目にあったとか——」

「あいつは関係ない！」

反射的に臣が尖った声をあげると、島田はあわてて手を振ってみせた。

「あ、すみません。そこは疑ってませんので、誤解させたなら申し訳ない。ただ、会うひと会うひと、恨みつらみを吐き出されるもので……」

島田は臣の剣幕に苦笑しながら手帳をめくり、鹿間を恨んでいるだろう人間の候補をいくつか挙げた。

「絵画の売買で、失敗したようですね。どうも贋作《がんさく》を摑まされて不渡り出したらしいんですよ。まずその関係者が複数名」

名前は教えられないと言われ、心得ていると臣もうなずいた。

「それと、このところ、アートグッズ関係のプロデュースなんかもしていたようなんです。そっちで不渡りの補塡《ほてん》しようと大口の仕事を入れたら、今度は土壇場になってキャンセルされた。すでに商品は発注済みだったのに」

「え、でも、だったら鹿間のほうが相手を恨むんじゃあ——」

臣が不可解だと顔をしかめれば、「それがね」と島田は言った。

「取引相手は公的な美術館のキュレーターだったんですが、まだ打診ていうか、見積もりを兼ねた打ちあわせの段階で、製作が決定したわけじゃなかったらしいんです」

「じゃあ、正式な依頼をしたわけでもないのに発注を？」

「ええ、先走ったのは鹿間さんのほうで、それも独断だったらしい」

ご破算になった仕事の内容は、美術館のグッズ売り場で販売するための小物関係だった。内容はその美術館に収蔵されている絵画や美術品の写真をプリントした本革のブックカバーだとか、ミニバッグなどのグッズ。

「その美術館に卸《おろ》すついでに、ほかのミュージアムショップなんかでも売れるだろうと考えて、まとめて六千個、発注したらしいんです。ロット数をそこまであげれば、ひとつずつは安く売れるだろう、とね」

慈英や照映の話を聞きかじっただけながら、アカデミックな品を扱う世界は、大量消費とは縁遠いのだと臣は知っている。ましてや美術館のグッズ売り場にミュージアムショップなど、そもそもの店舗数がすくないうえに、飛ぶように商品が売れることなど考えにくい。

「でもアートグッズって、そんなに需要がないのでは……」

おずおずと告げると、島田は「アタリです」とうなずいた。

「むろんものにもよりますが、美術館のアートグッズは年間で八十点も売れれば、ヒット商品と呼ばれるそうです。鹿間さんの発注は根本的に見こみが違いすぎた」

「それで、結局どうしたんですか」

いやな予感を覚えた臣に、島田ははっきりと顔をしかめた。

「すでにできあがってしまった商品を、製作業者に叩き返したそうです」

「え⁉　し、支払いは」

「仕事も金もないからできないと、居なおっていたらしいですね。ちなみに、工賃だけで一千万を越えていて、おかげでつぶれた会社も出た」

ミニバッグの製作中継ぎの業者、下請け工場、デザイナー。全員が未払いで火の車になった。鹿間のあまりのずさんな仕事ぶりに、臣は開いた口がふさがらない。

「そうしたことを、あちこちでやらかしたそうです。だから犯人が絞りこめないんです。コトは単純な、怨恨《えんこん》による暴行だと思うけれども、心当たりが多すぎる」

厄介な被害者だと、島田はため息をついた。臣は心から同意した。

「おまけにそれだけじゃない。まえに勤めていた広告代理店にいたときも、恐喝的な懲罰人事だとか、セクハラだとか、まあ聞けば聞くほど出るわ出るわで。ちょっとしたことも根に持つし、相当強引なタイプだったようですから」

「あー……でしょう、ねえ」

なるほど、犯人が絞りきれないと言われるわけだ、と臣はあきれた。鹿間も相当にやぶれかぶれだったらしいが、殴られても同情の余地がないとしか思えない。

島田も調べれば調べるほどに、鹿間に対してうんざりしているのが見てとれて、同業者としていたく共感し、また鹿間に対しての怒りもわきあがった。

「あいつが呼び出しさえしなきゃ、こんなことには……」

言いかけて、職業意識から覚えた罪悪感に口をつぐむ。察した島田は、やさしく笑いながら声をかけてくれた。

「気持ちはわかりますよ。ただ今回の小山さんは、さっきも言ったけど被害者側だ。遠慮無く、腹を立てていていいと思います」

「ありがとうございます」

「あまり、気に病まず。捜査はこちらで頑張りますから」

とりあえずその後もお互いいろいろ話してみたが、目新しい情報は出てくることはなく、この日の事情聴取は終了だと島田は立ちあがった。

「秀島さんの記憶が戻られたら、もうすこしうかがいたいこともあるんですがね。そのときは連絡お願いします」

臣は「わかりました」とうなずいた。

「じゃあ、俺はこれで。次は、鹿間さんからセクハラ被害に遭った女性と話してこないといかんので」

うんざりした顔をする島田に、臣も「あはは……」と乾いた声で笑った。

そして地道に現場をまわる島田警視を、好感を持って見送った。

＊　＊　＊

診察、検査、また診察。そのほかの時間は寝ているか、傷の具合を確認するだけという日々に、慈英は音《ね》をあげそうになっていた。

「傷の治りはいいようですね。このぶんなら、近いうちに抜糸できます」

縫合痕を眺めた医師に、慈英は暗い声を発した。

「まだ、頭が痛いんですが」

目が覚めてから五日が経っても、不定期に訪れる慈英の頭痛は去らなかった。痛みそのものや眩暈はだいぶましになってきたとはいえ、やはり慈英の記憶も戻る気配はなかった。

「一過性の記憶健忘なら、寝て起きると戻っているのが大抵のパターンなんですが」

さんざん聞かされた記憶健忘にまつわる説明に、慈英は「それはもういいです」とため息混じりに言った。

「それより、頭痛です。痛み止めを飲んでもいまひとつきかないんです」

「いま以上にきつい薬はお勧めしかねますよ」

頭痛そのものは打撲のせいでしかないらしいが、こうも執拗なのはおかしいそうで、医師もその点については、かなり不思議がっていた。

「骨にも問題ないとすると、可能性としては頸椎捻挫《けいつい》くらいですね」

医師の言葉に、「それは、なんでしょう？」と慈英は問いかける。

「いわゆる寝違えです。それのひどいものがむちうち症です。神経が圧迫されて、肩こりがひどくなったのだと考えれば、頭痛の理由にはなるんですが……」

もしかすると頸椎でも痛めているかもしれないと、レントゲンも撮ってみたが、こちらもやはり異状はない。

「なーにが悪いのかなあー」

医師にため息混じりに告げられ、慈英はため息をつきたいのはこっちだ、という言葉を呑みこむ。そして悩める医師に向けて、ずっと考えていたことを告げた。

「あの。もうできることがないようでしたら、退院したいのですが」

かなりの覚悟で言ったつもりだったが、医師には拍子《ひょうし》抜けするほどあっさり「そうですね」と受けいれられた。

「これなら自宅療養で様子を見ていただくしかないでしょう。たしか、お住まいは長野県でしたね？」

問われて、慈英は一瞬戸惑った。記憶のなかに、地方都市で暮らしたときのものと、大学時代のものとが混在し、とっさに『いま自分はここにいる』という判断がつかなかったのだ。

「あ……ええ。そうですね、長野です」

言葉につまった慈英をじっと眺め、担当医師は問いかけてくる。こういうときの医者の表情は苦手だった。まったく感情が読めず、こちらばかりを探ってくるからだ。

「秀島さん。まだ、現実感がないですか？」

「大抵は平気なんですが、ときどき、妙にぼんやりします」

「つくづく、妙な症状だなあ……」

ひとりごとのようにつぶやき、カルテを見た医師は「とにかくこれ以上は、もうこちらでもどうしようもないと思います」と言いきった。

「長野にある病院への紹介状をお出しします。もしかしたら、そちらの病院で、突破口が見つかるかもしれませんし」

「わかりました」

「明日、念のためにＭＲＩを撮ってみましょう。それでもなにも出ないと思いますが」

要するにお手上げだと宣言されて、その日の診察は終わった。

気が重いせいか、足取りも重い。のろのろと慈英が病室へ戻ると、待ち受けていた相手がはっと顔をあげた。

「あの、どうだった？」

ぱっと立ちあがり、近づいてくる相手から目を逸らして、事務的に慈英は言った。

「異状はない、とのことです。あと、明日もう一度だけ検査して、その後は退院してもいいみたいです」

不安そうな顔で「そうか……」とうつむく。細い首を見ていると、わけもなく息苦しい気分にさせられた。

臣は連日、病院へと通いつめている。朝一番から見舞いに訪れ、訪問の限界時間まで慈英のもとにいる。寝泊まりはどうしているのだと久遠に訊ねたところ、照映のところに泊まっているのだと知らされた。

――ずいぶん、親しくつきあってるんですね。

慈英の言葉に久遠はまたあきれた目をしたけれど、もうコメントする気はなかったらしい。ただ思わせぶりに「ふうん」と言っただけだ。

（ふうんって、なんなんだ。そしてこのひとはいったい、俺のなんなんだ？）

じっと臣を見ると、困ったように首をかしげて笑ってみせる。なんだか媚《こ》びたような顔に見えて、不快感から慈英は目を逸らした。

このきれいで細い男が目のまえにいると、意味もなくいらいらする。必死になって気丈《きじょう》に振る舞っているのはわかるけれど、不安そうに怯えた目だけは隠せないからだ。

(そんなに怯えるなら、近寄らなければいいのに)

そばにいれば、びくびくするばかり。それでいて一日中、慈英から離れようとしない。おかげでここ数日間、慈英はいらだちっぱなしだった。

日がな一日、することがないのも、この鬱屈に拍車《はくしゃ》をかけている。

頭痛は引かないままだったけれど、きのうあたりからだいぶ痛みがマシになり、起きていられる時間も長くなってきた。そのため暇を持てあまし、照映に頼んでクロッキー帳と鉛筆を持ちこんでみた。

だが——驚いたことに、慈英はまったく絵を描く気になれなかった。体調不良のせいかとも考えた。だが、高校生のころには、インフルエンザにかかって四〇度の熱が出ていたことも気づかずに、絵筆をとっていたことすらある。

あのときほど体調が悪いというわけではない。ただ、描こうとする気力がわいてこないのだ。欠損した記憶と同じく、アイデアもイメージも浮かばない。いつものような情熱的な衝動も、すっかり鳴りをひそめている。

(スランプか？　頭を打ったせいで？)

絵を描けさえすればなんの問題もないと豪語しておいて、肝心のそれが不可能になったとしたら、どうすればいいのだろうか。

（それとも記憶といっしょに、なにかが消えたか）

想像するだけで、足下に真っ暗な穴が空いていて、どこまでも落ちるような絶望感に捕らわれた。

ベッドサイドのテーブルに置かれたままの、真っ白いクロッキー帳。それを意味もなくめくっていると、臣がおずおずと問いかけてくる。

「まだ、絵、描けないのか？」

「……」

気遣ってくる声が耳に障る。黙っていてほしいときにばかり、臣は声をかけてくる。どうしてこのひとはこうも、神経をいらだたせるんだと慈英は不愉快になった。

答える気にもならずじろりと睨むと、傷ついたような顔で目を伏せる。それもまた不快だった。

（まるで、俺が悪いみたいじゃないか）

無言の慈英はいらいらとスウェットタイプの寝間着の襟をひっぱった。照映に着替えを買ってきてもらったため入院着だけはやめられた。だが不定期な頭痛以外に病人だという自覚もない慈英にとっては、一日中こんな格好をしていること自体が苦痛だ。

（ああ、いらいらする）

襟元を鼻先に持ってくると、病院のにおいが移ったかのように消毒薬くさい。そんな服を着ているのも不愉快で、なにも考えずにそれを脱ごうとすると、臣が「わっ」と驚いた声をあげた。

「な、なにしてんだよ！」

「着替えるんです」

シャツを脱ぎかけの状態で告げると、臣はあわてたように背を向けた。ちいさな耳が赤くなっている。同性相手にこういう反応をするあたり、照映の恋人ではないにせよ、やはり彼はそういう人種なのだろうかと疑わしく感じた。

（……べつに、どうでもいい）

もやもやと腹にたまる感情を無視して、慈英はさっさと服を脱ぎ、たたんであったシャツとジーンズを身につけた。午前中の診察が終われば、あとは寝ている必要もないため、このほうがすごしやすい。

慈英はふだんからラフな服装ばかりだが、朝起きたときにはちゃんと着替えることにしている。制作にはいって昼夜を忘れることも多いから、そうでないときには、なるべくきちんと着替え、生活のリズムを作るのは『長年の習慣』だった。記憶の時系列がときどき混濁するけれど、身体にそれは染みついている。

ふと振り返ると、臣はまだ背中を向けたまま うなだれていた。もう耳は赤くない。自分が無防備な相手をいじめたような罪悪感を覚えて、それもいやだった。

「寝てたまんまの格好してるの、気持ち悪いんですよ」

沈黙が気まずく、言い訳がましいことを口にする自分に驚いた。だが、それを聞いた臣がはっとしたように息を呑んだことのほうが、よほど気になった。

「ああ……そうだったな。朝は、起きたら着替えるもの、なんだろ」

なにかをなつかしむような声に、慈英は眉を寄せる。

臣については、長野で親しくしている人間だという以上の情報は与えられていない。自分とどんな間柄なのかがいまひとつ不明なのだが、ずっと居座っている彼を、照映や久遠がなにも言わないため、かなり親しかったのだろうとは推測できた。

だが、生活習慣的なことまで知っているとなると、相当な仲だったのだろう。

(寝た相手でも、そんなことは知らないはずなのに)

女性と関係を持ったあと、朝までベッドですごすということを慈英はした記憶がない。また、強引に自分の生活に踏みこまれたにしても、完全に意識から閉め出してしまうため――それは意図的にではなかったけれども――相手が慈英の細かいくせを知るより早く、関係が破綻《はたん》することも多かった。

(でもこのひとは、そんなことまで、知ってるのか)

いったい彼と自分は、どういう関係だったのだろうか。

着替えを終え、慈英がベッドに腰をおろすと、臣はおずおず振り返った。眉をさげた、頼りない顔は、まだうっすら紅潮している。妙ななまめかしさを覚え、慈英はどきりとした。そして、ほんの一瞬脳裏をよぎるものがあって、目を見開く。

「慈英？　どうした」

まばたきもなくなり、硬直した慈英の様子に、臣ははっと息を呑んだ。ぎこちなく距離をとっていたのも忘れたように、さっと近づいて頬に手を触れてくる。

さらりとした、やさしい手だった。印象とは違い、手のひらは案外硬い。この手を知っている気がする。どこで？　どこかで――。

「……いっ！」

ずん、と頭が重くなって、慈英はふらついた。とっさに支えるように差し伸べられた手が身体に触れるまえに、どうにか身をよじって逃れ、ベッドにどさりと腰かける。

「だ、大丈夫か」

「平気です。……神経が立ってるので、さわらないでください。すみません」

そっけなくはあったけれど、先日のように手をはじき落とすことだけはせずにすんだ。

ほっと肩を上下させ、大きく息をすると、だいぶ痛みがマシになる。

臣はどうしていいかわからないように、二メートルほどの距離を置いて、棒立ちになっていた。また傷つけてしまったかもしれない。さきほどよりもっと強い罪悪感がわき、ずきずきするこめかみを押さえて、慈英は声を絞りだした。

「小山さん、でしたっけ」

「……うん」

「毎日きてくださるのはありがたいですけど、俺、こんな調子ですから。無理していっしょにいないほうが、いいんじゃないですか」

慈英としては、気遣ったつもりだった。だが同時に、それが臣を遠ざける言葉でもあることは理解していた。

「お互い、無理してるのわかるでしょう。俺はあなたを思いだせないし、それを見てあなたは、なんだか知らないけど、傷ついた顔をするし」

「俺は……べつにそんな……」

「そんなことない？　そんな顔しておいて？」

本音を言えば、臣の存在は最悪のストレスだ。毎日、思いだしてくれはしないか、だめだっただろうかと、期待をこめた目で見られることに疲れていた。

（もう、やめたらいいのに）

なんの仕事をしているのかも知らないが、彼はおそらくちゃんと働いている人間だろう。もうこれで四日も慈英のところに通いつめているけれど、そんなことがいつまでも続けられるわけがない。

「会社とか、いいんですか？　まさか、仕事休んでるんですか？　どうしてそこまで？」

臣はなにも言わない。ただ真っ青な顔をして慈英を凝視したあと、うつむいてしまった。まるで弱い動物をいじめたかのような後味の悪さが慈英の舌を苦くする。

これだから臣は苦手だ。

「……迷惑か？」

長い沈黙のあと、うつむいたまま臣はぽつりと言った。表情は見えないが、暗い声だった。

「そういうことではなくて、俺なんかに、無駄に時間使っても、意味ないですよ」

「俺にとっては、無駄じゃないよ」

挑むように、臣は顔をあげて言いきった。目の縁が真っ赤で、また泣くのかと思うと腰が引ける。

いい歳をした男が泣くなんて気持ち悪く感じていいはずなのに、目のまえの相手はどこまでもきれいだ。そして慈英を混乱させる。

「おまえが、迷惑だと思ってても、無駄だって言っても、俺には無駄じゃない。……ただ、どっちにしろ明日には、帰らなきゃいけないけど」

「え……」

「休暇は明日までなんだ。だから、明日の夕方までは、ここにいる」

自分で突き放すようなことを言ったくせに、慈英は動揺した。そして動揺する自分にも、その原因になる臣にも、妙に腹が立ってしかたなかった。

（なんでこんなに、むかむかするんだ）

これほど怒りっぽい性格ではなかったはずだ。どちらかといえば、感情のアップダウンには疲れてしまうから、わずらわしく思うことは無意識のまま切り捨てることが、慈英にはできたはずだった。

頭を打って記憶が混濁したついでに、性格まで変わったのだろうか。それもあまり愉快な想像ではなく、慈英は顔をしかめると、長々としたため息をついた。

もうなにもかも、面倒くさい。考えたくない。臣からあからさまに目を反らし、いとこを捜す。

「きょうは、照映さんは？」

「照映は、本社で会議。もしかしたら、あとで顔出すかもって言ってたよ」

「あ、く、久遠さん」

質問を引き取り、ドアの向こうからひょいと顔を出したのは久遠だった。いまの会話を聞かれていたのかと思うとばつが悪い。臣も同じ気持ちのようで、赤らんだ目を隠すようにとっさに背中を向けていた。

微妙な空気に気づいているはずの久遠は、あえてそれを無視したように明るく言った。

「ところで、お見舞い客きてるんだけど。いいかな？」

また見舞いか、と慈英は顔をしかめる。だが言ってもはじまらないだろうと、ため息をついて「どうぞ」と告げた。

「どっちにしろ、いやだと言ったところでくるひとはくるでしょうし」

億劫でたまらず、投げ捨てるようにつぶやく。とたん、隣にいた臣がびくっとして、いまはべつに嫌みを言うつもりはなかったのにと、慈英はあわてた。

「あーあ。いじめっこ」

「べつに俺はそんな……」

久遠はかぶりを振り、慈英を白い目で見る。

「言動には気をつけなって、Jくん。あとで後悔するって忠告はしたよ?」

やはり久遠は、臣と慈英の会話をドアの外で聞いていたらしい。立ち聞きしたのか、とうろんな目で見返すと、彼ははなぜか驚いた顔をした。

「あれ……へーえ」

「なんですか」

「そんな顔するんだ。はじめて見た」

かなり嫌な目つきで睨んだつもりだったのに、久遠はなぜか嬉しそうだ。やっぱりよくわからない相手だと思いつつ、慈英は話題を戻した。

「で、お見舞いの相手っていうのは?」

「ああ、いま連れてくる。本人がOKすればOKってことだったから」

知らぬ間に担当医に許可を取っていたらしい。周到《しゅうとう》なことだと慈英があきれていると、ほどなく久遠は自分と同じくらい背の高い青年を連れて戻ってきた。

「いいよ、入って」

久遠の言葉に無言で軽く会釈《えしゃく》した彼は、モデルのようにすらりとした手足を持っていた。ウェーブのかかったつややかで真っ黒な髪は、ラフに見せかけていながら絶妙のバランスで、洒落《しゃれ》たフレームの眼鏡が、華やかで端整《たんせい》な顔だちによく似合っている。

だがそれだけだ。慈英は反射的にがっかりし、このところすっかりなじみになった不安感といらだちに苛まれた。

（……わからない）

入ってきたのは、またもや自分の知らない相手だった。彼の肌は若々しく、年齢はまだ二十代の頭くらいだろう。慈英とは年齢の開きもあり、どういう関連があるのか、直接に接触を持ったかどうか定かではない。

（知りあいなのか。彼はどういう関係だ？）

記憶がないと言われてから、一番腹が立つのはこういうときだ。自分が相手を本当に知っているのか、そもそも知らないのか判別がつかない。嘘を言われたら、そのまま信じてしまいそうだ。

じっとこちらを見る彼はどこか攻撃的な空気をまとう、鋭角的で派手な印象のある美青年だ。ふつうなら一度見たら忘れられないタイプだろうが、慈英はその点も自信がない。

（見舞いっていうわりには、睨まれてる気がするが）

長い睫毛のしたにきらめく目は冷ややかで、どう考えても好意的とは思えない。

「どうも、わざわざありがとう。こんにちは」

相手の意図が摑めず、慈英はほとんど反射的に曖昧な笑みを浮かべて、とりあえずの挨拶をする。すると開口一番、挨拶もなしに彼は言った。

「あんた、頭打ってキオクソーシツなんだって？」

控えめに言っても無礼な態度に面くらった慈英は、「え、ああ」と口ごもる。だが彼のストレートさは、曖昧すぎる状況のなかで、むしろ心地よく感じられた。

「わかってるみたいだから、あえて訊かせてもらう。きみ、誰だっけ」

正面切って訊けることに、いっそすがすがしさを覚えながら問いかけると、彼は「はあ」とため息をついた。

「なんだ。なんも変わってないじゃん。あいつも、なに大騒ぎしてんだか」

「あいつ？」

またもや、意味不明の発言が出た。

あいつとはいったい誰のことなのか、なぜ彼がこんなに怒っているのか、さっぱりわからない。ちっと舌打ちをした彼を、慈英も臣もぽかんとなって見つめるしかなかった。

久遠は苦笑いしながら、その場をとりなすように紹介する。

「ええと……彼、弓削碧《ゆげみどり》くん。慈英くんの大学の、後輩にあたるヒト。で、弓削くんはいま、院にいるんだっけ？」

「そうですね」

後輩と言われた瞬間、碧の優美な眉は不愉快そうに寄せられた。やはり慈英には、理由がひとつもわからない。

「え、と。とにかくこちらにどうぞ。座って」

ソファを勧めると、碧はむすっとしたまま尊大な態度で腰をおろし、長い脚を組んだ。慈英はどうしていいのかわからず、ベッドに腰かけたままだ。

かすかに顔をしかめた臣は「お茶淹れる」とちいさく告げて、ポットを取りあげた。

「いいよ、臣くん。ぼくがするよ」

あわてたように久遠が言うけれど、微笑んだ臣はかぶりを振った。

「いえ、久遠さんは……そちらで」

ちらりと、剣呑な雰囲気の碧と戸惑っている慈英を眺め、ポットを抱えたまま病室の外に出ていく。おそらく給湯室に向かったのだろうが、まるで逃げるような態度だった。

（なんだ……？）

臣の去ったほうを見るともなしに眺めていると、久遠が「さて」と場の注意を引きつけた。

「ところでさ、弓削くん。入院のこと、どうやって知った？　関係者以外には口止めしてるはずなんだよね」

弓削は「なんだ、そんなこと」とでも言うように、器用に眉をあげてみせた。

「御崎さんとこで朱斗《あきと》が働いてるのは知ってるでしょう。秀島慈英のいとこってやつから連絡きたとき、隣にいたんで、筒抜けだっただけですよ」

ふてぶてしい態度のまま、彼は言った。言葉ばかりは丁寧語だが、ひとまわり近く年上の慈英や久遠に対して、控えめにいっても敬っている態度には見えない。

「朱斗……ああ、志水《しみず》くんか。元気にしてる？」

にこやかに言う久遠を、碧はうさんくさそうに横目で眺めた。

「元気ですよ、無駄に。見舞いにいきたいっつったけど、いまはだめだって断られて、ちょっとしょげてますけど」

言葉を切って、じろりと慈英を眺める。敵意の意味がわからず、慈英は顎を引いた。

「申し訳ないけど、朱斗くん？　……って、誰だろう」

「あ、やっぱりそれも覚えてないのか」

久遠がうなずくけれど、碧は慈英の発言に怒りをあらわにした。

「誰じゃねえだろ。あんたがよけいなことしてくれたおかげで、こっちのお膳立てがパアになったんだってのに、なに暢気なこと言ってんだよ」

言うなり、長い脚がソファセットのテーブルを蹴る。乱暴な態度に慈英が「え」と絶句すると、碧はさらに言った。

「そもそも、朱斗を御崎さんに引きあわせたの、あんただろうが。なにが忘れましただよ、無責任もほどほどにしろ！」

不愉快そうになじる碧の説明によると、慈英は数年まえ、芸大ＯＢの主催するパーティーで、碧に連れられてきていた朱斗と偶然知りあったのだそうだ。

その後なんとなく交流するようになり、個展に招待した際に朱斗は御崎に気にいられ、そのまま彼の画廊に就職が決まったらしい。

「こっちは、来年までに会社立ちあげたらあいつをひっぱるつもりだったのに、どうしてくれるんだ」

碧がいくら誘っても、朱斗は御崎に義理を欠くことができないと、首を縦に振らないらしい。それが不愉快だと彼は怒るけれども、慈英にしてみると言いがかりにしか思えなかった。

「でも、俺がその、朱斗くんの就職を世話したわけじゃない、だろう？」

自分がそこまで他人の面倒をみるタイプだったとはとても思えない。純粋に驚いて慈英が問いかけると、碧は背もたれから身体を起こし、じろりと睨みつけてきた。

「相談されたときに、悪くないと思うって勧めたのはあんただろ」

「……いや、だから、申し訳ないけど覚えてなくて」

「覚えてないですむなら警察いらねえだろ！」

ふたたび碧はテーブルを蹴る。久遠は愉快そうに笑いながら「備品は大事に扱おうねえ」とのんびり告げたが、彼は聞いていなかった。

「なんで朱斗が、あんたみたいなやつをやさしいって言うんだか、知れたもんじゃないな。こんな大事なこともあっさり忘れて」

なくした記憶のなかにあるものを、そこまで責められても困る。慈英がたじたじとなっていると、碧は憤懣《ふんまん》やるかたないと言わんばかりに吐き捨てた。

「毎回毎回、ちゃらっと出てきて横からひとのものかっさらって、覚えてない？　ほんっとにあんた、最悪だ。ああ、ほんっとに、最悪だ！」

どさりと背もたれに身体を預け、ひらひらと手を振ってみせる。そこまで怒るなら会いにこなければいいのに――と思いつつ、碧の吐き捨てた言葉に引っかかった。

「横からひとのもの……っていうのは、なんのことだろう」

碧は唇を嚙んだまま、答えなかった。苦笑した久遠が言った。

「コンペのことでしょ」

慈英はなんのことやらわからず、「コンペ？」と繰り返した。

「何年かまえの話だけどね。企業公募のコンペで、慈英くんが教授から請われて出品したら、トップ取っちゃったんだよ。当時、高校生だった弓削くんは、その次点だったわけ」

「次点……？」

「しかも一度じゃなくてね。志澤《しざわ》マテリアル主催の『ASIA／TOKYOデザイン賞』と、白鳳《はくほう》書房の、『イラスト・デザイン公募』。ポスターだのイラストレーションなんて専門じゃないくせに、どっちもつらっと賞金もらって、ぼくらに奢《おご》ってくれた」

そしてそのどちらも、碧が僅差で負けたらしいと教えられ、慈英はしばし黙りこんだ。

（イラスト……？　いつ描いた。テーマはなんだった）

目を閉じて、じっと脳内を捜索《そうさく》した。いつもはこれで失敗するけれど、やがて薄れていた記憶のなかから、手がけたイラストレーションのイメージがあざやかによみがえってくるのを感じ、慈英の身体は歓喜と安堵《あんど》に震えた。

（そうだ。あれは……冬だった。寒かった。空気が乾燥していて、すぐに画材が乾いて）

Ｂ２版に仕上げた、『躍進』をテーマにしたイラストレーションは、アクリル絵の具で制作した。色を乗せるのに夢中になっていて、ヒーターが切れていたことに気づかず、手がかじかんだこと。

そしてその授賞式の通知がきたときの記憶が、まるでカメラのレンズを通したかのように慈英の脳裏をよぎる。封筒、折りたたまれた招待状、受賞者の名前――脳内にある映像に目を凝らし、慈英はその文字を必死になって読みとった。

紙の皺、折り目、エンボス加工の浮きあがった模様――映像として記憶したそこには、さきほど紹介された青年の名前が、たしかに記されていた。

「ああ、きみ――あの弓削碧くんか！」

ひさしぶりに、脳がはっきりとした像を結び、慈英は明るい声を発した。心からの笑みを浮かべた慈英に、久遠が目を瞠ったが、そんなことにかまっていられる余裕はなかった。

「あのデザイン、とてもよかったよね。ピクトグラムそのものもテーマに沿ってたけど、連作をつなげると物語性のある一枚になってて――」

「あんた、ばかにしてんのか」

なつかしく思いだしながら笑いかけた慈英の言葉を、碧は叩ききるように遮った。

褒められたというのに、ぐっと唇を噛みしめて睨みつけてくる目つきは、ぎらぎらと光っている。あまりの剣幕に慈英は戸惑い、どういうことだと驚いた。

「そんな。本気ですごいと……」

「自分のほうが勝ってるからって、そういうこと言うの嫌み」

吐き捨てるような碧の言葉に、心外だ、と慈英は眉をひそめる。どうしてこう、自分の言葉は伝わりにくいのか。昔から低いままのコミュニケーション力が恨めしかった。

「嫌みなんて、そんなつもりはない。CGかと思ったのに、あれをアクリルで作成したって発想がおもしろかったし、バリエーションの豊富さもおもしろかった」

言葉をまっすぐ受けとらない碧に、慈英はなんとかわかってもらおうと言葉を探した。

「俺は器用じゃないから、ああいうものはできないし——」

だから本当に感心したんだと言おうとした、その言葉が碧の逆鱗《げきりん》に触れたらしい。

「あのときもそうやって、ばかにしたみたいに言ったじゃねえかよ！」

悔しげに拳を握りしめ、剝きだしの敵意を見せつける。その強烈なまなざしに、慈英の記憶がまた揺さぶられた。

『若いのにきみはすごく、器用なんだね。そつもないし、見習うべきかな……俺はいろいろ、へただから』

奇妙なことに、自分の声が、まるで外部から聞こえる音かのように頭のなかで響きわたった。脳内のカメラが切り替わり、壇上の慈英をくびり殺しそうな目で睨んでいる、いまよりも若い碧の顔がアップになる。

『いっそ、羨ましいとさえ思うよ、きみが』

本心からそう告げたのに、屈辱だと言わんばかりに顔を強ばらせた彼は、あのときと同じ表情で慈英を睨みつけている。

「受賞のときから、俺は秀島さんと何度も顔はあわせましたよ。そのたびにあんたは暢気に『やあ、誰だっけ』って言ってくれて。ほんとに、鼻にも引っかけてないんだって態度で教えてくれた」

「いや、それは……」

いまの状況とは違う。そんな言い訳は、碧にはいっさい通じなかった。

「だから、いま、あんたが記憶喪失だとかなんとか言ってても、俺にはまったく関係ない。っつーか、まともに人間なんか見ちゃいねえのは、ずっとだろ」

痛烈な批判に、慈英のこめかみがずきりと疼いた。

いつだったか、これと同じような言葉で、違う誰かになじられた覚えがある。そして、なにかそのことで、ひどく面倒な事態が起きたような気がする。

座っているだけなのに、ぐらりと世界が歪んだ。目の焦点があわなくなり、慈英の頭のなかを誰かの絶叫が駆けめぐる。

——俺はおまえになりたかった！　おまえの持っているものが欲しかった！　だから、盗んだんだ、……も、——……！

床を叩くような音、ワインのにおい。引き裂かれた服と、放置されたままの絵の具の色。ディテールだけは、ズームで撮った映像のようにはっきりと『見える』のに、全体像がすこしもわからない。

(誰だ、あれは。いつのことで、なにが)

慈英は唐突に、誰かに向けて告げた言葉が脳裏に浮かんだのを知った。

——なにが欲しいのかわからないが、スケッチでもなんでも好きに持っていけばいい。

そう口にした瞬間の、奇妙に醒めて投げやりですらある感情も、追体験した。

けれど、『それ』がいつで、相手が『誰』なのか、ぼやけた記憶を探ろうとしたとたん、霧散する。

「い……っ」

わからなくて、頭が痛い。割れるように痛い。頸椎から後頭部に圧がかかり、きりきりと万力で締めつけられるようなそれにどっと脂汗が浮き、呼吸が浅くなっていく。

脳内のビジョンが次々と切り替わった。ひどく冷たい、自分の声がまた聞こえる。

——だが、『……』についてはべつだ。いっさい触るな。それ以外ならなんだってくれてやる。

決して奪われたくない、大切ななにか。それが鍵だ。宝物のようにしまいこんで絶対に、誰にも奪われてはならないもの。

(『それ』の本当の持ち主は、誰だ？　どうして俺は、そんなに腹が立つ？)

摑めなくて、頭が痛い。肩が上下するほどに息が荒れて、ぐらぐらぐらぐらと目のまえが歪む。慈英はうめき声をあげて、頭を抱えてベッドに倒れこんだ。

「ぐ……っ、うっ、う……！」

もうこれ以上追いつめられたら神経が焼き切れそうだと思った、そのときだった。

「慈英くん？　慈英くん！　おい、大丈夫か？」

「あ……」

久遠が声をかけてくる。けれど声が遠い。瞼が痙攣《けいれん》するのが気持ち悪くて、自分の手のひらで強く押さえた。弓削はあっけにとられたように、まばたきもせずこちらを見ている。

「ああ、ええ。だい、……大丈夫です」

頭を押さえ、どうにか起きあがった慈英が背中を伝う冷や汗に耐えていると、ふわりと鼻腔に漂った香りが、張りつめた神経をゆるめてくれた。

「……コーヒーでいいかな？」

はっとして顔をあげると、臣がカップを手にして立っている。穏やかな表情を視界におさめると、なぜかすうっと肩の力が抜けていく。安堵感が強すぎて、戸惑う慈英に、臣はそっとカップを手渡した。

「熱いから気をつけて」

「あ……りがとう、ございます」

震える手に、臣の手が添えられる。さきほどは、あんなにも神経を波立たせた手の感触が、驚くくらいにやわらかく感じられた。頭痛がすっとおさまって、慈英の肩から力が抜ける。

ひとくちすすってみると、温度も味も自分の好みどおりだった。驚いて臣を見ると、すでにこちらに背を向けている。

「お客さんがあとまわしになってごめん。弓削くんは、ミルクと砂糖は？」

「……ミルクだけで」

ほっそりした背中なのに、なぜだか護られているのだと感じた。ここ数日臣に対して覚えていた不信といらだちが、一瞬だけ消えている。けれど同時に、ほとんど見知らぬ相手に対してあまえている自分にこそ、不快感を覚えた。

(なんで、俺は)

矛盾した感情に振りまわされて、だからいらついていたのだとやっと気づいた。

動揺する慈英をよそに、臣は穏やかな顔で久遠へとコーヒーを勧めたあと、自分は立ったまま、カップの中身をすする。窓辺近くのその立ち位置が、慈英らと距離を隔てたもの——部外者だと知っているためのものであることに気づいて、なんだかやるせなくなった。

じっと見つめていると、視線に気づいた臣はすこし驚いたように目を瞠り、そっと微笑みかけてくる。何度もつれなくしたはずなのに、まなざしのなかに見えたのは、思いやりと、ほんのすこしの遠慮だけだった。

「本気で、朱斗のこと覚えてないんですか」

「え、あ?」

意識が散漫になっていた慈英は、碧の声にはっとする。「だから、朱斗」と繰り返されて、しかたなくうなずいた。

「申し訳ないけど、そちらは覚えてない。どうも、人間関係についてはあやふやで、覚えていることとそうでないことに、法則性もないいんだ」

「まあ、ひとを忘れるのは昔っからそうでしたからね」

「本当に……ごめん」

ここ数日何度も確認した事実なのに、慈英は急に申し訳なさが募るのを感じた。そして、そんな自分にまた戸惑う羽目になる。

(覚えてないのなんて、いつものことだったのに?)

唐突な感情の揺れに、混乱している慈英に気づいたのだろう、はあ、と長々としたため息をついて、碧は立ちあがった。

「じゃ、しばらくあいつには連絡しないように言っておきます。頭のなかはともかく、一応元気そうですし」

帰ると言いだした碧に対し、疑問をぶつけたのは久遠だった。

「あのさ、弓削くんさあ、まじめになにしにきたの?」

碧はしらっとした顔で「なにって見舞いですが?」と言った。久遠は苦笑いしながら、さらに続ける。

「でも、何年かまえに数回、顔をあわせただけの相手だろ。しかも見舞いっていうより、けんか売りにきたって感じだけど?」

「まあね。俺だって、べつにきたくはなかったですよ。こうなるのわかってましたし、面倒くさいし、正直、暇でもない」

久遠の指摘をあっさりと認めた碧は、じろりと慈英を睨み、腹立たしげに吐き捨てた。

「けど、無事かどうかわからないって、あいつが言うし。かといって、見舞いにいったら迷惑だろうかってうるさいし。じっさい、いまの秀島さんとあいつが会いでもしたら、本気で迷惑だと思ったんで、代理できたまでです。だから、もうきませんよ」

「あいつって、志水くん？」

慈英が確認すると、「ほかに誰がいるんですか」と碧は嘲笑を浮かべた。

「一応もし、思いだしたら電話くらいはいれてやってください。連絡先は、携帯かなんかに残ってると思うんで」

碧は優雅な仕種で立ちあがる。態度は不遜《ふそん》で、無礼だとしか思えない言動をとるけれども、彼の立ち居振る舞いはごく上品で、目を惹くものがあった。

そして、彼は最後に痛烈なことを言ってのけた。

「あんたが忘れてても、あっちは覚えてるんだ。記憶がないからって、じっさいの人間関係まで捨てる必要はないんじゃないかと、俺は思いますしね。失礼でしょ、そんなの」

嫌みな言葉に、慈英ははっとなった。反射的に臣を見ると、頬を強ばらせてどうにか笑みを作っている。

「そこは、大人としての礼儀をわきまえて行動してくださいよ。それじゃ」

自分こそ礼儀もなにも放り投げ、言いたい放題言ってのけ、碧は去っていった。

台風一過で、最初に我に返ったのは久遠だ。

「ええと、ものすごくひねくれてたけど、要するに心配してるおともだちの代わりに、様子見にきたってこと、かな」

「……みたいですね」

碧のキャラクターに圧倒されていたのか、臣は苦笑してうなずくだけだった。だが慈英がその顔を見たとたん、表情を曇らせて目を伏せてしまう。

「え、と。カップ、片づけてきますね」

慈英ではなく久遠にそう告げて、彼はまた部屋を出ていった。無意識にじっと目で追っていた慈英は、そんな自分を見つめる久遠に気づいて顔をそむけた。

「追っかけなくていいの？」

「なんで俺が？」

質問に質問で返すと、久遠はすっと目を細める。

「ていうかさあ、なんであんな無礼な子には笑いかけるのに、臣くんには態度悪いの？」

献身的な臣にはよそよそしいくせに、けんか腰の碧に対しては自分から言葉をかけた慈英を、久遠は苦々しく眺めていたらしい。

「慈英くんて、たしかにおばかさんだけどさ。覚えてなかったり知らない相手にそつなくするのは得意でしょうが。なんであの子に、そうしてやれないの」

「あのひとは……」

問われても、答えようがない。なぜ臣にああまで険のある態度をとるのか、自分でも妙に思っているからだ。

黙りこんだ慈英に、久遠はぼそりとつぶやいた。

「……やっぱ、無意識であまえてんのかね」

「なんです？」

聞こえなかったと慈英が問えば、久遠はへらりと笑う。

「いいえー。きみがそれでいいなら、いいけどね」

久遠は立ちあがった。部屋を出ようとする彼に、「どこに？」と問えば、飲み干したカップを指に引っかけ、ぶらぶらと揺らしてみせる。

「これを洗ってくるだけですよ。それとも、暇な慈英くんが代わりに洗い物する？」

相変わらず毒のある顔で笑ってみせる久遠にかぶりを振ると、彼は部屋を出ていった。

――記憶がないからって、じっさいの人間関係まで捨てる必要はないんじゃないかと、俺は思いますしね。失礼でしょ、そんなの。

碧の言葉は痛烈だった。ここ数日、慈英が臣に対してとった態度は、まさに失礼以外のなにものでもないのだと、いまさら反省した。

臣や照映がそれを叱りつけないのは、慈英が混乱しているのを知って、気遣ってくれているからだ。いまこの病室に押しこめられているとおり、自分が『病気』の人間だからだ。

(気持ちに、余裕がなさすぎた)

穴だらけの頭のなかが気持ち悪くて、周囲のひとびとを気遣うことがまるでできなかった。忘れられた臣のショックも考えず、やつあたりをしていたことが恥ずかしかった。

とりあえず、謝ったほうがいいのかもしれない。ひどく重たい気持ちになりつつ、慈英は腰をあげた。

病室を出ると、絨毯《じゅうたん》の敷かれた廊下に出る。このフロアは完全個室の部屋ばかりで、プライバシーを護るために、それぞれの入院患者すらほとんど顔をあわせることがないような造りになっている。

長い廊下を渡り、お湯や氷を用意するための給湯室のあたりに近づくと、ぼそぼそと声が聞こえた。臣と久遠だと知り、歩く速度を速めた慈英は、次のひとことで立ち止まった。

「……でも、やっぱり俺のことは思いださないんだよな」

気落ちしたような臣の声が、胸に突き刺さる。これでは盗み聞きになってしまうと思い、その場を離れようかと迷いながら、フロアの曲がり角にある空間をそっと覗きこんだ。

流し台に自動温水器と製氷器がセットされた空間は、奥行きが三メートルほどあるけれどさほど広くはない。腕を組んで壁にもたれる久遠のまえで、臣は洗い物をしていた。

「なあ、なんであんな……ろくにあったこともないはずの、弓削くんのことはわかるのに、俺はわかんねえんだろ」

碧に関して、コンペのことから記憶をつなげたことが、臣にとってはかなりショックだったようだ。見るからに悄然として、細い肩は頼りなく落ちている。

「あれは、弓削くんって人間を思いだしたわけじゃないと思うよ」

「どういうこと？」

「ん、そのまえに、洗い物終わりにしよっか」

必要以上に長くカップをすすいでいることに、彼は気づいていないらしい。久遠がそっと臣の手元からカップを取りあげ、流しの水を止めると、慰めるように、その肩を叩いた。

「デザインコンペで顔をあわせた『弓削碧』のことは、慈英くんの『知識』なんだと思う。すこしでも名前の知れてる相手については、頭の片隅に入れておいて、チェックする。おもしろい作品作る人間なら、なおさらね」

「つまり、弓削くんって人間を覚えている、わけじゃなく？」

「作った作品とか、デザインのくせを覚えてる。そっから糸がつながってんだと思う。絵のことについてだけは、いまも覚えてるわけだから。それと同じことだろうね」

どちらかというと、人間としての認識より、モノとしての認識のほうが近いだろうと久遠は言った。

「それとまあ、慈英くんが業界の人間相手に愛想よくするのは、ああいう世界でやっていくときの処世術みたいなもんなんだよね。ほとんど反射」

体感したエピソードとは違うものだからだろう、と慰める久遠に、臣は力なく笑った。

「でも慈英は、俺を忘れた」

「臣くん、それは——」

「あいつ、俺と会ってからの絵はぜんぜん違うって言ったのに、忘れた」

はっとしたように久遠は息を呑む。皮肉屋で饒舌《じょうぜつ》な彼が黙りこむさまはめずらしかったけれど、それをおもしろがる余裕は慈英にはなかった。

臣はいまにも壊れそうだった。色白の頬は青ざめ、唇が小刻みに震えている。そうまでせつない表情を見たのははじめてで、彼がどれだけ自分のまえで無理をしているのか、まざまざと思い知らされた。

胸が、痛かった。続く臣の声も、なにもかもが慈英には痛くてたまらなかった。

「なんか俺、ほんと、わかんなくなってきちゃったなあ。……どっちにしろ、明日までしかいられないんだけど……慈英、戻ってくるんですかね？」

「長野に？」

「東京にいたほうがいいんじゃないのかな。び、病院のこととかもあるし」

声を震わせながら、それでも必死に明るい顔を作る臣は痛々しかった。言葉もないように、久遠は臣をじっと見つめる。そしてほっそりした手を伸ばし、やさしく髪を撫でた。

「なんですか、久遠さん」

「んーん。……ていうか、もちょっとこっちおいで、臣くん」

首をかしげた臣が近づくと、久遠はいきなり彼を抱きしめた。慈英はぎょっと目を瞠り、臣は驚いてもがく。

「ちょっ……な、なに！　久遠さん！」

「慰めたくなった。きみはもうちょっと、誰かによっかかっていいよ」

ぽんぽんと背中を叩く手に、臣は、困ったように笑う。

「はは、なんですか、それ」

「いいからいいから。よしよーし」

ふざけた声を出しながらも、久遠は臣をしっかりと抱きしめる。ほっそりとして見えるけれど、久遠の背は照映や慈英と大差がない。その長い腕のなかで、臣はあまりにも頼りなく見えた。

慈英は、鳩尾《みぞおち》に冷たい塊が膨れあがるのを感じた。拳を握りしめ、理由のわからない嫌悪感と不快感に耐えていると、久遠の目がこちらを見る。

慈英は無意識に一歩を踏み出し、彼から見える位置にいた。久遠に抱きしめられた臣は、それに気づいた様子はない。

「そんな凶悪な顔するなら、いじめなきゃいいのに」

「え？」

挑発するような言葉に、慈英はいっそう眉を寄せた。はっとしたように臣が振り返り、あわてて久遠の手から逃れる。その目の縁は、可哀想なくらいに赤かった。

視野が一気に狭まって、久遠がいることすら忘れていた。

「あの、えと、慈英、いまのは——」

おたおたと言い訳をしようとする臣が、もう明日には戻ると言う。

このまま慈英が東京に残ることを考えるなら、きっと会わずに終わってしまうのだろう。

「明日、退院します」

「え、あ？」

目を瞠る臣を見おろしながら、慈英は自分がなにを言っているのか、なかばわかっていなかった。ただ、誰かに慰められてばかりいる臣のことを、このまま放っておいてはいけないのだと、それだけを感じた。

(このひとは、隙がありすぎる。こんなの放っておいたら——てしまう)

思考がかすかに乱れて、また頭が痛くなってきた。それでも目を離すことができず、見あげてくる臣を睨むような目で見つめ続ける。

「長野に戻ります。家の場所は……たぶん覚えてると思うんですけど、自信がないんです」

「え、あ、そ、そうか」

「だから、帰りはいっしょに戻ってください」

臣は、ぽかんと目を見開いている。やわらかそうな唇もまた、まるく開いていた。

彼の年齢は自分よりうえだと、たしか聞いた。それなのに、まるであどけない顔をする。

さきほど、無言で碧を制したときは、むしろ落ちついた大人の顔を見せたのに――慈英のまえでは、慈英に対してだけは、臣はどこまでも無防備だった。

「記憶が戻るかどうかは、はっきり言ってわからない。しばらく、面倒はかけると思いますけど、よろしくお願いします」

臣は、何度か目をしばたたかせた。久遠が「へえ」と笑った気がしたけれど、そんなことはもう、どうでもよかった。

「うん、あの、あ……よ、よろしく」

ぎこちなく口ごもりながら、ほっとしたように笑った臣のその顔だけが、網膜に焼きついていた。

＊　＊　＊

東京から長野に戻るまでの道のりは、臣にとってひどく複雑なものとなった。

なにしろ隣には、ひたすらむすっとした顔で黙りこくっているでかい男がひとり。話しかけるなオーラがびしばしと飛んでいて、こんなことならいっそべつべつに帰ればよかったとさえ思った。

せめて隣の席を取るのはやめればよかったのかもしれない。チケットの手配は臣がしたのだし、車内はそこそこ混んでいる。席が空いてなかったとでも言えば言い訳は立ったと思う。じっさい、ぎりぎりまでそうして逃げようかと考えた。

思いとどまったのは、慈英の頭に巻かれた包帯のせいだった。いま現在の住まいについては、番地までさらりと口にできるが、どの記憶が抜け落ちているのか、慈英自身にすら把握しきれていないのだ。

（心配だしな）

病人というのは得てしてわがままなものだ。介護のつきそいと思えば、すこしは納得できる。自分に言い聞かせながら、窓側に座った慈英をちらりと流し見た。

風景を見るでもなく、慈英はシートを倒して目を閉じている。あまり顔色もよくはなく、目のしたのくまに気づくとせつなくなった。

慈英のすこし短くなった髪は、治療のために不揃いに刈られた部分を整えたせいだ。みっともない頭で帰りたくないとごねたので、退院後すぐに美容院に飛びこんだ。

いつも指を絡めて遊んだうしろ髪が短くて、それもまた臣の喪失感をひどくした。

慈英ごしに車窓を眺め、流れていく風景に目を細める。そういえば、こうしてふたりで長距離を旅したことなど、七年つきあってきていままで一度もなかった。

（初旅行が帰り道だけ。しかもこの状態か）

臣の仕事柄、休みもなかなか取りづらいうえ、気軽に県外にいくのさえむずかしい。今回の件がいい例で、県をまたぐ遠出は申請や手続きが面倒だ。

なにより臣は年中仕事で走りまわってくたくた、非番のときでもいつ呼び出されるかわからない。まして慈英はもともとインドア派。休みに旅行をしようという発想がそもそもなかったのだ。

イベントごとなど、どうでもよかった。慈英といっしょにいられれば、近所にちょっと買いものにいくだけでも、充分に幸せだったからだ。

目を閉じた慈英の、青ざめていても端整な顔をじっと見つめた。眠っているのか、ただ意識を遮断しているのか、表情ではわからない。おそらく五日まえまでならば、見分けもついたと思うけれど、いまの慈英のことは、なにひとつ臣にはわからない。

（なんで、こんなことになったのかな）

臣もシートにもたれて、疲れた目を閉じた。火照《ほて》った感じがするのは寝不足のせいだろう。考えても詮無《せんな》いことばかりがぐるぐると頭をまわり、照映の家に泊めてもらっている間中、ろくに眠れなかったのだ。

――だって、五日も臣さんに会えません。

(なんで、ばか、とか言っちゃったのかな)

本当に、五日も会えないなんて、苦しいだけだ。

隣にいる恋人は、世界で一番遠い存在になってしまった。いまの慈英は、臣の慈英ではない。隣にいるけれど、そばにはいない。

あんなふうに拗ねたふりで求めてくれることなど、もう二度とないかもしれない。

(俺の慈英、どこいっちゃったんだろ。もう一度、会えるのかな)

それよりなにより、臣の慈英など、本当にこの世にいたのだろうか。

もしかしたらこの七年のほうが、幻だったんじゃないだろうか。

(やべえ。相当気分が落ちてる)

ナーバスな気分がひどくなって、目を閉じたままなのに眩暈すら感じた。

落ちこむような状況ではない。これからあの田舎町に戻り、記憶のない慈英をフォローしていかなければならないのだ。

慈英は自分から、あの町に戻ると言いはした。だが記憶が欠けたままの彼が、あの不便な場所でうまくやっていける保証はない。病院への通院のこともあるし、場合によれば市内に戻すか、そうでなければ本格的に照映のもとに——東京に帰すという選択肢も考慮しなければならないだろう。

(なにが、慈英にとって一番いいのか、考えなきゃ)

そして東京に戻ると彼が決めたら、おそらくそこで、臣とは終わりになる。執行猶予は、いつまでだろうか。この暗澹《あんたん》たる状況が改善される日は、くるのだろうか。

すべては賭でしかなく、臣にしてもいきなりの急展開で、まだ心を決めかねている。

あきらめたくはない。だがそうするしかない事態が世の中にあることも、臣はいやというほど知っている。

窓からさしこむ光のせいで、瞼の裏がオレンジに染まっている。ブラインドをおろしてくれと頼みたかったが、いまの慈英に話しかけられるわけもなく、臣はじんわりと熱っぽい目元を腕で覆った。

深く息をつくと、目を覆った腕がすこし湿った気がしたけれど、眠いせいだと自分に言い訳して、唇をきつく噛みしめた。


新幹線に乗っている間、重苦しい沈黙を寝たふりでやりすごしたが、長野駅の駐車場に停めてあった車高の高いオフロード4WDを見たとたん、またもや慈英は顔をしかめた。

「これ、俺の車ですよね。なんであなたが乗ってたんですか」

このサファリが自分の車であることは記憶していたらしい。臣はそのことに驚いたけれど、慈英の顔を見るに、むしろ忘れていてくれたほうがややこしくなかったのだと気づいた。

「公用車は使えなかったし、キーは預かってた。いつでも使っていいからって」

「……そんなに親しい間柄だったんですか?」

疑わしいような目で見られ、臣はここ数日ですっかりくせになったため息をついた。

「そうだよ。じゃなきゃ、こんな田舎から東京くんだりまで、休みとって見舞いにまでいかないだろ」

いまさらなことを問うのはナンセンスだと、あえてしらけたふうに告げた。

医師にはあまり過去のことを話すなと言われているが、これくらいの釈明はいいだろう。

「家も近所だし、一時期は市内でいっしょに住んでたこともある」

「俺が? 他人と同居?」

他人、という言葉にかなりぐさっときたけれど、いちいち傷ついていてもしかたない。

「事実は、事実だ。信じないならべつにいい。キーも、家に戻ったら返すよ」

「家にって、いま返してくれてもいいでしょう?」

その発言にはさすがに臣も我慢しきれず、手にしていたキーを慈英に向かって投げつけたくなった。

(俺が、信用できないってことかよ)

だが『相手は病人』と胸のなかで十回唱え、どうにか穏やかな声を出す。

「そこまで言うなら、返す。けど、いまの慈英の家までは、ここから二時間かかるぞ。ナビはあるから大丈夫だと思うけど、気をつけろよ」

彼の手にサファリのキーがついたキーホルダーを落とす。自分が言ったくせに、慈英は驚いたような顔をしていた。

「気をつけろって、あの……小山さんはどうするんですか」

他人行儀な呼びかけに胸が軋《きし》んだ。けれどどうにか表情を取り繕い、「俺はバスで戻るよ」と臣は言った。

「バスで……って。どうして」

「俺のこと、まだ信用できないんだろ？　無理していっしょにいると、ストレスひどいみたいだし。ひとりになりたいんだろ」

ここまで辿りつく間に慈英の見せた態度や表情がそれを物語っていた。臣にしてみればつらいことだが、無理をさせてそこまで疲れさせるくらいなら、ひとりにさせてやりたいと思った。

だが慈英はほっとするどころか、「べつに、そんなこと言ってません」とむっとしてしまい、臣は困惑した。

「あの、これは嫌みじゃなくて。無理だと思う。おまえのなかじゃ、五日まえに会ったばかりの人間だし、しかたないと思ってる」

「そうじゃなくて、あの、……いや、いいです」

慈英は言いかけたことを途中でやめ、微妙な顔をしてみせた。臣が「なんだよ」とすこしけんか腰に問いかければ、彼もまた唇を歪めている。

「言えよ。そうじゃなくて、なんだ？」

「……俺が運転していくから、乗っていけばいいって言おうとしたんです」

ぶすっとした声で言われて、彼の発言を読み違えたことに臣は気づいた。

「俺の車だから、俺が運転すべきでしょう。それだけです。べつにあなたを信用してないとか、そういう話じゃないです。同居とかも、覚えてないから確認しただけの話です」

「えー、あー、ごめん。深読みしすぎた」

少々、被害妄想がすぎたらしい。だがこんなふてくされた慈英など、七年の間に一度も見たことがないのだから、つい裏を勘ぐってもしかたがないだろう。

「俺も、変な言いかたしてすみません」

慈英は一応謝ってくれた。けれど目を逸らしたまま、ぼそっと吐き捨てる。

いったいなにがどうして、こうも態度が悪いのだろう。これではまるで拗ねた高校生のようだ。なんだかひどく子どもっぽい顔だと戸惑い、臣はあることに気づいた。

(待てよ。照映、なんて言ってたっけ)

——慈英の大学卒業直前くらいから、いま現在までの時間軸がちょっとめちゃくちゃになってて。

そういえば、住んでいる場所を問われてまっさきに『阿佐ヶ谷』と答えていた。となれば、もしかすると感覚的な認識も大学生くらいだということかと、臣はやっと気づいた。よくよく観察しなおすと、慈英は相変わらず不機嫌そうな表情をしている。けれどよく見れば目は不安そうに揺れているし、緊張に頬がひきつっている。

大学卒業前後の時期に戻っているというなら、慈英の脳内の年齢はいま、およそ二十二歳。つまり本来の慈英との精神年齢差は八歳、臣とは干支ひとまわりくらい違うということだ。

感覚的な年齢とはいえ、ちょっとばかりショックだったのは否めない。だが、ここ数日のこちらへと当たり散らすような態度が、やっと腑に落ちた。

(そうか。本当に、子どもなんだ……うわ、そりゃいろいろギャップあるよ)

出会ったころも、まるで年下とは思えないほど、鷹揚《おうよう》で余裕のある男だった。けれどこうしていま現在の臣の目から見ると、あの当時の慈英も決して、完成した男ではなかったのだと理解できる。

(そういえばあのころも、図星差されると嫌み言ったり、ぶすっとしたりしてたっけ)

当時は臣のほうがもっとずっと短気で不安定だったから、慈英は勢い、落ちつかざるを得なかったのだろう。お互い未熟で、いろいろと振りまわし、振りまわされたことを思いだして、臣はくすくすと笑ってしまった。

「なにがおかしいんです?」

「んん、なんでもねえよ」

怪訝そうな顔をする慈英がまたご機嫌斜めにならないよう、必死で笑いをこらえた。じっさいの大学時代の慈英ならば相当大人びていたと想像はつくが、いまは記憶をなくしている。病人や怪我人は平常時より幼くなることを鑑《かんが》みれば、この不安定さもうなずける。

臣は胸に手をあて、ふうっと長い息をついた。自分もここ数日取り乱すばかりだったけれど、やっと、腹が据わった気がする。

（うん、そうだな。子ども返りしてるんだって思っておこう）

すくなくとも、信用されていないとかひがむより、ずっと気持ちも楽だ。そして、もう取り戻せない七年を惜しむより、その七年の間、彼にしてもらったことを思えばいい。

「あのな。俺に、変なふうに気を遣わなくていいよ。目が覚めたらタイムスリップ状態で、混乱してるの、慈英のほうだろうし」

臣はあえて、ゆったりとした声で語りかけた。動揺のひどい被害者に話しかけるときと同じ口調は、長年の刑事生活で鍛えたものだ。

「先生に忠告されたから、俺からは、本当はこうだった、ああだったって言わないようにする。でも、わからないことがあったら訊いてくれ。それから、まだこっちの生活に慣れてないっていうか、忘れちゃってることも多いと思うから、忠告は素直に聞いてほしい」

「……はい」

戸惑いは強そうだけれど、比較的素直な返事に臣はにっこりと笑った。慈英はなぜか顔をしかめたが、些細《ささい》な反応はいちいち取りあわずにおこう。

ついでに、言いたいことも言わせてもらおう。

「じゃ、まず。車の運転は俺がします。キーもう一回よこせ」

慈英は「えっ」といやそうな顔をする。だが臣は、これだけは譲れないと強気に迫った。

「うろ覚えの記憶で山道運転して、事故って死んだらどうする？　それでなくても、まだ頭痛もおさまってないくせに、運転なんかできるのか」

反論できるものならしてみろ、と臣は手を突きだした。慈英は渋々、その手のひらにキーホルダーを戻す。この戦い、まずは臣の一勝だったが、助手席に乗るなりますます顔をしかめている彼の姿に早くもくじけそうになった。

「あのなあ、いっしょにいると不愉快なら、俺ほんとにバスで」

「べつに、そんなことは言ってません。ただこの位置に違和感があるだけです」

語気強く遮られ、臣は「はいはい」とあしらうような返事をしてエンジンをかけた。

走りだした車のなか、相変わらず会話はなかったけれども、さきほどまでの悲観的な気持ちはだいぶ、薄れていた。

しかし慈英はまたむっつりと黙りこみ、助手席でそっぽを向いていて、結局のところ新幹線のなかと、状況がさほど変わったわけではない。

このさきになにが待ち受けるのかと、臣はこっそりため息をついた。

（前途多難だなあ）

＊　＊　＊

日に日に夏が近づいてくる。

山奥の暮らしといえば騒音のない静かな印象があるものだが、夜は虫の、朝には鳥の鳴き声がして、森が近ければ一日中木々はざわめく。案外ににぎやかなものだ。

慈英の実家は緑豊かな鎌倉にあるが、育ったのは駅に近い住宅街だ。ここまでの自然に囲まれた暮らしは送ったことがなかった。山奥の環境など、せいぜい小学生のころの課外学習でキャンプをしたとか、その程度の知識しかないはずで、なのにそれを『知っていた』。

退院してからすでに一週間が経過したけれど、慈英の記憶は相変わらず混沌とした状態にあり、脳内も感情も大混乱のままだ。毎朝毎晩、ちいさなことに驚く。そのくせ、この場所をとてもよく知っている。大小問わずのデジャビュが毎日繰り返される。

「……起きるか」

本日の目覚ましは、近所で飼っている犬の吠えかかる声と、明るい笑い声だ。

慈英がこの町で借り受けている家は蔵を改造しているため、防音がきいている。かつての屋根裏スペースを広めのロフトに改造したのが慈英の寝室なのだが、昨晩は蒸し暑かったため、寝室の小窓のひとつを網戸にしてあった。

ふと時計を見ると、朝の八時。朝寝坊というには浅い時間だが、農家の多いこの付近では、すでに一仕事終えたひとたちもいる。

そして、二十四時間体制で働いているひとも。

「大月《おおつき》のおばあちゃん、おはようございまーす！」

「ああ、おはよう駐在さん」

伸びやかで澄んだ声に着替えていた手を止め、慈英は窓から外を覗いた。

制服姿の臣が、自転車にまたがって腰の曲がった年配の女性とにこやかに話している。大月のおばあちゃんこと大月フサエは耳が遠く、臣も彼女もかなり大きな声で会話するので、慈英にもはっきりと聞きとれた。

「あのねえ駐在さん。ちょっと相談があるんだけどねえ……」

「んん？　なんでしょう。よかったら、駐在所でうかがいますよ」

「ああ、じゃあ、お邪魔していいかね」

どうぞ、と明るく答える臣は、すでにある程度の警邏をしてきたのだろう。自転車を押して歩きながら暑そうな仕種で制帽を脱いで顔を扇《あお》ぎ、額の汗を拭いていた。

栗色の髪に夏の朝の光が反射する。汗に光る肌がきらきらと眩しく、我知らず慈英は彼に見惚《みと》れていた。あれで三十四になる男だというのは、いっそ詐欺だ。

いまは異動で駐在所の警察官をやっているけれど、じつのところは県警の刑事で、殺人や強盗というきなくさい事件を追っているというのも、どうにも信じがたい。

「モデルにでもなればよかったのに」

無意識につぶやいて、自分の声に気まずくなった。このところ、あまりまともにひとと話していないせいか、ひとりごとが増えてよろしくない。

意味もなく顔をこすると、ざらりとした手触りに顔をしかめる。寝間着代わりのTシャツを乱暴に脱ぎ、上半身裸のままで洗面所のある風呂場へと向かう。

このあたりの水道は井戸水を使っているそうで、夏場でもきんと冷たい。目の覚めるようなそれで、抜糸したばかりのこめかみに触らないよう慎重に顔を洗う。傷跡は保護のために防水の絆創膏《ばんそうこう》を貼ってあるが、まだ触ると痛む。

ざらざらする鬚をあたって再度顔を洗うと、鏡のなかには、数日まえよりも髪が短く、鬚がない自分の顔がある。

町に戻ったその日、鬚はすべて剃った。なぜだかそうしなければいけない気がしたのだ。

髪が短くなり、バランスが変わったから――ということではない。そこまで綿密に自分の容姿をメンテナンスするほど、慈英はファッションにこだわりもないし、またナルシストでもなかった。

だが心理学的なアプローチからも、視覚情報はばかにできない。それが熟知したと思いこんでいる自分自身についてもだ。変容を望むからには理由がどこかにある。

学生時代からあのスタイルだったのに、いまさら急に変化を求めるのは、やはり自分の存在がひどく不安定に思えるからだろうか。『自分であって自分でないような誰か』と、いまのおのが自身を区別させたいためだろうか。

それとも、さらに違う誰かに、いっそなってしまいたいのか。つるりとした頬を手で撫でて、慈英はじっと思索に沈む。

(あのひとも驚いてたな)

じっと鏡を見つめていると、側頭部にがんと痛みが走った。手をあてがうと、打撲痕が重たく脈打っている気がして、慈英は床にしゃがみこむ。

「……つっ」

肩で息をして痛みをこらえ、水で冷やしたタオルをあてがうとすこしだけましになったが、全身が冷たい汗で濡れていた。

毎度毎度殴られたように激しいこれが、ただの頭痛ではないことには、薄々気づいている。そしてこの発症条件がどこにあるのかも、数度繰り返すうちに分析できていた。

「くそ、やっぱりか」

舌打ちした慈英は、この痛みでまた思考が霧散するのを感じた。だからこそぎゅっと目をつぶり、数日間の記憶を追った。

東京から戻った日、慈英は臣に簡単な礼だけを告げるとさっさと自宅に戻ると告げた。

「じゃあ、送っていく」

「すぐ近くでしょう。けっこうです。疲れてるので、もう寝たい」

そんなそっけないひとことで別れたのは、じっさいに疲れきっていたからだ。彼には駐在所のまえでおりてもらい、ほんの短い距離を運転して、借家の駐車場へと停めた。

奇妙なことに、相変わらず現実感がないような気分を引きずっているわりには、この町のどこになにがあり誰がいるのかは、いちいち思いだすまでもなく認識できていることがわかった。

退院したばかりで約五時間の移動は骨だった。ほとんど寝ぼけたまま自室へと駆けこみ、ベッドに倒れこんでそのまま爆睡した慈英が目を覚ますと、すでに翌日の朝。

「……何時間寝たんだ」

午後に病院を出て美容院にいき、雑用をすませてから新幹線に乗って、意外にも――と言ったら失礼ながら、危なげない臣の運転で町に到着したのは夕方の六時をすぎていた。逆算するとおよそ十四時間ほど寝こけていたことになる。

（まだ、本調子じゃないのか）

ふだんの慈英は五時間寝られれば充分という体質で、制作に入ると最長三日は寝なくても問題ない。内臓に疾患《しっかん》があるわけでもなし、たかが頭を打った程度でこの惰弱《だじゃく》さは情けない。

「なにか食うか」

いまだにだるく感じるのは、昨晩食事もしなかったせいだろう。すこしでも体力を戻そうと、重い腰をあげて台所に向かうが、冷蔵庫のなかの食料は片づけてあった。

「あ、そうか。留守にするから片づけて――」

またひとりごとをつぶやいて、慈英ははっとなった。しばし冷蔵庫のドアを開けたまま、じっと考えこむ。

この冷蔵庫については、慈英のきのうときょう、五日よりまえといまが、つながっている。ならばそれは、どこでとぎれ、なにが要因だったのだろうか。

（わからない）

考え事をするにも、ひとまず脳に糖分を与えなければ無理だ。この町にはコンビニこそないけれども、朝早くから雑貨屋を兼ねた牛乳屋『オダカ牛乳』が開いている。農作業をするひとたちや子どもの朝食はそこでまかなわれる。地元産の小麦粉を使ったパンも扱っていて、最近では観光客にも人気があり、町おこしに一役買っていると聞いている。

無意識に考えていた慈英は、そこでまた記憶がつっかえるのを感じた。

（パンが人気だと、誰から聞いた？　たしか……そう、青年団のひとに。正月には、餅をわけてもらって……）

この一年よくしてもらった、ほがらかで大柄な男性の名前がいっこうに出てこず、またか、と歯ぎしりする。またずうんと重くなった頭を振り、とにかく出かけようと急いで着替えた。

しかし、買い出しに向かった慈英は、数メートル進んだところで足を止めた。

（しまった）

慈英の家と臣の住まいでもある駐在所は、歩いて数分の場所にある。おまけに日用品や食料を売っている店は、絶対に駐在所のまえを通らないと辿りつけない。

べつに、なに食わぬ顔で素どおりすればいい。問題はないと決めつけ、慈英が歩きだしたそのとたん、駐在所のなかから臣がひょこりと顔を出した。

「あ」

「ああ」

お互い間抜けな第一声を発したけれども、気まずく顔をしかめたのは慈英のほうだけだった。というのも臣は、慈英の顔を見てぽかんと口を開けていたからだ。

「あの、なんですか」

「剃ったのか？」

ちょい、と細い指で自分の顎をさす彼に「ええ、まあ」と慈英は口ごもった。

目をまるくしていた臣はひどく無防備で、本当に年齢不詳な顔だと思った。意表を突かれた、という顔を見られた瞬間は愉快だったけれど、そのあと彼が言った言葉が、妙に慈英をいらだたせた。

「鬚がない顔、ひさしぶりに見た。なんか、なつかしいな」

ふっと遠くを見る目をした臣がかつての自分を思いだしているのが知れた瞬間、慈英は冷ややかに彼を見つめていた。

「覚えてませんので」

「あ、そ……そうか」

言い放つと、臣の表情がみるみるうちにしおれるのがわかった。肩を落とし、ごくちいさく「ごめん」と謝られて、自分がろくでなしになったような気がした。

なぜいちいち、彼は傷ついてみせるのだろう。そして自分はなぜそれが、こんなにも不快に感じられるのか。

いったい彼にとって自分は、どういう影響を及ぼす人間だったのか？

考えがまとまるまえに、臣のほうがどうにか立ちなおったようだった。ぎこちなく笑ってみせながら、彼は「うっかりした、ごめんな」とふたたび謝罪した。

「すっごい昔、会ったばっかりのころに、おまえ鬚剃ってたんだよ。それっきり、あとはいつも、伸ばしてたから」

それだけの話だと言われてしまうと、慈英のほうこそが過剰反応したように思えた。いや、じっさいに過敏なのは自分のほうだろう。

臣と出会って以来、すでに習慣になりつつある気まずい沈黙がいやで、慈英は取り繕うように口を開いた。

「まあ、気分転換というか、そんな感じで……」

だが言葉を発したとたん、頭にずきっと激しい痛みが走った。同時に、自分の声が脳内に響きわたる。

——鬚剃ったのは気分転換なんで、気にしないでください。

かつて誰かに、そんなことを告げた記憶がある。いまよりもっとずっと複雑な気分で、けれどどこか爽快《そうかい》にさえ感じながら。

「慈英？」

目の焦点がぶれ、うつろに視線を揺らしている慈英に、臣がはっとする。うつむいたまま震える息を吐き、額を押さえる慈英の頬に、臣の手が添えられた。

「真っ青だ。大丈夫か？」

「へ……平気です。きのうの夕方からなにも、食べていないので」

気遣われるのも億劫で、ごまかすように笑ってみせる。だが臣はますます顔をしかめるばかりだ。

「平気じゃないし、食べてないってなんだよ」

「寝ちゃっただけです。冷蔵庫がからっぽで、なにか食べものを買いにいこうと——」

「そんな体調で買いものとか無理だろ！　ちょっと座ってろよ、買ってきてやる」

腕をぐいぐいとひっぱられ、「いいから」「遠慮するな」と押し問答をしていたふたりの背後から、バイクのエンジン音が聞こえてきた。

「おおい、駐在さん、先生。おはようさん」

減速したバイクに乗る大柄な四十代くらいの男性を見るなり、臣はほっとしたように声をあげた。

「ちょうどよかった！　あの、こいつオダカさんまで乗せてってもらえませんか？」

「ん？　いいよー。朝飯の買い出しか？」

バイクを停め、からからと笑う彼は、すでに一仕事終えてきたのだろう。つなぎの服には泥がつき、背中には汗が滲んでいる。

「なんだ先生、鬚剃ったのか。なんだかさっぱりしちまったなあ」

どうぞ、とバックシートを叩いてみせる彼に対し、慈英は無意識に口走っていた。

「浩三さん、けっこうですから。すぐそこですし、歩いて……」

言いかけて、はっと息を呑む。

「ん？　どうした先生。あれ、なんだその怪我？　切ったのかい？」

「いえ、これは……」

小首をかしげて問いかけてくる男性は、丸山浩三《まるやまこうぞう》。この町の青年団長で、次期町長にも推薦されていて、そして去年、彼の兄がこの町に潜伏《せんぷく》して盗みを働き——。

(逮捕された。誰に……誰にって、それは)

ばっ、と慈英は臣を振り返った。あまりの剣幕に、臣はぎょっとしたように硬直する。

「な、なに」

まばたきもせず見つめてくる慈英に、臣が怯《ひる》んだ。浩三も「どうした?」と怪訝な声を出すけれど、慈英の耳にはなにも届いていなかった。

細い身体にまとった夏の制服。階級章が夏の陽射しを受けて光っている。その光はだんだんと大きくなり、目のまえが真っ白になっていく。

「慈英? おい、慈英⁉」

「先生⁉」

慈英はなにかを言おうとして、口をぱくぱくと開閉させた。だが次の瞬間視界は一気に暗転し、闇のなかに引きずりこまれた慈英の意識は、ぶっつりととぎれた。


数日まえに起きたことを思いだし、慈英はどうにか痛みが引いてきたのを感じた。

浩三の名を思いだしたあのとき、ブレーカーを落とすように一瞬で気絶した。強烈な拒否反応に、身体がついていかなかったのだろう。

倒れたあと、浩三にかつがれていったん駐在所のなかに連れこまれたところですぐに目が覚めた。病院にいけと勧めるふたりを「問題ない」と説得するのは大変だったが、慈英にしてみるとあのブラックアウトは、意味のあることだった。

（きょうはだいぶ、マシになってきた）

顎までしたたった冷や汗を手の甲で拭い、慈英は深く呼吸して立ちあがる。

湿った下着とボトムを脱ぎ、乱暴に洗濯機に突っこむとシャワーを浴びた。かなりぬるめにしたお湯を頭からかぶると、腫れぼったく感じる頭皮から粘ついた汗が流されて、やっと息をつくことができた。

退院してから、すでに一週間が経った。こめかみの傷の抜糸もすんでいる。医者の話では怪我自体はとっくに治っているし、側頭部の腫れはもう引いたはずだというのに、いまだに原因不明の不定期な頭痛が続いている。

入院中に較べれば頻度はぐっとさがったが、日に一回はこうして痛む。

不安はないとはいえない。だが再検査するだとか、治療のために東京に戻ろうと思えないのは、その痛みに法則性があると気づきはじめているからだ。

医師の入れ知恵で、慈英はこの七年間になにがあったのか、明確に言葉で知らされてはいない。けれどパズルのピースをはめこむように情報を照らしあわせていけば、欠けた部分はおのずとわかる。

(あのひとが、鍵なんだ)

汗を流した身体を拭きながら、慈英は確信していた。覚えていないのは、臣のことに関してだ。痛みが出るのも、それを探ろうとするときだけ。そして臣と切り離せない記憶について思いだしかけると、先日のようにブラックアウトしてしまう。

この町で事件が起きたとなると、処理にあたるのは臣以外にいない。たしかに浩三たち青年団で見回りや取り締まりもやっているし――これについては慈英は覚えていた――、現行犯ならば常人逮捕もできるだろう。けれど、その後の始末や検察への引き渡しについては、警察官でなければ不可能だ。

常人逮捕。この言葉を覚えたのもやはり、臣絡みのことなのだと思う。七年もつきあっていれば共有した記憶や共通言語が増えていてもおかしくない。すでに切っても切り離せないくらいの間柄だったのは間違いがないのだろう。

だがあれっきり、臣とは一度も話していない。というよりも、慈英はこの町のひとびとのほとんどを避けて、引きこもるようにしてすごしているからだ。

それというのも――。

「せんせーい。先生、いるかい?」

どんどん、という音のあと、外から声をかけられた。裸だった慈英はいささか焦りながら「あっ、はあい」とこちらも大きな声で応える。もともとが蔵だったため、インターフォンやチャイムなどこの家にはなく、来客はドアを叩くか大声を張りあげるしかない。

「ちょっと待っていてください！」

大あわてでシャツとジーンズを身につけ、玄関へと小走りに向かう。ドアを開けると、そこには手にタッパーを抱えた小柄な中年女性が立っていた。

「先生、東京で殴られて怪我したんだって？　ちょっと実家にいってて知らんかったもんで、見舞いが遅れちゃってすみません。具合はどうですか」

心配そうな彼女の顔を見て、慈英はほっとした。この町で農業を営んでいる一家の主婦、井村尚子《いむらなおこ》だった。彼女は絵が趣味で、たまに慈英に習いにきている。

（大丈夫だ、頭も痛くない）

ひさしぶりに正常な判断がついたことが嬉しくて、慈英は心からの笑みを浮かべた。

「尚子さん。わざわざすみません」

「あれっ、わたしのことはわかるんですか。あああ、やっぱり怪我してるねえ」

こめかみの絆創膏を見て驚いた顔をするところを見ると、やはり噂を聞きつけたらしい。

慈英が苦笑して「わかりますよ」とうなずくと、ほっとしたように胸を撫でおろしていた。

「いやだあ。なんか頭打って、記憶がないんだっていうからさあ？　ひとりで大丈夫かねってみんなで言ってたんですよ」

「はは……まあ、覚えてないのは一部だけなので」

「んん？　一部って、どういうことなんです？」

屈託《くったく》なく問いかけられ、なんと言えばいいのかわからない。

「あー、特定のことだけ覚えてないっていうか。まあ、ご心配をおかけするほどじゃありませんから」

「ならいいけど……最近は変なひとが町にもきてるからさあ。気をつけてくださいね」

「変なひと？」

困った顔をした尚子は、こっそりと声をひそめて「ここだけの話で」と言った。

「なんだかね、幡中《はたなか》さんちの弟が仕事なくして戻ってきたんだけど。妙なともだち連れこんで、騒いでるらしいんだわ。あんまり外聞のいいことじゃないから隠してるけど、近所じゃ評判でね」

いきなりの噂話に、慈英は「はあ……」と曖昧にうなずく。この調子で自分の話もまわっているのかと思うと、違う意味で頭が痛かった。

「お嫁さんも苦労してるみたいだけど、お義父《とう》さんは仕事でいちにち外にいるもんで、まったく気づいてないようなんでね。旦那はいま、農協観光の仕事で長期出張中だしさ。夜はバイクに乗ってうろうろしてるらしいから、先生も夜中は出歩かんほうがいいですよ」

田舎には田舎の苦労があるということか。狭い人間関係もなかなか大変だと思いつつ、慈英は「ご忠告ありがとうございます」とだけ返した。尚子はにこにことうなずく。

「いやだ、長話しちゃって。あ、そうだ。これ見舞いっていうのも気が引けるけど、作ったから、食べてくださいね」

タッパーの中身は野菜の煮物だった。丁寧に礼を言うと、尚子は働き者の手を振りながら「怪我が治ったら、また絵を教えてくださいねえ」とにこやかに言って帰っていった。

ドアを閉めたとたん、慈英は大きくため息をつく。

「しばらくは、この調子だろうな」

浩三と臣のまえで倒れた事実は、その日のうちに町中に広まってしまった。田舎は噂がまわるのも早くて、正直いって困っている。しかも皆して興味津々らしく、あの翌日からいくさきざきで引き留められ、質問されてしまうのだ。

――記憶喪失ってやつらしいねえ。ほんとにそんなことあるんだねえ。

――もっと入院してなくていいのかい?

気のいいひとたちだし、心配してくれているのは事実だろう。たまに「ドラマみたいだけど、どんな気分?」と無邪気に問いかけられ、さすがに返答に窮することもあるが、かといって邪険にするわけにもいかない。

そんなわけで、最低限の外出以外には家にこもっているのだが、尚子のように出向いてこられては逃げようもなかった。とはいえ、さほど苦にしているわけではない。悪気はまったくなく、純粋な好奇心だから、ほどほどに相手をすれば「なあんだ、あんまり変わってない」と安心と落胆を半々に滲ませた顔で引き取っていってくれる。

むしろ問題は、こうまで町になじんでいる自分を知っているのに、妙な違和感を覚えること。いっこうに思いだせない臣との関わりと、頭痛。それからもうひとつ。

「なにをどう、するつもりだったのか……」

タッパーを冷蔵庫にしまった慈英は、自分のアトリエにしている居間へと向かった。数日まえまで、なんの迷うこともなく色を重ねていた二〇〇号キャンバスの大作は、帰宅してから一度も手をくわえていない。壁一面に立てかけた大きなそれを鋭い目でじっと眺め、身になじまない焦りがこみあげてくるのを知る。

青い背景に埋めこまれている、多数の窓を組みあわせたイコン。ごくちいさなそれらが群をなし、フラクタル螺旋《らせん》を描きながら空へのぼっていくような絵のこのさきが、見えない。

イコンは神聖な霊界への窓の役割をしているとされ、正教会では正教徒以外の者が聖像を描くことを許さなかったそうだ。その宗教的なモチーフをなぜ選んだのか、いまの慈英にはまったく摑めなかった。

「……ん？」

じっとその絵を見ているうちに、慈英はふと気づいた。この絵に描かれたイコンは、あくまでモチーフに選んだものであり、ある種のオマージュで、広義な意味での作風模倣《パスティーシュ》でもある。要するに、イコン『ふう』の四角い窓のなかには、じっさいには聖像を描いているわけではいないはずだが、ひとの姿だということは理解できた。

ざっと荒いタッチで描かれているため、絵に近寄るとむしろなにが描いてあるのかすらわからない。遠くからかすかに見える、飛び立っていきそうな誰か。それを必死でキャンバスに封じこめている。それでいて息苦しくないよう、空に遊ばせているようでもある。

執着しながらも見守るような、不思議なアンビバレンツ。全体の色味は穏やかなのに、妙に激しいものを覚えさせる。

それは、誰で、なにを描こうとしたのか。そしてどうすれば完成に足るのか。

(……だめだ。わからない)

忘れたことなど、些細なことだ。問題ない。そう言いきった慈英に、久遠も照映も忠告めいたことを告げた。だが無視した。その結果が、この途方もない困惑と喪失感と焦燥だ。

「くそ。こんなのは、はじめてだ」

吐き捨てるようにつぶやいて、右の拳で額を叩く。だがまたもや口にした言葉に違和感がある。もやもやと気持ち悪いなにかが腹の奥からせりあがって、これ以上見てはいられないと慈英は外に向かった。

足早に歩く彼の表情は険しく、さきほど尚子に向けたやわらかい笑みのかけらすら、残ってはいなかった。

＊　＊　＊

慈英が衝動的に家を飛び出したころ、臣は駐在所のなかで、緊張の面持ちで椅子に座る女性から、根気強く話を聞いていた。

「殴られたのは、昨晩のことですか？」

こくりとうなずく彼女の頬には、擦過傷と打撲痕を隠すような大判の絆創膏が貼られている。この町では比較的若い三十になったばかりの女性で、やつれた様は痛々しかった。隣には、大月のおばあちゃんこと大月フサエが、彼女を支えるように座っている。

「何度も、もうやめてって言ったんです。でも、いくら言っても聞いてくれなくて……」

町でも比較的裕福な農家、幡中家の嫁である奈美子《なみこ》は、恐怖に怯える目をしていた。日常的に暴行を受けている人間の特徴が顕著《けんちょ》に表れていて、臣はしかめそうになる顔をどうにかこらえ、問いかけた。

「暴力を振るわれるようになったのは、いつからのことでしょうか」

「義弟《おとうと》が……リストラされて、戻ってきたのは先月です。それからしばらくは、家のことやら手伝ってくれて、親身になってくれたんですけど。あの、お昼はわたしひとりで食事の支度してて、その、そのとき……」

ひっ、と彼女は震えて口をつぐんだ。いやな予感を覚え、臣はこうしたときいつもそうするように、感情を排除した声で静かに問いかけた。

「なにか、乱暴なことをされましたか？」

農業と家事を一手に担う奈美子は着飾ってこそいないけれど、まだ若く、充分にかわいらしい顔をしている。兄嫁によからぬことを考えた男がなにをするかなど容易に想像がついた。

そして奈美子の言葉は、臣の想像を裏づけるものでしかなかった。

「い、いきなりうしろから抱きつかれて。包丁振りまわして、その日は逃げたんです。怖くて、でも旦那に言ったらおまえのほうが離婚されるぞって言われて。とにかく逃げまわってたら、難癖つけて殴られるようになって」

「その傷を見て、旦那さんやご家族の方たちはなにも仰らないんですか？」

奈美子は震えながら「夫はいま長い出張なんです」と言った。

「義父《ちち》には……殴られたとか言えんから、転んでぶつけたって……だって、あのひとの息子なんですよ。わたしのこと信じてくれるか、わか、わからな……っ」

こらえきれなくなったのか、彼女はわっと泣き伏し、震えだした。隣に座っていたフサエが、「よし、よし」と痩せた手で背中をさする。

女性への暴行として、最悪の事態にだけは至らなかったようだ。ほっとしながら、臣も苦い顔を隠せないでいた。

「よく、話してくださいましたね」

「駐在さんに相談すればいいって、大月のおばあちゃんに言われて。無理だって最初は言ってたんですけど……浩三さんのときも、駐在さんのおかげでどうにかなったからって」

信じてみろと根気強く説得され、やっと相談する気になったのだそうだ。

「まえの駐在さんなら、家のことは家でってなってたから。今度もきっとそうだって言うからさあ。小山さんは違うよって、言ってきかせたのよ」

「ありがとう、おばあちゃん」

彼女の信頼が嬉しく、臣はにっこりと笑いかける。だがすぐに表情を引き締めた。

基本的には平和な町だけれど、本当になにも事件が起きないわけではない。ことに家長制度の強い農家が多く、家のことは家のなかで片づけるという『常識』が根強い地域では、ドメスティックバイオレンスや虐待という言葉の意味自体を理解させるのがむずかしい。

不況で仕事をなくし、田舎に帰ってきた男が家族に暴力を振るう。残念ながらこうした話はめずらしいものではない。

苦い現実に臣が眉をひそめていると、フサエが穏やかにうながした。

「さ、ほら。まだ話はあるだろ？」

奈美子はハンカチで口元を押さえ、こくこくとうなずいている。何度も涙を呑んで、必死の顔で語りだした。

「義父もいさめてやるとは言うんですけど、く、口ばっかりで。義弟も昼からお酒飲んで……もう耐えられなくて、逃げたんです」

彼女はふたたび泣きだした。つっかえつっかえの言葉を要約すると、昨晩また襲われ抵抗した奈美子は、顔をしたたかに殴られた。身の危険を感じて着の身着のまま、まえまえから頼りにしていたフサエのところへと逃げこんだそうだ。

「そんな、危ないですよ、おばあちゃん。そういうときはすぐ、私のところか、浩三さんのところに連絡してください」

「だって夜遅かったからさあ」

「電話してくれれば、すぐ対応しますから。で、幡中さん。状況はわかりました」

「……助けてもらえますか？」

問いかけに、臣は一瞬黙りこむしかなかった。むずかしい、というのが正直なところで、彼女にどこまでの覚悟があるのかたしかめなければ動けない。

「幡中さん、私が助けに入るとなると、ふたつの方法があります。ひとつは、あなたが家でひとりになる時間帯には、重点的に私が付近の警邏をし、なにか起きたらすぐに駆けつけるようにする。携帯電話はお持ちですか？」

持っていると答えた彼女に、臣は自分への連絡先の番号を短縮登録し、すぐに呼び出せるようにしておいてくれと告げた。

「それからもうひとつ。現場を押さえたとして、その後はどうなさいますか」

「その後……？　どういうことでしょうか」

「現行犯逮捕の場合でも、きっちりとした解決を望まれるなら、暴力への被害届を出し、義弟さんを刑事告訴するしかないのですが、その点はご理解いただけていますか？」

「え、え……？」

奈美子は告訴という言葉に怯んだようだった。やはり、と苦いものを感じながら臣は補足説明を続ける。

「つまり、あなたの婚家の家族を、犯罪者として訴えることになります。その点をご家族に理解していただけるかどうかで、対応が変わってきます」

じっさいのところ、民事不介入の原則がある以上、家族間の問題だと強硬に言われてしまえば手出しがしづらいのだ。本人にもはや家族と決別し、訴え出る気概がある場合はまだいいけれども、今後もいっしょに暮らしていくとなると、それが遺恨となってはうまくいかなくなるだろう。

この場合、幡中家の家長として発言権の強い彼女の義父が、訴えに賛同してくれればいいが、嫁よりも息子を庇うようなら最悪だ。

できるだけやわらかい言葉で説明すると、奈美子は真っ青になっていた。

「そ、そんな大事になったら、離婚されてしまいます……でき、できません。できません」

弱腰になった彼女に、フサエは「奈美子さん、あんた」と声をあげる。

「もういいです。どうせまた家に帰ったら、あいつらにいやらしいことされるんです」

悲鳴じみた声で叫ぶ奈美子に臣もフサエもかける言葉がなかった。

「財布のお金が、減ってることあるし。わたしが無駄遣いしたって怒られて……もういや！」

わあっと声をあげて泣きだした奈美子に、臣はどうしたものかと唇を噛んだ。

「駐在さん、なんとかできんの⁉」

情けない、と顔をしかめたフサエに答える言葉もない。家族絡みの問題に直面したときの無力感を噛みしめていたそのとき、駐在所の引き戸が軽くノックされる音がして、あわてて臣は振り返る。

「あ、はいっ」

人払いのために鍵を閉め、カーテンも引いていた。急いで来訪者を出迎えると、そこには意外な人物が立っていた。

「すみません。通りがかったら、聞こえてしまったんですが」

「じ、慈英……」

「ちょっといいですか？」

「あ、ちょっといま、ひとが」

長身の彼が、するりとなかに入りこんでくる。フサエは慈英の突然の登場に驚き、奈美子はさっと顔をうつむけて涙を隠した。

「お話中申し訳ありません。じつは、ほとんど聞こえてしまいました」

慈英は奈美子の泣きむせぶ声が聞こえて足を止めたところ、ただならぬ気配にその場にとどまってしまったそうだ。安普請《やすぶしん》の駐在所がつくづく恨めしい、と臣は頭を抱える。

「困るよ慈英、そういうことは」

「わかってます。ただ、どうしよう、と仰っていたので、ちょっと思いついたんですけど」

「思いついたって、おまえ」

なにを言うつもりだと目を剝いた臣を目顔で制し、慈英は奈美子に向けて語りかけた。

「幡中さん。これは提案なのですが、しばらくご実家に戻るとか、そういった方法は取れないでしょうか」

「わたし親がないんです。いくとこなんか、どこにもない」

絶望しきったような奈美子の声に、慈英は「じゃあ、作ってください」とあっさりと告げた。フサエもきょとんとした顔になり臣はいきなりめちゃくちゃを言う男を怒鳴りつける。

「おまえなに言ってんだよ。作ってくれってどういう意味だ！」

「それこそ、浩三さんとか大月のおばあちゃんなら、こっそり匿《かくま》える場所くらい作れるんじゃないですか？」

「そりゃ、うちは離れもあるし、何日かくらいならごまかせるけど……」

「無理です、そんなにうちをあけられません。夫にも、許してもらえません」

理由はどうするつもりだと問いかければ、慈英はあっさりと言った。

「病院にいくとでも言えばいいでしょう」

「なんのためにだ？　暴力振われたって家族にも言えないでいるのに」

勝手ばかりを言う慈英に臣がいらいらと声をあげる。彼はこれもあっさりと、思いがけないことを言った。

「妊娠の検査で。もしくは女性特有の病気の診察とか」

「はあ!?」

まったく想定外のことを言われ、残る三人はぽかんとなった。慈英はなにを考えているのかまったく読めない表情で、さらに続けた。

「失礼だったら申し訳ありません。この間まで入院していたんですが、暇だったんでたまに院内をうろついてたんです。婦人科の外来を通りかかったときに、検査で入院されてる方たちが話されていたので」

「なんでまた、嘘つくにしてもそんな内容を……いくらなんでもデリカシーがなくないか？」

臣が問えば、「だからこそです」と慈英は言った。

「突っこまれたときに、男性に説明しにくいから、とごまかしがきくと思うんです。じっさい、病院で聞いたのは女性たちの愚痴だったんですが、旦那さんや婚家の家族が細かい話をいっさい聞こうとしないし、聞き流すばかりだという話が多かったので」

さらりと言ってのける慈英に臣はあきれた。だがこういう点も、自分の知る慈英とかつての慈英の違いだろうか、と感じた。

（天然に拍車かかってるっていうか、無神経なのか……）

なんにせよ、突拍子もない話だ。聞けたことかと臣が言うより早く、奈美子が口を開いた。

「あの、それで。嘘ついて逃げてる間、どうするんですか」

「どうもしません」

「ちょっ、なんだそりゃ！」

まさかノープランなのかと焦る臣に、慈英は冷ややかな一瞥《いちべつ》を向けた。そんな場面でもないのに、感情のないまなざしに胸が痛くなる。

「さっきの話はぜんぶ聞いていたと言いましたよね？　それから小山さんこそ、ちゃんと聞いてらしたんですか」

「どういう意味だよ」

ばかにしたような目で見られ、悔しさから睨み返す。慈英はふっと口元で笑った。

「奈美子さんはさきほど、あいつらと仰ったんです」

「え？」

「義弟さんは、悪い友人も家に連れこんでいる。そうですね？」

奈美子はさっと目を逸らした。臣はそれで真実と悟り、どういうことだと混乱した。フサエも初耳だったらしく、驚いた顔をしている。

「幡中さん、どうして――」

教えてくださらなかったんですか、という言葉を口にするまえに、臣は黙った。奈美子のいっそう怯えた顔が、言うに言えない事情を教えてくれたからだ。

「義弟だけなら、まだよかったんです。で、でもきのうは三人がかりで」

「すみません。わかりました。情報が遅くて、こちらこそ申し訳ない。ただひとつだけ確認させてください。……未遂ですね？」

どうにかうなずくだけの彼女にほっとしつつ、なぜ慈英はそんなことを知っているのかと問いたかった。だがいまはそんな場合ではない。

「それで、おまえの考えだと、今後どうするんだ」

場の主導権を譲ると、慈英は「考えればわかるでしょう」とため息混じりに言った。

「奈美子さんがいなくなったあと、義弟と友人たちはおとなしくしていると思いますか。むしろ、スケープゴートが消えたことで、ストレスの発散対象がなくなる」

はっと臣は息を呑んだ。

「そうか。外で問題を起こすかもしれないし、家計費を浪費するのが誰なのかも、さすがにご家族も気づく」

「あるいは、ご家族に暴力を振るう可能性もありますが」

ちらりと気遣わしげに奈美子を見て、慈英はつけくわえた。

「あとは彼らがはっきりわかる形で問題を起こしてくれればいい――というと相当な語弊があるけれど、要するに、家庭内の問題でなくなればいいんでしょう？」

義弟の友人たちまで参入したことで、ある意味危険度はあがったけれど、法が介入するためのハードルはさがったと言える。

「どうなさいますか、幡中さん」

「義父を……置いていくのは気が引けますけど。逃げます」

涙の痕が残った顔で、きっぱりと奈美子は言った。声は震えていたが、もう腹をくるしかないと思ったのだろう。

「それに、ぜんぶがぜんぶ、嘘はつかないですむと思います」

「え？」

「……できたかも、しれないので」

そっと腹部をさする奈美子に、全員が驚いた。フサエは手を叩いて喜び、慈英は目をまるくしている。

「まだわからないんですけど。ずっとできなくて……だから夫に心配かけたくなかった」

子どものこともあり、これ以上なにかされたらと思うと怖くて思いつめ、昨晩逃げ出したのだと彼女はようやく本音を語った。

「だったら、病院で検査したあと、ちょっと安静にしておけって言われたことにすりゃいいよ。それで、あとは堂々、あたしの家にいりゃあいい」

「でも、迷惑じゃ……」

「あんたあたしの昔の仕事、知らんのかい」

誇らしげに言うフサエに、あっと臣は声をあげた。

「そうか、お産婆さん！」

「これ以上、いるのが当然の場所はないわな。それにうちは青年団本部が近いからさ。いつも誰かしら見回りしとるから、あの愚連隊《ぐれんたい》もそうは寄りつかないよ」

自慢げなフサエの『愚連隊』という古式ゆかしい言葉に、臣は苦笑せざるを得ない。

「でもやっぱり、危ないですから。いいですか？　私か浩三さんに」

「すぐ連絡ね。はいはい」

うるさいね、と耳をふさいでみせるフサエの態度に、奈美子はようやく笑い声をあげた。

産婦人科の検診を受けてくると了解を取るため、奈美子はいったん家に戻ることになった。

フサエがつきそい、昨晩は急に具合が悪くなって、産婆の経験がある彼女に相談していたところ、眠りこんでしまったと言い訳をするそうだ。

送っていこうかと提案したが、いまはいい、と言ったのは奈美子だった。

──駐在さんに相談したのがばれると、なにされるかわからないから。

まだ怯えの色濃い表情に、臣はそれ以上を言うことができなかった。

残された慈英と臣は、どことなくぎこちないままだった。話が終わったら出ていくかと思っていたのに、慈英はなぜかこの場にとどまっている。

「うまい方向にいくといいですが」

「そうだな」

短い会話を交わしたあとは、また沈黙だ。駐在所の扉そばによりかかり、立ったままむっつりと黙りこんでいる慈英は、長身だけにひどく圧迫感がある。

(さんざん避けられてて、これじゃあなあ)

ほんの半月ほどまえまで、他愛もない話で笑いあっていたのに、いまの慈英にはなにをどう話しかければいいのか、それすらわからない。けれど、これをきっかけになんとか関係を改善できないかと、臣は歩み寄りをみせようとした。

「えっと。ありがとな。また、助かった」

「……また？」

「あ、うん。まえにも事件のとき、おまえに知恵借りたから……」

「へえ」

叩き落とすような返事しかなくて、へこたれそうになる。警邏にいくとごまかそうか——と考え、ふと思いだした。

「そういえば、なんでおまえ、幡中さんちに押しかけてるやつがいるって知ってたんだ？」

「さきほど、尚子さんが世間話で教えてくれただけです。ご近所の内緒話だそうで」

木で鼻をくくるような態度に、だんだんあきれてくる。ため息をついて、臣はがさごそと地図を取りだした。

「なにしてるんです？」

ようやく慈英から話しかけられたものの、もう愛想よく振る舞う気力はなく、臣は「住所確認」とそっけなく答えた。ざっと見たところ、幡中家と尚子の家は、たしかに近い。対してフサエの住まう大月家はすこし町の中心からはずれたところにあり、だからこそ逃げ場に選んだのだろう。義弟絡みの話をできるだけ伏せておこうとしたならば、フサエが事情を細かく知らなかったのもうなずけた。

「わりと遠いんですね、大月のおばあちゃんと、奈美子さんの家」

横から覗きこんできた慈英の言葉に、臣はうなずく。そして、若くてかわいい人妻を名前で呼ぶ男に、すこしだけ腹が立った。

（わかるけどさ。近所づきあいの習慣だってことは）

この町の人間は同じ名字の者が多い。臣は職務上、相手に言われない限りは姓で呼びかけるけれど、屋号か、したの名を通称として呼びあうことが大半だ。

だがその相手が、おばちゃんやご老人ならともかく、充分若い奈美子だと妙に親しげでやきもきしてしまう自分の不毛さに、自嘲《じちょう》した。

（妬いたって、慈英にはもう関係ないのにな）

思わずため息をつくと、慈英に聞き咎められた。

「どうかしましたか」

「……なんでも」

今度は臣が黙りこくる番だった。目の端に、戸惑ったような顔をしている慈英がいる。

（ほんとに、どうしたいんだよ、おまえ）

この一週間避けられ続けて、だんだん臣は疲れてきた。もともと、そう楽観的な性格でもなく、あきらめはかなり早い。いっそ姿も見えなくなるようであれば割りきれるかもしれないが、同じ町にいて避けられるというのは、存外にこたえていた。

そのくせ、気まぐれにふらりと現れては、こうして助けてくれたりする。もうやめようかと思う臣の気持ちを引っかきまわすからタチが悪い。

「ところで、なんか用でもあったのか？」

「用っていうか……」

慈英は微妙な顔で口ごもった。もともと、さほど自分の気持ちを表現するのが得手ではないと言っていたが、ここ数年は意思の疎通で困ったこともあまりなく、めいっぱいの愛情表現をもらい続けていたため、臣には彼が口べただと信じられない気がしていた。

だがいまの姿を見るに、事実でもあったのだろう。そして精一杯の努力で大事にしてくれていたのだといまさら気づく。

(俺、ほんとばかだな)

甘受するばかりで、なにも返せなかった。なくしたかもしれないものの大きさに打ちのめされていた臣へ、慈英はさらに追い打ちをかけてきた。

「この地図、手描きですけど、自分で描いたんですか」

ずん、と臣の胸に痛みが走る。もう表情をごまかすことはできず、意味を読みとった慈英はまた、剣呑な顔をしてみせた。

「なるほど。俺が描いたんですか」

「……そうだよ。俺、絵がへただから。見るに見かねて、おまえがぜんぶ」

ほんの一年も経たない話なのに、遠くてしかたない。そっと地図を指で辿り、拗ねたり笑ったりしたときの記憶を臣がよみがえらせていると、慈英はふうっと長い息を吐いた。

「トルソの魅力は、欠けていることなんです」

「は？」

突然の言葉にあっけに取られていると、慈英はさきほどまでの沈黙が嘘のように、脈絡《みゃくらく》もない話をはじめた。

「ミロのヴィーナスの腕のように、そこにあるべきなのにないものを補おうとする。その補完によって、ひとは完璧なものをみずから創りだすんです」

トルソ、イコール不完全の美という概念は、ルネサンス期に古代ギリシャ・ローマの彫刻が次々と発見されたことによって生まれた。年月にさらされ、戦によって損壊した頭部や手足のない不完全な彫刻。しかしその胴体部分だけであれ、美術品として完成度の高いすばらしさは愛でるに足るとされた。

「たとえばサモトラケのニケは首のない有翼の女神像です。顔が見えないのに、世界で最高の美のひとつと評価されている。これが、頭部が存在したままだったら、ありきたりの美女の姿として、ここまでひとの心に残るものだったかどうか、わからない」

勝利の女神であるニケが腕から生えた翼を悠々と拡げるあの姿は、かつては神殿に張り出す船を象《かたど》る建造物の船首にあったという。風を切ったその姿は、どれほどにうるわしく力強いものだったろう。そう思わせるのは、欠けてなお優雅なそのフォルムあってこそだ。

「欠損しているからこそ想像の余地がある。うつくしいと感じる、その鑑賞者の心こそが満ちている。わかりますか。そこで完成とも言えるんです」

「……はあ」

長広舌を振いはじめた慈英がまるでわからず、ひたすらあっけにとられていると、彼はいらいらとした口調で、ようやくの本題を切りだした。

「だから、欠けているままで、充分なんですよ。ないなら、ないなりで完結します」

睨むような目で告げられて、臣は茫然とする。そして、彼が言わんとしたところをようやく呑みこみ、ぐっと唇を噛んだ。

「それって、おまえの頭の中身もか」

「ええ」

尊大に思えるほどの仕種でうなずかれ、臣は手元の地図を握りしめた。大事に使ってきたそれが、くしゃくしゃと手のなかでよれていく。

「おまえさ。ちょっと気づいてるだろ」

「なにがですか」

間髪を容れずの答えに、臣はやはりと目をつぶった。記憶が欠けているとしても、慈英は慈英だ。いくら混乱していたにせよ、理性的に、理論的に考えて、欠損がどこにあるのか気づけないほど鈍くない。

「おまえが、俺のことだけ覚えてないって。もうわかってるだろ。俺に関わりの深いことにだけ、頭痛が起きて思いだせないんだって」

「気づきましたよ」

ぎりぎりとふたりは睨みあい、すぐに負けたのは臣のほうだった。こんなとき、どうやっても好意を持っているほうが弱い。その事実がたまらなく哀しかった。

「なんで、そうなったのかとか、思わないのか」

「頭を打ったからでしょう」

「でもおかしいだろう、そんなの！　なんか原因ないのかよ、思いだせないのかよ！」

机を叩いて立ちあがると、握りしめたままだった地図が、音を立てて裂けた。それがなにかの象徴にも思え、頽《くずお》れそうになっている臣に、慈英はどこまでも冷ややかに言った。

「仮説なら立ててましたけど」

「どんなだよ」

言ってみろ、と顔をひきつらせながら睨む臣の目は、もう潤みかかっている。いくらなんでも、これはもう耐えられないかもしれない。慈英の顔で、続く言葉のひどさは予想できていて、それでも訊かずにいられなかった。

「担当医には、脳の障害でないなら、考えられるのは心因性のものだと。そしてそれは、大抵の場合、ストレスによって起こると言われました」

ひゅっと臣は息を呑む。真っ青になった顔から目を逸らし、慈英はあくまでも平坦な声で、最悪なことを言った。

「正直に言えば、俺もあなたに対してだけ、なんでこんなにいらいらするのかわからない。ただ、それがいまの記憶障害とリンクしているなら」

「……もういい」

うなだれた臣の言葉を無視して、慈英は最後まで残酷に、言い放った。

「俺のストレス要因は、あなただったということになる」

「もういいっつってんだよ！」

手にした地図を、臣は投げつけた。大判のそれは無様に空を舞うだけで、冷たい目をした男になんの痛手も与えることはなかった。

ただ、蒼白な顔で立ちつくす臣の顔を見た瞬間だけ、ちらりとなにかの感情がよぎったような気がしたけれど、それもただの願望だろう。

「……悪い。きょうは、出てってくれ」

喉がひりひりして、眼底が痛む。あと数秒で必死に開いている目からは、決していまの慈英に見せたくない涙が転がり落ちる。

「俺をストレスだと思うなら近づかなくていい。そんなにいやなら目に入らないように東京にでも帰ったほうがいい。それで、万事オーライだ。だろう？」

笑ってさえみせたのに、慈英は出ていくことはなかった。その場にじっと立ったまま、ぽつりと言った。

「あくまで、仮説です」

言い訳じみたそれに、臣は乾いた嗤いを浮かべた。なにもかもがばかばかしくて、すべての気力が萎えた。立っていることすらやっとで、絞りだした声はあまりにも弱かった。

「おまえのなかの真実だろ」

「仮説です。だから、そうじゃないというなら、教えてほしい」

なにを教えろと言うのだと、臣はうつろな心で考えた。

「おまえのなかで、もう有罪決定出されてんのに？　それで俺はどう釈明すればいいんだ？」

「そんなことしてない」

もどかしそうに言われても、受けいれきれない。平常心ではいられない。臣は目をつぶり、案の定あふれた雫を手のひらで隠した。

息がわななく。何度も肩を上下させ、臣はどうにか感情を抑えこんだ。

「なあ、ごめん。きょうは無理だ。きょうはちょっと、許してやれそうにない」

「小山さん……」

「それも、違うし」

反射的に否定した声は笑っていた。同時に、どうしようもなく震えてもいたけれど、それくらいは勘弁《かんべん》してほしかった。

事件に巻きこまれたと聞いてから、半月以上が経った。心配して、驚いて、落胆《らくたん》して、それでも病気なのだからと必死に臣はこらえている。

涙のあふれる目を覆い、じっと立ちつくしていると、慈英は無言のまま出ていった。引き戸を閉める音、遠ざかる足音を聞いて、ようやく臣は手を離す。

手のひらは、思ったほどに濡れていなかった。ただひりひりと瞼が痛いだけだった。

目を開けると、そこには誰もいない。ただ慈英が閉めそこなった引き戸の隙間が、彼がいたというかすかな証拠でしかなかった。

——俺のストレス要因は、あなただったということになる。

「……なんだよそれ。俺が悪いのか？」

あんなふうに言われるほどの、いったい自分はなにをして、彼を見失ってしまったのだろう。

出会って間もなく、強引に関係を結んだことか。そのあとも、たしなめる彼の言うことを聞かず卑屈《ひくつ》に振る舞ったことか。勝手に彼の過去に首を突っこみ、事件に巻きこまれたことか。それとも、何度言われても慈英を信じられずにいたことか。

「いっぱい、ありすぎか」

思い返してみるといやなことしか浮かばず、臣はうつろな声でつぶやいた。

常々思っていたことだった。どうしてこんなに信じて愛してくれるのか、不思議でしかたなくて、いつかはいなくなるものだとひねくれ、うしろを向いて拗ねていた。

——俺があなたを愛してると言い続けた六年は、まだここのなかに、滲みてない？

長い時間をかけて、身体中に覚えさせてくれたそれのおかげで、やっと素直に信じられるようになったのに、摑んだと思った瞬間消えるものだったのだろうか。

「なあ慈英、俺、どうすればいいかな……？　あとどれくらい、頑張ればいいかな」

七年ぶんの愛情を返せるくらいになったら、そうしたら戻ってきてくれるだろうか。

冷たい目、冷たい声、責めるような言葉。これがいったいいつまで続くというのだろうか。

昔のように悲観的に考える自分に戻りたくない。それは慈英のくれたものを裏切ることと同じだからだ。そう思って必死に耐えているのだけれど——ひとりでは、頑張るのにも限界がある。

「おまえが記憶なくしたみたいに、俺だって、おまえのことなくしたんだよ」

誰にも届かない臣の言葉は、むなしくかすれて消えていく。

ごろごろ、と音がした。朝にはひどく気分のいい天気だったけれど、山の天気は早くも崩れてきたらしい。それとも入梅の季節だから、このまま梅雨になるのだろうか。

気まぐれな空が、臣の代わりに泣いているようだった。

*　　*　　*

奈美子《なみこ》が駐在所で涙にくれてから、二週間が経った。慈英《じえい》の適当な言い訳は驚いたことに事実を言い当てていて、彼女は懐妊《かいにん》しており、だがいささか胎児の成長が遅いらしい。

その話を慈英が聞いたのは、長雨の続く梅雨の晴れ間、たまたま散歩に出た際のことだ。

「ストレス感じてるか、栄養状態が悪いかって訊《き》かれたらしいよ。それで、ちょっと環境が悪いって言ったら、無事に出産したいなら里帰りしろって話が出たんで、コレ幸いと引き取らせてもらったよ」

道ばたで慈英を引き留めたまま、にこにこと皺《しわ》深い顔をゆるませて語るのは、むろん大月《おおつき》のおばあちゃん、フサエだ。

産婆を引退してかなり経つ彼女だが、ひさびさに若い話し相手ができ、また面倒をみなければならない立場になったせいか、ずいぶん若返ったようにみえる。

「そう、よかったですね」

慈英が相づちを打つと「これも先生のアイデアのおかげだよう」と彼女は頭をさげた。

「いえ、俺はただ思いつきを言っただけですから」

「いやいや。言ってくれなかったらわからないことだもの。駐在さんも、先生は本当に頭がいいから、って言ってたよ」

慈英はぎくりと身を強ばらせたが、幸いフサエに気づかれてはいなかったらしい。

「最近は駐在さんも忙しくしてるみたいでね。浩三《こうぞう》さんらの自警団と協力して、奈美子さんちの近所の見回り回数も増やしてくれたみたいだよ」

「そ……う、ですか」

慈英は気まずさに目を逸らした。あの日、臣を泣かせて以来、ずっとこのうしろめたいような気分はつきまとっている。

(ひどいことを言った)

病院ではじめて見てからずっと、彼は自分を心配してくれていた。町に戻ってから、駐在所の警察官というのがほとんど二十四時間勤務で、休みなどろくに取れる状態にはないことも知った。なのに五日も休みをとって、毎日そばにいてくれた。

そこまでしてくれた彼に、自分はなにをしただろう。そっけなく無礼に振る舞い、当たり散らし、おまえがストレスなのだと言い放った。

(最低だ)

いくらひどい状況に混乱していたとはいえ、やっていいことと悪いことがある。それすらわからないほど追いつめられていたというのは、ただの言い訳だ。

目を伏せて自己嫌悪に沈んだ慈英に、しわがれた声が聞こえた。

「……最近あんまり、駐在さんといっしょじゃないんだねえ。まえは仲良しにしてたのに」

見透かすようなことを言うフサエに、慈英は曖昧《あいまい》な笑みを浮かべてみせる。

「お忙しいようなので。俺も、怪我してからなんとなく、ひとりでいたくて」

「そうかい。まあ、いろいろあるね、若いころは」

じっと向けられているフサエの目は、なにもかもを見抜いているかのように深かった。

「ただねえ、ひとりはね、寂しいよ？　先生はまだ若いから、わからんだろうけど」

「はあ……」

咎《とが》めるでもなく、諭すでもない言葉に、慈英はなんと応えればいいのかわからない。黙りこんだ慈英は、道のさきから走ってくる自転車の影に気づいて、ぎくりと表情を凍らせた。

「あ、慈英！　いたいた、捜したんだぞ。おばあちゃん、こんにちはー！」

大きく手を振り、近づいてきたのはやはり臣《おみ》だった。かなり飛ばしてきたらしく、肩で息をしている。ハンドルに手をかけ、おおげさにため息をつき、彼は汗ばんだ顔をあげた。

「おばあちゃん、話し中にごめんね」と片手をあげて詫びたあと、怒ったように慈英の肩を小突いてみせる。

「おまえさあ、携帯持って歩く習慣つけろよ。ちゃんとあるだろ」

「あ、ええ。すみません」

屈託《くったく》なく注意され、慈英は反射的に顎《あご》を引いた。臣はその態度に気づいたはずなのに、

「ま、いいけど」とさらっと流してしまった。

「あのな、照映《しょうえい》きたぞ。なんか連絡なかったか？」

「えっ！？　き、聞いてません」

「うあーやっぱり。アポなし突撃得意だもんなあ……」

うんざりしたふうにかぶりを振った臣は、制帽でぱたぱたと顔を扇《あお》ぎ、ふたたびそれをかぶりなおした。

「とにかく、家で待ってるみたいだから早くいけよ。俺もあとでいくから」

「え……あの、あなたが、なんで」

慈英はとっさに口走ったそれが、またも臣を拒絶するものだと気づいた。臣は表情こそ変えなかったが、わずかにその肩が強ばった。

というよりも、妙に明るく気やすい態度を取るけれど、臣は一度として慈英の目を見ていない。自転車にまたがった彼は、口元だけで笑ってみせる。

「おまえの事件について、島田《しまだ》さんから連絡がきたんだよ。照映のほうに。俺のほうにも電話きたから、いっしょに照らしあわせんの。いったん駐在所寄ってそれからいくから。おばあちゃん、お話じゃましてごめんね。またね！」

まくしたて、颯爽《さっそう》と走っていく自転車を見送って、慈英は自分がどうしようもない男になったような、そんな気がした。

あれからてっきり、臣は口もきいてくれないかと思っていた。けれど狭い町のなか、警邏《けいら》を続ける彼とは出くわさないわけにはいかない。そのたび、いまのような調子で明るく声をかけられるし、態度もなにも、むしろ親しげなくらいだ。

ただ、決して彼は慈英の目を見ない。話すときにも、顎や肩のあたりに視線をずらしたままでいる。そして自発的に臣のほうから声をかけてくるけれど、会話の時間は五分以内。内容は、いまのように用件のみか、当たり障りのない世間話だけ。

怪我のことも、記憶のことも、かつての慈英にまつわることも、一切合切口にしない。大丈夫かのひとこともない。

避けられているとまったく気づかせない方法で、完全に遠ざけられているのだろう。

それくらいのことを言ったと思うし、表面上、明るく接してくれるのはありがたいとしか言えない。だがやるせないような気分は日を追うごとにひどくなった。

（それも当然だろうな）

慈英の言葉にいちいち傷ついていた彼の心は、かけらも見えなくなってしまった。

それとも、やわらかい心を叩きつぶすくらいに傷つけてしまったのだろうか。

「っ！　な、なんでしょう？」

不意にフサエが慈英の肘のあたりをぽんぽんとやわらかに叩いてこう言った。

「悪いことしたと思うなら、謝ればいいさ」

「なにか、聞いてらっしゃるんですか？」

「誰にも、なーんにも。あんたの顔にそう書いてあるだけだ」

やはりお見通しらしい彼女に、慈英は思いきり情けない顔をした自覚があった。そして唐突に、弱音を吐きたくなった。

「覚えてることと、覚えてないことが、めちゃくちゃなんです。気持ちの部分でも矛盾して、毎日わけがわからなくなる。自分が分裂してしまったようで、気持ちが悪いんです」

ごく自然に町のひととやさしく接しているときには、奈美子を相手に細やかな相談を受けたことなども、すんなりと納得できている。けれど臣をまえにすると、まるで思春期のように神経が過敏に尖《とが》って、なにもかもを振り捨てたくなる。

混沌とする頭のなかをフサエに打ち明けると、彼女は「ふうん」とうなずいた。

「人間、悪気がなくても気持ちと反対のこともすりゃあ、筋が通らんこともするよ。いいことと悪いこと、真反対のことを、いっぺんにすることだってある」

「それは、どっちが本当なんでしょう?」

「どっちもだ。自分で勝手に決めつけたって、そんなまっさらじゃ生きてけないよ」

からから、と笑ったフサエに、慈英も力なく笑おうとした。だがそれは形にならず、もどかしいようなやりきれないような感情に、ため息が零れるだけだった。

＊　＊　＊

「おせえっつの。いつまで待たせせんだよ」

「そう言うなら、さきに連絡くださいっていつも言ってるでしょう」

自宅のアトリエには、照映がえらそうにふんぞり返っていた。すでに臣も訪れていたことまではいいにしても、なぜ彼がお盆を抱え、茶を淹《い》れていたのかが引っかかった。

ここには接客用のしつらえもなく、作業用の丸椅子と簡易テーブルがあるのみだが、慣れっこの照映は気にした様子もなく、臣の淹れた茶をすすった。

「照映さん、お客さん使うなんて失礼じゃないですか」

たしなめると、ふたりはなぜか目を見交わした。アイコンタクトのあと、照映はむっとしたように眉を寄せ、臣は無言でかぶりを振る。意味がわからず、慈英は「なんですか？」と顔をしかめた。

「なんですかって……おまえなあ」

「なんでもないよ。言うとおり、俺は客だから、次から照映は自分で自分の茶ぁ淹れな」

きょうはサービス、と言った臣の顔は微笑《ほほえ》んでいる。だがやはり慈英を見ることはない。

「ついでにおまえのも。悪いな、勝手に台所使って」

「ああ、いえ。このひとが言ったんでしょうから……というより照映さん、この家、よくわかりましたね」

慈英の言葉に、照映は「は？」と目をまるくした。

「だって、訪ねてくるのははじめてでしょう。ちょっと入り組んでるから、わかりにくいと思うんですけど」

ふたりが口をつぐみ、長い沈黙が流れたことで、慈英は意味することに気づかされた。

「ひょっとして、それも俺は忘れてるんですか」

「まあ、な」

重たい声で肯定する照映に、慈英はどういうことだとひそかに恐慌状態に陥《おちい》った。

先日、臣についての記憶だけが飛んでいるのだと仮説を立てた。そのときはひどく理にかなったものだと思えたけれど、よりによって照映のことまで忘れている。

（もしかして気づいてないだけで、俺はもっといろんなことを忘れてるのか）

ぞっとしない予想に慈英は青ざめる。だが、さらにひどいパニックになりそうな思考を止めたのは、臣の静かな声だった。

「そのとき、俺もいっしょにいたんだよ。だからだろ」

はっとして振り返ると、相変わらず視線のあわない彼が、穏やかに笑っていた。ぎしりと胸が絞られるほどに痛んだのは、ここしばらく隠され続けた、あの壊れそうな気配を、臣の笑顔に見つけたからだ。

「あ……」

なにか言葉をかけようとして、結局はできずに慈英は唇を嚙んだ。ぎくしゃくとした空気を読みとったのか、照映がテーブルを叩いてふたりの意識を引きつける。

「ともかく、それはあとでもいいだろ。まずは本題だ。臣も座れ」

「なんであんたが仕切ってんだよ」

ぶつぶつ言いながら椅子に腰かけた臣は、相変わらず目を伏せたままだった。気になって、つい目で追ってしまう。臣は気づいていないのか、それとも気づかないふりなのかわからないが、微妙に顔を逸らしていた。

「とりあえず、鹿間《しかま》は意識を取り戻したそうだ。誰に殴られたかも証言したもんで、犯人は捕まったとさ」

「誰です？」

慈英が鋭く問いかけると、照映はにやりと笑った。

「睨《にら》んだとおり、グッズ製作の下請け会社の社長で、小池晴夫《こいけはるお》って男だとさ。犯行動機についても、そりゃまあ、ぶん殴りもするだろうって理由が出てきたぜ」

臣はその言葉に戸惑ったように「待てよ」と言った。

「なんで俺ですら知らない話を、警察関係者でもない照映がそこまで詳しく知ってんだ？それに、なんで被害者の慈英に連絡しないで、照映のとこに話がいってんだよ」

もっともな質問に慈英がうなずくと、照映は「はーあ」とため息をついた。

「だから俺がここにいるんだろうが。あのな、アポなし突撃すんなっていうなら、てめえの電話ちゃんとつながるようにしとけよ、慈英」

「え……あっ？」

慈英はあわてて立ちあがると駆け足で自室に戻る。もしやと思って携帯電話を取りだしてみれば、バッテリー切れになったままだった。そういえば退院してきてからこっち、ばたばたしていて、充電するのをすっかり忘れていた。

「うわ、最悪だ」

ぶつぶつ言いながらアトリエに戻ると、にやにや笑う照映がいた。

「仮住まいだからって、家電《いえでん》引いてねえのがアダになったな」

「すみません。なにも言い訳しません」

がっくりとうなだれた慈英に、「いまのうちにちゃんと充電しとけ」と照映がツッコミを入れる。わかりましたとうなずき、置きっぱなしだった充電器を携帯に差しこんだ。

自分のばかさかげんにあきれつつ座りなおしたところで、なぜか臣がうつむいて顔を強ばらせているのに気づいた。

「……どうかしましたか？」

「あ、いや。なんでもない」

声をかけると、はっとしたように顔をあげる。だが一瞬だけ交わした視線は、またすいっと逸らされてしまった。

「それで、なんで照映が細かく知ってんだって話は?」

臣の疑問に、照映はにやりとする。

「簡単なことだろ。世間は狭い。うちの親会社の企画部が、そのグッズ製作会社に依頼したことがあった。担当者はもう転職して辞めてたけどな」

そちらから聞き出した話だと前置きして、照映は事件の内情を語った。

「犯行動機はやっぱり金だ。当初は一千万の損害だって話だったが、じつのところ鹿間がドタキャンしたのはこれが二度目で、トータルで二千万を超える大損害を出させたらしい」

鹿間プロデュースの美術館グッズ製作に関しては、聞いていた以上のトラブルがひそんでいたそうだ。

もともとバブル期の大手代理店で予算を大きくとった仕事を手がけてきた鹿間は、仕上がりやデザインセンスはいいがコストがかかる品ばかりを提供しては、プレゼンで何度も却下されていたらしい。

「最初の打ちあわせで、ちゃんと話をしなかったんですか?」

慈英の疑問に、照映はせせら笑うような顔をしてみせた。

「結局のところ発注をかけたのがキュレーターだろ。ひとにもよるが、美術館関係の人間は大抵プライドが高い。おまけに売りこんだのは鹿間側からで、そりゃ完全な上から目線のクライアントにもなる。やりたいならやってみろってな感じだろ」

慈英が「どこの美術館です？」と問いかければ、照映はひらひらと手を振ってみせた。

「そこまでは教えちゃくれなかったが、頭に『国立』がついてるそうだ。それで発注先は民間の個人エージェント」

「……なるほどね」

権威主義に偏《かたよ》りがちなアート界特有のセオリーを知らないとは言わせない——と目で語られ、よくある話だと慈英も苦笑した。

「そもそも公的な美術館の場合、運営費をグッズで稼ぎ出す必要はないからな」

実際的な儲《もう》けになるキャッチーな商品よりも、伝統だの慣習だのを重んじる傾向があると照映は語った。

「てなわけで相手さんは正直、オーソドックスっつうかありがちな商品だけで充分で、凝ったものは必要なかったわけだ。当然、あれこれ凝ってコストのかかる鹿間の案は没を食らいまくってたが、やつはそこを楽観視しちまった」

「……自分のセンスに、えらい自信のあるやつだったみたいだからな」

「自信があるのはけっこうなことだが、発注かけといてトンズラはねえよ。まあ、あいつがやりそうなことだけど」

苦々しげに言う臣や照映は、鹿間をよく知っているのだろう。ついていけないままの慈英が無言になっていると、照映が「おい」と顎をしゃくった。

「なに他人事《ひとごと》みたいな顔してんだ。おまえが一番、ワリ食ったんだぞ」

「……そうなんでしょうけど、なにしろ覚えてないので」

島田の事情聴取の際、確認を取るためにいろいろと聞かされ、慈英もかつては知っていた相手らしいことは認識している。

記憶があればそれなりにコメントもできるだろうが、だがやはり顔すら思いだせないままで、どうにも実感がわかなかった。覇気のないコメントに照映は納得がいかなかったのか、ふんと鼻を鳴らす。

「覚えてなくてもてめえの話なんだよ。……でまあ、残りの部分も予想どおり。支払いのことで怒った小池が押しかけてきて、払う払わないで揉めたあげくに、突然暴れて殴られた。間の悪いことに、慈英と約束した日だったと、ここまでは鹿間がゲロったそうだ」

なるほどとうなずくと、慈英がなにげなく言った。

「それでその、小池さんは、いまどこに？」

「おまえなあ、自分殴ってパーにした相手にさんづけすんじゃねえよ！」

その言葉に、照映は怒鳴りつけてきた。テーブルを叩きつけるいとこに「すみません」と苦笑いすると、またもや気に入らないというふうに睨みつけられる。指先が忙《せわ》しなくテーブルを叩いていることから、相当に腹を立てているのだと知れた。

「慈英がぶっ倒れたあと、小池は本格的に事務所を荒らしてった。適当に目についた美術品だの絵画をごっそり盗み出して、……もちろん慈英の絵もなくなってた」

現場の写真を見せられた鹿間は、ショックのあまりふたたび気絶したそうだ。

「うわごとでぶつぶつ、返済の見こみがどうとか言ってたらしいから、やっぱりおまえの絵を売りさばくつもりだったたんだろうな」

「なんだそれ、ずうずうしい」

吐き捨てた臣にもっともだとうなずきつつ、照映は表情をあらためた。

「鹿間も小池から契約不履行で訴えられるらしいが、まあそりゃおいといて。おまえの絵、面倒くせえことになったぞ、慈英」

「面倒？　どういうことですか」

「小池がおまえの絵を二束三文で売りつけたのは、杉野《すぎの》という悪質な旗師《はたし》だ。そいつは福田《ふくだ》美術画廊とも通じてる可能性もあると島田さんが言ってた」

慈英がさすがに顔を強ばらせると、いささか話題についていけないでいる臣が口を挟んだ。

「なあ、旗師ってなんだ。あと福田美術画廊って？」

「旗師ってのは店舗、ギャラリーを持たない個人の骨董美術商。古書店業界で言うところの、背取《せど》り屋みたいなもんだと言えばわかるか？」

なんとなく、と臣がうなずいた。

「じゃ、ええと、鹿間も旗師になるのか」

「そうだ。それで、福田美術な。これが厄介な話なんだが、福田は表向きはふつうの画廊経営者だが、やばい団体の『銀行』にもなってる、有名な闇ブローカーだ。まともなディーラーなら近寄らない」

にわかに剣呑《けんのん》になった展開に、やや困惑気味だった臣の顔つきが変わる。慈英はすでにさきが読めていて、手に負えなくなってきた問題に、すべてを投げたくなっていた。

「じつは杉野はもともと、鹿間と取引する予定があったらしい」

ため息混じりの照映の言葉に慈英はぴくりと眉《まゆ》を寄せ、臣は「え？」と首をかしげた。

「ええっと、待てよ。それって、どういうことだ」

こんがらがった、と頭を抱えた臣に、慈英は投げやりな声で自分の推理を口にした。

「要するに、福田美術が俺に目をつけた。子飼いの杉野が鹿間さんに買い取りを打診した。けれども金に困った鹿間さんがふっかけようとした」

巨匠というにはさすがに及ばないはずの慈英の、しかも素描や習作に、いったいいくらの値がつけられたか知る由はない。だが二千万の補塡《ほてん》をもくろむ鹿間は相当な額で交渉しようとしただろう。もしかすると、その他の美術品や絵画とまとめての取引を持ちかけた可能性もある。

「たぶん、交渉決裂した杉野が、手間を省き、安く買いたたくために小池さんをそそのかした。……そんなとこでしょう？」

照映も皮肉に唇を歪め「おおむね正解だ」と手をあげた。

「ちょっとばかり違うのは、福田美術が杉野と取引することはないってことだけだ。島田さんが言うには、福田はちんけな強盗までさせるような小粒じゃねえんだとよ。一応、まっとうな商売もやってるしな」

福田美術の裏家業はあくまで噂の域を出ない。いっさいの尻尾を摑《つか》ませないのはあからさまな盗品を扱うような真似をしないからだ。だからこそ福田美術の顧客となる蒐集家《しゅうしゅうか》たちには、各界の著名人もいるという。

「若手画家の絵が強盗されたなんて安い事件に関わりたくはないだろう。事件後、小池と同じく杉野も行方《ゆくえ》をくらましているのがその証拠だそうだ」

「福田に切られたんだな？」

臣の確認に照映はうなずいた。長く話して喉が渇いたのだろう、彼はぬるくなった茶を一気に飲み干し、大きく息をついた。

「ただ、逃げた杉野が盗んだ絵を売りさばくのは間違いない。どっちにしろ慈英の習作は、もうおそらく表舞台には出てこねえな」

照映のあきらめの声に、臣が「出てこねえって、そんなあっさり言うなよ」と睨むけれど、彼は広い肩をすくめるだけだった。

「よくある話なんだよ、アッチ業界じゃ」

「なんだそれ！　よくあるって、そんなの――」

臣の抗議の声を、慈英は手をあげて遮《さえぎ》る。不服そうに口を歪めた彼を見ることはしなかった。まっすぐな目をいまは見てはいけない、そんな気がした。

「いいですよ、べつに。昔の話で、覚えてもいなかった絵ですし。売るなら売るで好きにしたらいい話です」

本心から告げると、「言うと思ったぜ」と照映が片頬を歪めて嗤《わら》う。刺のあるそれに気づいた慈英が目顔で問いかけると、照映は長いため息をついた。

「なんです、照映さん」

「おまえ、今回の事件、ほんとにどうでもいいだろ。つうか面倒くせえだろ、すでに。怪我も治ってきたし、記憶なくても対して不便はねえし、勝手にしろとか思ってんだろ」

詰問された内容は図星だったので黙りこんでいると、わざとらしくかぶりを振って照映は隣の臣へと目を向けた。

「ほんっとにもとどおりだな。つうかもとより悪いわ。どうするんだ、臣」

「……どうもこうもない。この間、電話で言っただろ」

硬い表情をする臣と、電話で――という言葉が引っかかった。だが慈英がそれを深く考えるより早く、慈英は彼に「あれ持ってきたか」と問いかけた。臣はますます表情を強ばらせ、こくりとうなずいた。

「あれは、台所に、置かせてもらってる。でも照映、もういいんじゃねえの？」

「いいからさっさと持ってこい」

ぐずった臣に、照映は逆らうことを許さない声で命じた。そのやりとりがなぜだか不快で、眉をひそめていた慈英に、照映は「おい」と横柄《おうへい》な声をかける。

「なんですか」

「おまえ、あれっきり、描いてねえだろ」

鋭い目のいとこが顎で示したのは、描きかけのまま手を入れられずにいる二〇〇号のキャンバスだ。慈英は答えないまま、無言で目を逸らした。

「その顔のどこが、不便がねえんだよ。肝心のことぜんぶ放り投げてやがるから、根っこがぶれて絵ひとつ描けなくなるんだろうが」

「なにが――」

決めつけに、腹の奥がかっと熱くなる。思わず摑みかかりそうになって、慈英はぐっと拳を握ってこらえた。

「照映さんに、なにがわかるっていうんですか」

「わかってんだよ。すくなくとも寝ぼけて腑抜けた、いまのおまえなんかよりは」

「どういう意味です？」

ふたりは睨みあった。生まれてこのかた、つきあいのあるいとこを相手に、こうも険悪な雰囲気になったことなど一度もない。傍若無人《ぼうじゃくぶじん》なこともあるが、大抵の場合、照映の言葉は正しいと、慈英は本能でわかっていたからだ。

だからこそ、いまの慈英を全否定するような言葉が悔しくてならない。いらだちの根底には、もうひとつ違う理由があるような気もしたが、それについて深く考えることを無意識に拒否していた。

「なに揉めてんだよ。持ってきたぞ」

一触即発の空気に水を差したのは、四角い包みを抱えた臣だった。どこか不安そうな上目遣いに、慈英は熱くなっていた鳩尾《みぞおち》がすっと冷えるような感覚を覚える。

「なんでもねえ。こっちよこせ」

照映もまたため息ひとつで矛先をひっこめ、ひらひらと臣に手を振ってみせた。

「ほらよ。……つか、無駄だと思うぞ」

「だったらそのときはそのときだ」

またもや慈英には意味のわからない会話をするふたりに、ちりちりとこめかみが反応する。いやな兆候《ちょうこう》を感じて額を叩いていると、布で簡単に梱包されたそれを照映は取りだした。

「これ見てみろ。誰の絵だ？」

「誰って……」

現れたのは、自分の姿だった。しかも中学生かそこらの、ずいぶんと幼い時期の肖像。夕ッチのくせに気づき、慈英はひゅっと息を呑んだ。

「これ、照映さんのですか！　こんな絵、いつ描いたんです？」

驚きもあらわに問いかけると、なぜか照映の顔は落胆《らくたん》を浮かべ、臣はあきらめの滲《にじ》む笑みを見せた。反応の意味がわからず、慈英は戸惑う。

「裏、見てみろ」

どことなくトーンの落ちた声で言われるままにひっくり返すと、これも照映の字で『ネオテニー／幼形成熟』という走り書きがあった。

「覚えてねえか？　おまえが中学のとき。夏に、モデルになってもらっただろう」

「そう……でしたっけ……？」

ぼんやりと、慈英の目が焦点を結ばなくなる。記憶が混濁しているとき特有の視界のぶれに、まばたきの数が多くなった。またじくじくと頭の芯に痛みが生まれはじめる。

かすかに唇がわななき、手も震えだしているのに、臣も照映もひどく陰鬱《いんうつ》に目を伏せていて、慈英の変容には気づかない。

「タイトルも。おまえが言った言葉からつけた。この絵をおまえに見せたのは、去年の年末。俺がこの家に持ってきた。……それも覚えてねえのか」

照映のつぶやきは、まるで慈英を責めているかのようだ。きつく顔をしかめ、わずらわしくてたまらない、と慈英は吐息した。

「しかたないでしょう、覚えてないものは」

吐き捨てたその態度が不愉快だったように、照映が声に剣呑なものを滲ませる。

「投げんなよ、おまえ。自分で好きこのんで、こんなところまできておいて」

「そう言われても、どうして自分がそんな行動とったのか、覚えてもいないんですよ」

「だったら、ちったあ思いだす努力をしろ！」

照映はどんとテーブルを叩いた。彼自身、さほど気長なほうではないし、短気を起こしたのはこれがはじめてでもなかった。

だが、慈英がそれに怒鳴り返すというのは、はじめてのことだった。

「——努力って、なにをすればいいんですか！」

さきほどの照映と同じように、慈英が拳でテーブルを殴り、椅子を蹴飛ばすようにして立ちあがる。

「突然言葉が出てこなくなったり、いまが現実なのかどうかもわからないことだってある。覚えのあるものと、ないものと、めちゃくちゃに頭のなかが散らかってて、こんな気分のときになにをどうすればいいんですか！」

ひと息に言ってのけた慈英を、臣も照映も強ばった顔で眺めていた。

ものにあたったことなどろくにない慈英を、照映はぎょっとしたように見やった。隣にいる臣は、固唾《かたず》を呑んでこちらを凝視している。

見慣れたはずの照映の顔。それが一瞬、見たこともない誰かのように思え、慈英は恐怖し、絶望すら覚えた。

「毎日、気持ちが悪いんだ。本気で頭がどうにかなったんじゃないかとすら思う。なにか、とんでもなく重要なことを忘れてる気がするし、それはもともと本当にあったのかすら、俺にはわからない」

なにもかもに混乱し、どこからどこまでが真実か見極められないこの感覚を、誰にもわかってもらえないことに失望しきっていた。

「思いだせるものなら、そうしたいですよ。でもなにを忘れてるのかすら、俺にはもう、判断がつかない」

両手で顔を抱えてうめく。すっかりなじみになった眩暈《めまい》と頭痛に息がわななき、呼吸さえも苦しくなった。うつむいたまま凝視する、目のまえに散らばった画材と、立てかけられた照映の絵が、ぐにゃりと歪みはじめた。

「……慈英」

そっとかけられた声と、肩をさする手がなければ、気を失っていたかもしれない。

「大丈夫だから。な？　あんま、思いつめるなよ」

強ばったままの手を掴まれて、そっと顔から離された。無意識に頬に爪を立てていたらしく、ひりひりと皮膚が痛む。

「照映もさあ、心配なのはわかるけど、あんま怒るなって」

とりなすように笑う臣を、照映は憤懣《ふんまん》やるかたないという顔で睨んだ。

「臣がそうやってあまやかすのも、どうなんだよ」

「照映、やめろ」

よけいなことを言うな、と臣が声を強くする。だが照映は「こうなったら言わせてもらう」と眦《まなじり》を決した。

「慈英、てめえが忘れたのはなにか、もうわかりきってっだろ。そこでおまえのことあまやかしてる男のことだ」

「照映！」

臣の咎める声を無視して、照映は言いきった。

「まるっきり思いだせない、一番大事にしてたのって、臣だろ」

慈英は突然の言葉の意味を摑めず、茫然《ぼうぜん》とこの顔を眺めた。臣に関わることを忘れている。ここまでは自分の仮説と合致した。けれどもいま、大事にしていたと照映は言った。

「大事に、してた？」

ならばなぜ、その大事なものを自分はぽっかりと失ったのか。ここにきて浮上した新たな疑問を突き詰めるより早く、照映が次々と言葉を投げつけてくる。

「長野くんだりまで追いかけてまで、とっつかまえたんだろうが。好きな相手がいるからここで暮らす、家を探せっつったのはてめえだろうが」

「……家？」

返す言葉はうつろに平坦だった。怒りにまかれてそれすら気づかないのか、照映はひたすらまくしたてる。

「てめえの根底からひっくり返した相手、なんで忘れんだよ。なんで、これも——」

言葉を切って、照映はみずからの絵を指さした。

「この絵も、俺は臣だから譲ったんだ。だから思いだせねえんだろう。籍入れてえのに臣が断ってばっかだって、さんざん愚痴言ったのはどこのどいつだ!?」

「照映、よけいなこと言うなよ！」

「なにがよけいなことなんだよ。事実じゃねえか！」

腕を摑んで黙らせようとした臣を、照映は振り払った。我慢ならないというように、慈英の襟首《えりくび》を摑んで揺さぶってくる。

「臣に関わったことだけ、ぜんぶすっぽ抜けてんじゃねえか。頭打ったってだけじゃねえだろうが。いったいなんなんだ。なにがあった？　なんで忘れた!?」

「なんで……」

「あげくの果てにはストレス呼ばわりか。人生曲げるほど惚れた相手に、なにやってんだよ、おまえは！」

激している照映の声が、痛む頭に突き刺さる。さきほどよりもなおひどい混乱に、慈英の視界はまた歪みだした。

目のまえの光景が、マーブル状に歪む。ドラッグをやった画家の絵のように、秩序を失い、均衡が崩れ、壊れていく。

「……俺が、男とつきあってた？」

確認するようにつぶやいて、その現実感のなさに驚いた。すっと視線を臣に向けると、彼は動揺したように目を泳がせている。

たしかに臣は、ひどくきれいな男だ。セクシャリティでひとを差別するつもりもいっさいない。けれど、自分が彼に恋をし、こんな田舎まで追いかけてきたなどと言われても、信じがたいとしか思えなかった。

なにより――病院にいる間、幾度も見た光景が目に焼きついて離れない。

照映を頼り、久遠《くおん》に慰められ、弱々しく身体《からだ》を支えられる彼に対して覚えたのは、不快感と嫌悪感ばかりだった。

世話を焼かれても居心地が悪く、ひとこと言っただけで傷ついた顔をされ、罪悪感ばかりを押しつけられて、息苦しくて、面倒くさかった。

（それが？　好きなひと？　いったいどうして）

臣をまえにしたときの胸が焼けつくような感覚は、慈英の知る好感とは違いすぎる。

だから、そんなことはありえない。

「照映さんがバイセクシャルなのは知ってますけど、俺はいままで、同性にそういう気分になったことなんか、一度もない」

「なに……？」

「それが、つきあってた？　籍を入れる？」

水のなかにいるかのように、自分の声が遠い。また頭痛がひどくなった。きんと耳鳴りがして、視界が狭まる。思考もひどく硬くなり、なにもかもがわずらわしくなる。

知らない感情は、わからない。考えるのは面倒くさい。だから——いらない。

「冗談でしょう？　ありえない」

あざわらうように、慈英はくだらないと言い捨てた。照映の目がつりあがり、摑んだ襟首をさらに締めあげてくる。

「慈英、おまえもう、口きくな」

「たかが恋愛で？　誰かを追いかけてこんなへんぴなところまで？　ばからしい。なんですかそれ。なにやってるんですか、俺は」

「てめえ、本気でぶん殴るぞ！」

咎めるように照映が声を荒らげた。臣は真っ青な顔のまま、硬直してしまっている。

「そうしてくださいよ」

凍りついたような声で、慈英は自分を締めあげる男を睨みつけた。喉を締めあげられているせいか、すでに目のまえはかすんでいる。

激昂《げっこう》する照映の表情も、いるはずの臣も、ぼんやりしたシルエットにしか見えなくなった。

本当にいまここにいるのは、照映で、臣なのか。自分はいったい、どうなってしまったのか？　そんなことを誰よりも問いたいのは、慈英自身だった。

「殴って、頭がもとに戻るなら、そうしてください。もう俺には、わけがわからない」

「……おい？」

ようやく異状に気づいた照映の手がゆるんだ。ぜいぜいと肩で息をし、数回咳きこんだ慈英は、頬と唇が痙攣《けいれん》しはじめたのを知る。

手のひらで押さえても、虫が這っているかのようにびくりびくりとそこは蠢《うごめ》いた。限界がきた神経の起こす反応に、こらえていたなにかがぶっつりととぎれた。

不揃いな記憶に混乱するのも、それによって責められるのも、もうたくさんだった。

「……っ、もう。わからない。なんなんだ！」

吐き捨て、慈英は立ちあがるなり足早にその場を去った。「おい！」と照映が声を荒らげ、臣が必死にそれを止めているのが聞こえたけれど、振り返る気にはなれなかった。

靴を引っかけ、いくさきも定めずに外へと出た。意味もなくひたすら歩きまわるうちに、道は狭まり、ひどい悪路になっていく。

夏が近いとはいえ、山のなかは肌寒かった。それでも、芯が凍りついたかのようないま、慈英は体感のすべてが置き去りにされていた。

近くに小川が流れているのか、水のせせらぎが聞こえる。湿った土を踏みしめる自分の足音、荒く乱れた息づかい。

誰もいない山のなかで、ようやく慈英は足を止めた。

ぜいぜいと息を切らし、適当な木の切り株を見つけて腰かける。ひどい疲労感に襲われ、あえぎながら頭上を見あげると、風にざわざわと森が揺れていた。

ちらちらと、木々の隙間から光が覗《のぞ》いていた。風の流れが変わるたびにうねる木の枝は、まるで生き物であるかのようにゆらゆらと揺らぐ。

「――?」

不規則にちらつく光を見ているうちに、慈英の瞼《まぶた》が痙攣しはじめた。風に膨らみ、またしぼむ。うねり乱反射する光の粒子が、網膜の奥に突き刺さるように感じる。

そしてこの場で聞こえるはずのない、ガラスの割れる音を慈英は聞いた。

「っ、あ、う……っ」

殴られたときの衝撃と同じほどの痛みが襲ってくる。頭を抱えて身を護るようにまるめると、慈英は地面へと倒れ伏した。

＊　＊　＊

梅雨が終わった。七月に入り、連日晴れが続いていて、農家経営のひとたちには、いささか厳しい陽気が信州《しんしゅう》の山を照らした。

地方の山奥でも、インターネットのブロードバンド回線は一応有効であるらしい。臣は駐在所の奥で、パソコンを睨みながらあちこちのサイトにアクセスしていた。

『それで、秀島《ひでしま》さんはどうなんだ？』

「どうってまあ、一週間、みっちりかけてやったけど、検査結果はやっぱりなんの異状もなし、でした」

臣は左肩に携帯電話を挟んだまま手元のメモを眺め、画面上に表れたパスワード入力欄に十六桁の数字を打ちこんでいく。表示されたのはとある会員制のオークションサイトだ。違法性の高いそこにアクセスするため、足跡を辿られないようスプーフィング《IPアドレス詐称》をしてあり、むろんいくつもプロキシーサーバを通してある。

画面を見つめる臣の表情は厳しく、目は鋭い光を放っているけれど、電話に向けて話しかける声はあくまで明るい。

電話の相手は長年の保護者代わりであり、上司でもある堺和宏《さかいかずひろ》警部だ。先日倒れ、念のために長野市《ながのし》内の大きな病院で検査した慈英の容態を聞きたいと言って、わざわざ電話をくれたのだ。

「東京《とうきょう》であれだけ検査したんだから、いまさらなにか出てくるっていうのも考えられなかったんですけどね。やっぱり原因不明の頭痛だそうです」

『そうか……それでその、記憶のほうは相変わらずか』

モニタの画像を逆映ししていた薄茶色の目が、一瞬揺らいだ。けれどまばたきひとつでそれを振り払い、臣は「ええ」と落ちついた声で答える。

「堺さんのことも覚えてないようです。どうも、俺に関わりが深ければ深いほど、記憶がないらしい。ちぐはぐな部分は基本的にはスルーしてるみたいなんですが、矛盾点が大きすぎて説明がつかないことになると、頭痛を起こしてしまうみたいです」

電話の間にも、クリックとスクロールを繰り返す手は止まらない。検索機能もついているため、該当するであろう単語を片っ端から打ちこんでみる。

パソコンのファンがぶうんとうなり、ハードディスクが働くカリカリという音が続く。ぴっ、とビープ音がして、ヒット件数なし、という画面が数回出たところで、出品リストをひとつずつ確認していくという作業に切り替えた。

『臣。秀島さんは、東京に戻したほうがいいんじゃないのか？　倒れたのはもう、これで何度目なんだ』

堺の苦りきったような声に、臣はぐっと唇を嚙んだ。

「こっちに戻ってきてから、俺が知ってるだけで三度ですね。いまはほとんどいっしょに行動しませんので、知らないときにどうなっているかは、わかりません」

一度目は浩三と臣のまえでたおれ、二度目は照映に怒鳴りつけられ飛び出していったあの日。山のなかで気絶していた彼を発見した臣は、血の気が引くほどの恐怖を覚えた。

三度目はその数日後で、これは浩三と話していた際、なにをきっかけにしたものか、突然倒れたそうだ。一度目のときは本人が強硬に拒んだけれど、倒れた慈英にあわてふためいた浩三が、そのまま車で病院まで送りこんでしまったため、検査は免れなかった。

『ひとがいないんじゃ、なおのこと危ないだろう。倒れたとき、また頭でもぶつけたらどうするんだ。そうでなくても、階段だとか、そっちなら山道とか、危険はいくらでもある』

「そう言ってはいるんですけど……」

打ち所が悪ければ、今度こそ命に関わるかもしれない。フォローもさせてもらえない状態で、臣にしても相当つらい状態が続いていた。

「でも慈英、どうしても戻らないって言い張るんです。俺が原因なことは間違いないのに、ここにいないとだめなんだとか言い張って」

『……記憶はなくても、なにか感じるところがあるんだろうか』

わかりません、と臣がちいさくつぶやいたと同時に、またビープ音が鳴った。どうやらさほど強いサーバではないらしく、アクセスエラーになってしまった。

『おまえ、さっきからなんかやってるのか？　ピーピー言ってるが』

「ああ、ちょっとネットで調べものです。たいしたことじゃないので」

念のため終了ずみオークションのリストも確認したが、どうやらここでは有力な情報は得られないと判断をつけ、臣は画面を閉じて回線を遮断《しゃだん》し、ノートパソコンを閉じた。

「この間は、無理言って休み取らせてもらって、申し訳ありませんでした」

慈英の見舞いに向かう際、堺にもかなり無理を言った。どんな根回しをしてくれたものか、臣にはいっさい教えてはくれないが、苦労をかけたに違いない。けれど堺は『ふつうに休みをとっただけだろう』とあっさり言った。

「年休まとめて五日も、この時期に取るとか、ふつうじゃないでしょう」

恩着せがましい物言いなどいっさいしない堺に苦笑すると、親代わりの上司はいたわるような声を出した。

『おまえは、大丈夫か』

そっと肩を撫でるようなその言葉に、臣は一瞬崩れ落ちそうになった。

慈英があの状態であるいま、臣が唯一あまえられる相手は堺だけだった。というよりも、慈英と出会うまえには、電話の向こうにいる上司とその家族だけしか信じられなかった。

すがりついて、依存した。叱ってもらって、表面だけでも強くなろうと思った。出会った十代のころからずっと、堺は臣の指針だった。

頼りたいと思う。よりかかって、弱音を吐きたい。でもいまそれをしてしまったら、もう本当に立ちなおれなくなることはわかっている。

（あまえすぎんな。自分で立て）

自分に言い聞かせ、きつく唇を噛む。沈黙は長く、堺もまた無言だった。長々とした息をつき、臣は「大丈夫です」と気丈《きじょう》に返す。けれどその声は弱く、震えていた。

「まあ、そりゃ、へこんでますし、心配ですけど。でも、俺は、大丈夫です」

『臣……』

嘘をつくなと、堺の声が咎めている。自分でも言った瞬間から、真実味のない言葉だと思った。けれど、そうでなくてはならないのだ。臣はちいさく洟《はな》をすすってつけくわえた。

「ほんとにだめになったら、飲みにつきあってください。泣くかもだけど」

『ああ。……そうだ、和恵《かずえ》が、秀島さんの頭がもとに戻ったら、ぶっとばすって息巻いてたぞ』

堺のひとり娘、和恵は慈英と臣の関係も知っている。小姑《こじゅうと》よろしく、慈英本人とも細かにメールなどで連絡をとっていたようだが、事件からほぼ一カ月が経つ間、一度も慈英からの返事はこないのだと言っていた。

「はは。いっそ和恵を嫁にくださいよ」

軽口を叩くと、『ばかか』と堺はあきれた声を出した。いまは女子大生の和恵と臣が、兄妹のようにして育ち、男女の仲になることなど一生ないことを彼は知っている。

『あいつはおまえが心配だそうだ。早くいい知らせを聞かせてほしいと言ってた』

「こればっかりは、俺にはなんとも」

苦笑いする臣に、堺は『それもそうだな』としんみり告げる。

『とにかく身体に気をつけろ。無理はするな』

毎度の堺のねぎらいの言葉に「そちらもお気をつけて」と答え、臣は電話を終えた。

「はー……」

空元気を見破られながらも演じるのはかなり疲れて、机に突っ伏す。どうにか平常心を保ってはいるが、やはりつらいものはつらい。

——つきあってた？　籍を入れる？　冗談でしょう？　ありえない。

あのひとことは、さすがに臣を打ちのめした。覚えていないのだからしかたがないと自分に言い聞かせるにも、この七年を全否定されては平常心でいられるわけがなかった。

取り乱さずにいられたのは、慈英が倒れたせいだ。山のなかで頭を抱え、真っ青になってうずくまっている彼が、誰よりも苦しんでいると知ったからだ。

堺によりかかっていた幼い心を、慈英と出会って彼に預けた。それがだめならまた堺にと、そんなふうに依存するだけの人間でいるのはいやだ。

ふたり揃って自滅するわけにはいかない。片方だけでも、希望を捨ててはならない。

いや、たったひとりでも、ちゃんと大丈夫でいなければならないのだと思う。

(ひとりじゃ頑張れないとか、あまえてらんねえしな)

いまの自分にできることを、とにかくやっていくしかない。その『やること』が山積みで、すこしも進展がないことがまた、落ちこみの要因でもあるのだが。

「ああ、くそ!」

うだうだとする自分を振り切るように、声をあげて臣はがばりと身を起こした。

一度たたんだフラップをまた開き、過去のメールフォルダを確認する。

照映と言い争った日、バッテリー切れで放置されていた携帯を見て、一瞬ひやっとした。

けれどよくよく考えてみると、慈英とはそもそも、あまりメールをしない。

お互い、ちまちまと文字を打ちこむのは好きではなかったし、そんな柄でもなかった。だから残っているメールはごくわずかで、内容も、買いものを頼むときだとか、きょうは帰れそうにないだとか、必要に迫られたときのやりとりのみだ。

「ラブメールでも残ってりゃ、携帯見ろって言えたのにな」

ひとりつぶやいて、ひっそりと寂しく笑う。

一度くらい、ばかみたいなメールを送ってやればよかったかもしれない。誰かに見られてはまずいと、証拠になるものについては、無意識のうちに慎重に扱っていた。

態度や言葉では充分すぎるほどもらっていたけれど、形に残るものがないというのも、こうなると寂しいものだ——と考えて、臣はなによりの証拠品のことをふと思いだした。

（アレ見せれば、まあ、一発なんだろうけど……）

慈英から没収した、臣のクロッキー。赤裸々すぎるスケッチの数々はたしかに、なにより の証拠にもなるだろう。

（でも、さすがにそれは、無理だな）

言葉で伝えただけでも、あのパニックだったのだ。なまなましい行為と、こめられた感情を克明に写し取った絵など見せた日には、どうなるのかわからない。

「……燃やしたほうが、いいのかもな。また、三島《みしま》のときみたいに見つかるまえに」

消えた過去は過去のまま、捨て去るほうがいいようにも思えてくる。

ぽつりとつぶやいた言葉が、芯から臣を凍らせかけたとき、駐在所の黒電話が大きな音で鳴り響いた。

びくっと震えた臣は、大あわてで受話器を取りあげる。

「は、はい。駐在所——」

『駐在さん、幡中《はたなか》さんちが大変だ！　すぐきてくれ！』

叫び声をあげたのは、浩三と同じ青年団の伊沢《いざわ》だった。背後では、なにやら乱暴な音が聞こえてきて、もしや乱闘か、と臣は顔を引き締めた。

『あいつら、いま大暴れしてんだ。浩三さんらが押さえにかかってるけど、こっちも三人しか集まれなくて』

奈美子を怯えさせていたフサエ曰くの愚連隊《ぐれんたい》——幡中家の次男、文昭《ふみあき》とその友人連中は、兄嫁が消えてから、さらにふたりがくわわった。徒党を組んだ人間特有の気の大きさで日ごと乱暴はひどくなり、同時に刺激のない田舎暮らしにフラストレーションも募らせていったらしい。

DVとセクハラの対象だった奈美子に手出しができなくなり、夜半の暴走行為も浩三や臣の警邏でかなり制限された。こっそり山道を爆走する程度のことでは発散できなくなったのか、ついに占拠《せんきょ》した幡中家で賭け麻雀や博打《ばくち》、近所への威嚇《いかく》行動など、迷惑行為をはばからなくなっていた。

しかも連中が動くのは、青年団が仕事に出ていて手薄な昼間。そろそろ爆発するころだと踏んでいたけれど、まんまと暴れ出したらしい。

『いまなら逮捕できるかもしれんから、駐在さんに連絡しろって。だから——』

「すぐうかがいます。無理はなさらずに！」

急いで電話を切った臣は、制帽をかぶると、警棒と手錠を身につけ、外に飛び出す。

悠長に自転車をこいでいる場合ではないとミニパトカーに飛び乗りエンジンをかけると、思いきりアクセルを踏みこんだ。

＊　＊　＊

臣が駐在所を飛び出した数分後、慈英は自室のアトリエで携帯電話を手にしたまま、しばらく固まっていた。

【臣にいちゃん忘れるとか、どういう了見《りょうけん》ですか】

非常に攻撃的な件名のメールは、数日まえに届いていたものだった。差出人の名前はしっかり登録されている。堺和恵。若い女の子らしく、フォルダを確認するとメールの件数もかなりのものだ。

正直に言うと、慈英はこの携帯電話の中身を見たくはなかった。かつては携帯ぎらいで、かなり長いこと持たないままでいたし、いまの自分がこうしたものを使っている事実が信じられないでいたからだ。

だから、照映に言われて充電をしたあとも、ずっと放置したままだった。

けれどこの日、どうしても電話を取る必要があり、着信と誤解して開いた画面上のプレビューで、このメールを読んで、固まってしまった。

【うちの臣にいちゃん泣かすとかマジでありえんから。秀島さん、あたしが臣にいちゃんのこと訊いたとき、愛してるって、一生大事にするって、ちゃんと言ったよね。日付言ってやるから、メール捨ててないか確認しろ！　嘘つき！　嘘つき！　嘘つき！　記憶戻ったら、

ぼっこぼこにボコるから！　思いだしやがれ、くそばか！】

「くそばかって……なんだこれ」

怒りに満ちたまま綴られた、強烈な文面だった。感情が爆発したようなメールにショックを受け、慈英は愕然《がくぜん》とした。

そして、いまは顔も思いだせない彼女のメールは、先日、本人のまえで全否定したことが事実だったと知らしめるものだった。

思わず気になって、フォルダを確認した。そこにおさまった和恵とのメールは、数年にわたってかなりのやりとりがあったことを慈英に教えた。【大学合格しました！】という他愛もないものから悩み相談。正直、それだけ見るとまるで慈英が彼女とつきあってでもいるのかとすら思える量ではあったが、その内容はといえば、ふたりの共通の人物である臣についての話ばかりだった。

わかったことは、和恵は堺という刑事の娘で、その堺が臣の上司であり、どうやら一時期彼の家に保護されていたことがあるらしいこと。和恵にとっての臣は、仲のいい兄のような存在であり、慈英との関係を心から応援しているということ。

和恵から慈英に向けての最初のメールは、そのなかでもとくに印象深いものだった。

【これから書くことについては、最初に謝ります。失礼だったらごめんなさい。あと、臣にいちゃんには内緒でお願いします。秀島さんは、臣にいちゃんのこと、本気ですか？　あたしは、強がりだけど弱虫でやさしい、臣にいちゃんが大好きです。まだ一回しか会ってないけど、秀島さんのことも、いいひとだと思いました。だから、信じていいですか？　臣にいちゃんのこと、大事にしてくれますか？　泣かせないでくれますか？】

携帯で読むにはちょっと苦労するほど、長いメールだった。当時の彼女はまだ女子高生だったようで、文面も内容も幼いし、いかにも恋愛中心に生きている世代の子特有のおせっかいさがあった。ひとの恋路に首を突っこみすぎとも言えるが、決して無視することのできない、真摯《しんし》で真剣なお願いが綴られていた。

【臣にいちゃんは昔から、いっぱいつらいことがあって、表面は笑ってるけど、いっぱい泣いてきました。でも頑張りやです。やさしいです。だからもう、傷ついてほしくないです。幸せになってほしいです。……幸せにしてあげてくれますか？】

慈英は、他人のメールを盗み見たような居心地の悪さを感じた。そして、和恵の期待を裏切りまくったいまの自分が、ああして罵られるのは当然のような気がした。

返答したという自分のメールを探すと、保護をかけていなかったためか、それとも口頭で答えたのか、該当する返事のデータは見つからなかった。けれどそんなものを見ずとも、和恵の言葉は真実だろうと知れた。数年にわたる、彼女との大量のメールがその証拠だろう。大抵は電話で返事をしているらしく、【いま電話いいですか？】などと短い言葉ばかりだったが、答えた内容は和恵のメールで読みとれる。

【この間は秀島さんに電話もらって、すごく勇気が出ました！　何時間もつきあわせてごめんなさい。でもあきらめないで頑張れって言ってくれてありがとう！】

悩み相談でも受けたのだろう。十代の少女に向けて、失礼にならないよう丁寧に、けれど充分親身になって答えていたらしい自分は、まるで別人のようだった。

そんなふうにして、何年もかけて信頼関係を築いていた彼女から、届いたメールの最後の言葉が、慈英にはなによりも痛かった。

【言いたい放題してごめんなさい。あたしのことも、お父さんのことも、もう覚えてないならきっと大迷惑だろうと思う。やつあたりだと思って、このメールは消してください】

ずっしりと肩が重くなると同時に、罪悪感を覚える自分が不思議でもあり、混乱もした。

（本当にこれは、俺なのか）

思い返せば先日弓削碧《ゆげみどり》にされたように、存在を忘れた相手になじられた経験は何度かある。そのたび、感情的になる相手に対しては「困ったな」と思うだけだった。謝るくらいだったら最初から言わなければいいだとか、覚えてもいないことで責められてもどうしようもないとか割りきっているのが常だったし、ほとんどの場合意識すらもしなかった。

なのに和恵の言葉を、非難されるいわれなどないと切り捨てることができない。

（どうしたらいいんだ、これは）

メールを読みながら、自分の記憶にない臣のエピソードが出てくるたび、また感情がかき乱されたし、何度も頭痛を覚えた。ふだんならあまりの鬱陶《うっとう》しさに放り投げただろう。

けれど十歳以上も年下の女の子から託された気持ちと信頼を裏切った事実を、いまの慈英にはとても無視できない。彼を追って長野にきたというのも本当の話だと、いまでは納得している。それ以外に、慈英がここにいる理由がひとつもないからだ。

(本当につきあっていたのか)

七年もともにいたとすると、籍を入れてどうこうと言った照映の言葉はある意味当然なのだと感じられた。男女間であれば、とうに結婚していてもおかしくない長さのつきあいであるし、彼と暮らしていたというのならば、ある意味では自然な結論かもしれない。

(セックスも、してたんだろうな……当然)

ふと考えついたことに、慈英はうんざりしてまた肩を落とした。なにが一番困惑するかと言えば、あれほど激しい言葉で拒絶しておきながら、そのこと自体に嫌悪感などみじんも抱けない自分にだ。

いったいなぜこんなことに悩まなければならないのか。それが一番悩ましい。記憶さえ戻れば、すべてはうまくいくのだろうか。それとも——。

「……んせい、先生!」

頭を抱えてうなだれていた慈英は、背後から軽く叩かれ、はっと我に返った。

「あ、え、ええ。なんでしょう?」

「なんでしょう、って。さっきから声かけてたのに」

あきれたように言ったのは、井村尚子《いむらなおこ》だった。その手に握られている鉛筆に目をやり、慈英はやっと自分がなにをしていたのか思いだした。

「ああ、すみません。下描き、できたんですか」

尚子に請われて絵を気まぐれに教えはじめていたことが、いつのまにか定期的な約束となり、毎週水曜日、慈英のアトリエは複数の主婦やご老人のデッサン教室となっていた。

本日の生徒は、尚子とその祖父である太志《ふとし》、そして奈美子の三人だ。

「先生、大丈夫ですか？　やっぱり、まだ怪我したところ、痛いんですか」

「大丈夫です。たいしたことはないので」

心配そうに問いかけてくる奈美子へ、ごまかすように笑ってみせつつも、慈英は胸中複雑だった。そもそも、彼女もアトリエに招いていいかと尚子に打診されたことから、携帯を使う羽目になったのだ。

「そんで奈美子さんは、調子はどうなんだい？」

「おかげさまで、順調だそうです」

太志の問いに微笑み、そっと、まだ膨らみもほとんどない腹部をさすった奈美子は、涙にくれて臣に相談したときから較べると、だいぶ顔色もよくなっている。

「先生にも、ご無理いって迎えにまできてもらって、すみません」

「いいえ。なにごともなくて、よかったですね」

奈美子はあれ以来フサエのところに居候している状態で、穏やかに日々をすごしているものの、義弟の仲間たちに見つからないよう、ろくに外にも出られないらしい。

――そりゃ殴られたりはないけど、もう一カ月も閉じこもってるし、可哀想で。

たまには息抜きをさせてやりたいんだけど、出かける手段がない。見かねた尚子が訴え、しかたなく慈英がサファリで直接送迎することになった。その確認の電話を受けたところ、和恵のメールが着信し、強制的に画面を見る羽目になったのだ。

「……それで、描けました？」

「へたくそで、恥ずかしいんですけど」

汚れ防止のエプロンをかけ、恥ずかしそうに頬を赤らめた彼女は、言葉どおりおずおずとデッサンを見せる。まともに絵を描くのは高校の美術の授業以来だそうだが、意外にセンスがいいと慈英は褒めた。

モチーフにしたのは、奈美子が作ったという編みぐるみ。同じ毛糸で、子ども用の靴下も編んでいるのだという。

「あのひとが帰ってきたら、見せたいと思って」

「じゃ、頑張ってそれまでに仕上げましょう」

はい、と微笑んだ奈美子がうなずくと、彼女の髪留めに光がきらきらと反射した。さして眩《まぶ》しいというほどの光でもないのに眼底に刺激を覚え、慈英はとっさに手のひらで瞼を覆う。視覚を遮断したせいで過敏になった耳に、またあの叫びが聞こえてきた。

——あんたの『……』を、もらってく。

ガラスの破砕音、荒々しい誰かの足音。ひらりと揺れるやわらかななにか。

(色が……)

きらきらした、緑色の光るもの。鮮明なイメージが浮かびそうになり、記憶をたぐる慈英がぎゅっと目を閉じたとき、気遣わしげな声が思考を遮断した。

「先生? どうしたの。やっぱり具合悪い?」

はっとして顔をあげると、一瞬でイメージは消えてしまった。尚子が顔をしかめてこちらを見つめていた。慈英は忙《せわ》しなく目をしばたたかせ、意味もなく手の甲で額をこする。

「あ、いや……ちょっと。目に光が入っただけです」

慈英の笑みはぎこちなかった。摑みかけた記憶を逃したことへの不満を顔に出さないようにするのが精一杯だったせいなのだが、また具合が悪くなったのだと誤解されたらしい。

「平気ですか? また眩暈がするんじゃないですか」

「また倒れたらことだよ先生」

三人に口々に心配され、慈英はばつが悪くなった。この町に戻ってからすでに数回倒れていることなどすべてが筒抜けで、むろんこのご近所衆は知っている。

だが、いまだに誰も気づいていない事実があった。

（また、光だ）

先日、山のなかで倒れたときに気づいたことだが、慈英の頭痛の要因のひとつは臣だが、発症条件のもうひとつは光のちらつきだ。過敏に反応するたび、ある特定の声や音が脳内に再現される。

（あれは記憶の戻る兆候なのかもしれない）

いずれの仮説もイメージ的なものであるため確証はない。数度にわたった精密検査で脳の障害はないと診断され、医師はすっかりさじを投げている。

だが、たらいまわしにされた心療内科の医師が言った言葉に、慈英は引っかかっていた。

——記憶が無意識下で抑圧されているとなると、思いだしたくないとロックしているのかもしれません。無自覚の自己暗示みたいな……。

（だとすると、光に反応するのが鍵だ。フラッシュバックみたいなものかもしれない）

繰り返し聞こえる男の声に、幻覚や幻聴ではないかと不安になったこともあったけれど、一定条件においてのみ反応することに気づいてからはだいぶ気が楽になった。

それでもまだ、穴だらけの頭のなかは、完全には戻らない。

本当に戻ることはあるのかすら、定かではない。

——記憶戻ったら、ぼっこぼこにボコるから！　思いだしやがれ、くそばか！

和恵に殴られてすむものなら、本当にそうしてやりたい。思いださなくてもかまわないと投げやりにしてきたそのことを、はじめて慈英は悔やんだ。

「あ……ちょっとごめんなさい」

静かなアトリエのなかに、携帯の着信音が鳴り響いた。奈美子が申し訳なさそうに詫びてポケットから携帯を取りだす。

「はい、もしもし。ああ、浩三さん。どうか……え？」

彼女の顔色が、さっと青くなる。携帯から漏れてくる声は怒声に近く、かなり切羽詰まっている雰囲気だった。焦ったように、無意味に手を開閉する姿は彼女の狼狽《ろうばい》を現していた。

「え、そうなんですか……え？　じゃ、じゃあ、義父は……無事ですか」

相づちを打つ奈美子の手は小刻みに震えていた。幡中家でまたなにか起きたのかと、その場の全員が固唾を呑む。

「はい、はい……えっ!?　駐在さんが殴られた!?」

悲鳴じみた奈美子の声に、太志と尚子が目を瞠《みは》り、慈英は反射的に立ちあがった。

「どこです！」

「え、あ……ま、まだうちにいるそうです」

肩に手をかけ、顔色を変えてつめよった慈英に面くらったのか、奈美子はおどおどと答えた。慈英はそのまま家を飛び出そうとして、あわてて三人を振り返る。

「申し訳ありません、きょうはこれで。奈美子さんは、フサエさんのところに戻って。太志さん、すみませんが送ってあげてください」

慈英が告げると、奈美子は硬い顔で「わ、わかりました」と震えながら答えた。太志もまた了解の意を示してうなずいた。

「先生、片づけておくから！」

走り出す慈英の背中に、尚子が叫ぶ。「お願いします！」と返して、慈英は夏の陽射しのなかを駆けていった。

＊　＊　＊

幡中家の居間は、ひどい有様になっていた。

テーブルはひっくり返り、酒瓶は割れ、乱闘のおかげで壁の一部に穴まで空いている。庭にまで転がり出たせいで、奈美子が丹精《たんせい》していた植木鉢の花は、一部が無惨なことになってしまっていた。

「お疲れだったなあ、駐在さん」

「そちらも」

ぐったりしながら臣が言葉を返したのは、泥まみれでぼろぼろの浩三だった。庭での乱闘で頬骨のあたりにあざを作った彼は、こきこきと肩を鳴らしてため息をつく。

「しかしあのばかどもめ。昼から酒を飲むだけでもしょうもないのに、ついにやらかして」

「まあ、おかげで無事、全員逮捕できましたから。ご協力ありがとうございました」

臣も乱闘に参加したため、唇の端が切れ、頬が腫れぼったい感じになっていた。制服の肩もほつれているから、あとで縫わないといけないな、とぼんやり思う。

（にしても、慈英の読みどおりだったなあ）

一カ月近く泳がせて、さんざんストレスをためきった連中は、仲間内でのけんかをはじめた。きっかけは博打だ。互いに金もなく、調達する役目は文昭が請け負った。だがこっそり家の財布を漁っていたところを、父親に見つかって大喝《だいかつ》。ふてくされて部屋に戻ったところで、金をよこせと仲間内で制裁され、そこに父親も巻きこまれた。

四人から殴る蹴るの暴行を受けていたため、近所のひとが近くにいた浩三へと連絡。彼は臣へと電話するように青年団に指示し、ひとまず幡中家へと踏みこんだ。

家庭内の問題ならば手の出しようがないけれど、他人が暴れたとなれば堂々警察として乗りこむことができる。青年団にも根回しはすんでいて、まずは計画どおりにことが運んだ。

唯一の誤算は、この家の家長が巻きこまれてしまったことだ。

「幡中さんは大丈夫ですかね？」

「あのじいさんは、腕っ節は立つからな。ただ、叱ってすむならさっさと嫁を護ってやりゃあよかったんだ。息子かわいさに見て見ぬふりだったらしいけどな」

くそじじいめ。舌打ちして吐き捨てる浩三に、同意だとうなずき、臣は切れた唇を舐めた。

臣が到着したころには、文昭をはじめとした居候五人と父親、浩三ら青年団の面々で、家を壊すかという大乱闘の真っ最中だった。殴ったり殴られたりの最中どうにかこうにか問題の連中を押さえこむころには、浩三も臣も疲労困憊《こんぱい》だった。

「で、あいつらはどうなるんです？」

「ひとまず暴行の現行犯ですから、このまま県警に連れていって拘置所に入ってもらいます。ただ駐在所のパトカーでいっぺんに全員乗せるのは無理なんですけど」

逮捕者は文昭を入れて五人。なかには泥酔しているものもいて、さんざん殴られ拘束されたあとだというのにいびきをかいて寝ている有様だ。おまけに関係者として幡中家の家長も事情聴取しなければならない。

「とりあえず本部に連絡を入れたら、護送車をまわして引き取ってくれるそうです。でもあと二時間はかかりますので……」

こういうとき、駐在所にひとりだけというのはネックだと臣が顔をしかめたところ、浩三は気やすく言ってくれた。

「いいよ、そのための青年団だ。俺らがしばらく、見張っておくよ」

「すみません。ご協力お願いします」

頭をさげた臣に「いやいや、あたりまえのことだから」と浩三は照れたように頭をかいた。

「それより駐在さん。細っこいのに、あんた強いわ。感心した」

ばしんと臣の肩を叩く彼の力は強すぎて、臣はよろける。

「いっ、痛いですよ！」

「なに言ってんだ。文昭みたいなでかい男、ぽんぽん投げ飛ばしてたくせに」

「いや、だって、こっちに突っこんでくるから……」

愉快だったと笑われ、臣も不思議とハイな気分になり、声をあげて笑ってしまった。

大人数での乱闘だったため、お互い怪我だらけだが、妙にすっきりしていた。そういえば県警にいたころには、むしゃくしゃすると道場で相手を投げ飛ばしていたものだ。犯人逮捕の際にも率先《そっせん》して大暴れし、堺にたしなめられたこともある。

（いや、暴力はいかんよな。うん）

自分は行き詰まると、どうも暴れて発散するくせがあるらしい。あまりいいことではないと反省しつつ、臣はふと思いついたことを口にする。

「なんかスポーツとかしたいんですよね。いっそ浩三さんに手合わせお願いしようかなあ。どうですか？」

臣はこれで一応、柔道の段持ちだ。浩三も柔道を習っていて、黒帯だと聞いたことがある。稽古《けいこ》をつけてくれないかと頼むと、あっさり「いいですよ」と彼は言った。

「なんなら、青年団の連中でまとめてお相手しても」

「あはは。そのうち本気で稽古をしてもらお……いてて」

口を開けて笑うと、切れたところが痛む。頬をさすっていると、浩三が「手当したほうがいいんじゃねえのか」と顔をしかめた。

「浩三さんだって怪我してるじゃないですか」

「それはほら、駐在さんみてえな色男じゃねえからさあ」

「ちょっと、この場合、顔は関係ない――」

「なんですか、その怪我！」

雑《ま》ぜ返す臣の言葉は、誰かの悲鳴じみた声に遮られた。驚いて振り返ると、汗だくのまま肩で息をしている慈英がいる。

「あれ？　なんでここに」

「なんでじゃないですよ。あなた、なにしてきたんですか！」

ずかずかと大股に近寄ってきた慈英は、大きな手でぐいと臣の顎を摑んだ。

「なんですか、この顔は！」

「あ、え、なにって仕事。……そんなひでえか？」

すごい剣幕《けんまく》でつめよられ、臣は顎を引こうとしたが、強い指に固定されていてかなわない。とっさに助けを求めるように浩三を見ると、彼はうんうんとうなずいていた。

「だよなあ。この顔が腫れたりしたら、町の女連中に殺されちまうよ。駐在さん、ここはいいから、まず手当してきなよ。先生、やってやんな」

「そうします。うちのほうがいろいろ薬も揃ってると思いますから、いきますよ」

きつい声で言うなり、慈英は臣の腕を取って歩きだした。引きずられながら、臣は焦ったように声を裏返す。

「ちょっ、んなわけにいかないって！　逮捕した連中、ひとまず駐在所に」

「あんなとこ、五人も突っこめねえだろ。倉庫にでも押しこめておくから、安心しな」

いっといでー、と暢気《のんき》に手を振る浩三に見送られ、臣は慈英に連行されていった。

「な、なあ。手当とか自分でできるし」

おそるおそる言ってみるけれど、慈英はいっさい口を開かない。きつい顔をしたまま、歩幅の違いすら無視して足早に歩くため、臣は小走りになってついていくほかなかった。

戸惑いながらも、臣はどぎまぎしていた。強い力で腕を摑んで引っぱられる。ここしばらくお互い避けていたことが嘘のようだ。

きょうの慈英のいらだちは、臣を怯えさせ、萎縮《いしゅく》させるようなものではなかった。摑まれた腕が熱くて、顔が火照《ほて》ってくるのを感じる。

（なんかでも、こういうの、まえもあったな）

臣が無茶をして、慈英が怒る。この七年で何度もあったことを、いまの彼は知らない。なのに臣が怪我をしたときに見せる反応だけは、まるっきり同じだった。

慈英の家に訪れたのは、じつにひさしぶりだった。しかし感慨を覚える暇もなく、そのまま浴室横の洗面所へと連れていかれ、タオルと石鹸《せっけん》を手渡される。

「とりあえず、消毒するまえに顔を洗ってください。泥だらけです」

「はい……」

強ばった声で慈英に告げられ、臣はおとなしく従った。そして鏡を覗きこみ、「うわっ」と声をあげる。唇が切れた周辺は紫と青に変色し、頬骨と目のまわりが大あざになっている。ようやく浩三や慈英が騒いだわけに気づかされたとたん、急に痛みが襲ってきた。

汗と泥を慎重に洗い落とすけれど、あちこちの傷に滲みる。「あたた……」と情けない声をあげ、どうにかさっぱりした臣がタオルで顔を拭いていると、またもや現れた慈英に腕をひっぱられた。

もう逆らう言葉を口にするのも無駄かと、臣も無言でついていく。

「座って」

アトリエの椅子に座らされ、消毒液に湿布、軟膏《なんこう》にアイスパックなどがテーブルにあるのを眺めていると、「目を閉じて」と怒ったような声で言われた。脱脂綿に染みこませた消毒液で傷口をきれいにされたあと、薬を塗られ、大判の絆創膏《ばんそうこう》を貼りつけられた。

「顔以外は、どこを怪我しました？」

「え、べつに」

もう充分だと臣が言うより早く「どこ？」とあらがうことを許さない声が頭上から落とされた。

「……背中がちょっと」

有無を言わさぬ態度に、渋々上目遣いで白状すると、「ん」と顎をしゃくられる。背中を向けて制服のシャツをまくると、慈英が苦い声でつぶやいた。

「ひどいですね。靴底の痕がそのままついてる」

「やっぱりか？　蹴られたからなあ」

「湿布貼るから、顔はこれで冷やしてください」

腫れあがった顔にタオルを巻いたアイスパックを押しあてる。じつを言えば、いまごろになって殴られた痕がずきずきしていて、ひんやりしたそれにほっと息が漏れた。

「あー、気持ちいー……」

思わず声が漏れると、背中に湿布を貼っていた慈英の手がぴたりと止まる。背後から伝わる気配に奇妙なものを感じて振り返ると、不思議そうな顔をした慈英が臣を見つめていた。

ひさしぶりに見た険のない表情に驚いた臣が「どうした？」と問いかけると、またもや眉《み》間《けん》に皺が寄った。だが怒っていると言うよりも、戸惑っているように見えた。

「あなたは、不思議なひとですね」

慈英の唐突な発言には慣れていたけれど、ここしばらく、ほとんど言葉も交わしていない。ましてきょうは、会うなり怪我の手当をされただけのことで、どういう意味だ、と臣は首をかしげた。

「なんで？　俺、なんか変なこと言ったか」

「いえ。そういうわけではないです。ただ……」

めずらしく、目を逸らしたのは慈英のほうだった。臣は顔の半分にアイスパックをあてたまま、なにが言いたいのだろうと小首をかしげる。

「あの、あなたと俺って、本当に恋人同士だったんですよね？」

自信なさそうに眉をさげる慈英など、もう何年も見ていなかった。なんだか新鮮だと思いながら、臣は「そうだよ」と苦笑する。

「なに、やっぱ、男が恋人って信じられない？」

嫌みを言うつもりはなかった。けれど、ふたりの関係を打ち明けたときの言葉は存外、引っかかっていたらしく、臣の言葉は自嘲《じちょう》の響きが強かった。

すこしだけ力なく揺れた声に、慈英はまるであわてたように口早に言った。

「そういうことではないです。照映さんもそうだと言ってたし、事実だと認識はしてます」

慈英の答えは、ほんのすこし臣を落胆させた。臣自身の言葉より、まずは照映の信頼度がうえなのだ。しかたないとは思いつつも肩を落としそうになる臣は、感情を読まれまいとして平静な声を装った。

「じゃあ、なにが不思議なんだ？」

幸い、臣の表情はこのアイスパックがほとんど隠してくれている。片方ふさがった視界も、ひところのようにショックを受けることを防いでくれる気がした。身がまえた臣の耳に届いた慈英の言葉は、またもや意外なものだった。

「ええと。……小山《こやま》さんは、俺に対しての態度が変わらないので」

「ん？　どういうこと？」

意味がよくわからず、臣は首をかしげた。この一カ月それなりに気まずかったし、互いに町で会っても微妙に目を逸らしてばかりだったと思う。態度が変わらないと言われるほどの接触が、そもそもない。

（なにが言いたいんだろう）

歩み寄ろうとしてくれているのはわかる。だがいったい、なにが慈英のなかで起きたのかまるでわからず、臣はただじっと彼を見つめた。

睨まれるかと思いきや、居心地悪そうに目を逸らしたのは、またもや慈英のほうだった。手のなかにあるのは、臣に塗った薬のチューブ。意味もなくそれをもてあそびながら、彼は訥々《とつとつ》と言った。

「俺に忘れられたと訴えるひとは、大抵怒っているんですが」

「うん、まあな」

怒ってるなんてものじゃなかった三島のことを思いだす。慈英はもう、あれすら忘れているのだろうけれど、臣にとっては三年近くまえのこととは思えないほどに鮮明だ。

しかしいったい、この話はどこへ着地するのだろう。まったく読めずにじっと見守っていると、またもや慈英は驚くようなことを言った。

「じつは、和恵さんというひとからさきほど、メールがきました」

「は？　和恵!?　なんでよ」

「なんでというか、まあ……」

言いにくそうに口ごもった慈英は、ごそごそとポケットから携帯を取りだす。しばしいじったあと、メールの画面を表示させ「どうぞ」と言った。なにがなにやらわからぬままに、渡されたのだから読んでいいのだろう。開きなおってこの日、慈英あてに届いた和恵からのメールに目を通した臣は、みるみるうちに目をつりあげ、顔を真っ赤に染めた。

「あいつ……っ。なに考えてんだ！　よけいな世話やくなっつうの！」

あまりの内容に、ばちんと乱暴にフラップを閉じる。慈英が「あ」とちいさく声をあげたが、臣はかまっていられずにわめき散らした。

「つうか、なんだよ慈英も！　この、あい、愛してるとか和恵に言ったとかっ」

「いや、なんだと言われても俺は覚えてないので。返事についても、メールでは返さなかったのか、消したのかわからないですが、残っていませんでした」

恥ずかしさのあまりやつあたりすると、さらっと言葉を返される。一瞬でしらけた気分になり、臣は「あ、そう……」と振りあげた拳をおろした。

「本題はそこじゃなく。なんと言うか、ここ一カ月だけでも、俺はかなりのひとに怒られました。照映さん、久遠さん、弓削くんに、和恵さん。みんなが俺を非難したし、責めた」

言葉を切って、慈英は静かな目で臣を見た。いらだつでもなく、不愉快そうな目をするでもなく見つめられたのがずいぶんとひさしぶりに思えて、臣はひどく無防備な気分になる。

「小山さんだけだった。怒らなかったのは」

「いや、俺だって言うことは言ったと思うけど」

「でもそれは、俺がさきに突っかかったからでしょう。いつもあなたは、限界まで我慢してくれていた。それはなぜですか？」

これまでずっと不機嫌そうだったくせに、慈英はどこか途方にくれたような顔を見せた。そんな彼に面くらった臣は、しどろもどろになってしまう。

「そりゃ……病人相手に、目くじらたてても、しょうがないし」

「それだけですか。恋人だったというなら、まっさきに責めても当然なのに。本来なら一番、怒っていいはずなのに、どうして怒らなかったんですか」

臣はその言葉の意味が摑めず、眉をひそめた。なんとなく頰が火照ってきた気がして、アイスパックでふたたび目元を冷やす。

「ええっと、怒ってほしいのか？」

「そういうことではないんですが」

「じゃ、なんなんだ」

困り果てて、臣は眉をさげた。慈英はくせのある髪をくしゃくしゃとかき混ぜて、唇をへの字に結ぶ。もどかしそうに顔をしかめ、言葉がうまく出てこない、そういうときの表情だ。

「なんなんだって……訊いてるのは俺のほうなんですけど」

結局、質問に質問で返すという力業で慈英はごまかした。

不思議な感じがした。慈英は七年まえと同じ顔をしている。あのときには臣にまったく余裕がなくて、彼が必死でいることもなにも、気づけなかった。

この一カ月もそうだったのだろう。忘れられたことがショックすぎて、あまり気遣ってやれなかったのは自分も同じだ。だだっ子のように口を歪めた彼のつらさを、本当にはわかってやれていなかった。

わかったからといって、なにもしてやれることはない。

自分にできることは率直であることだけだ。うまくない言葉でも自分の気持ちを知ってもらいたい。臣は何度か深呼吸して、口を開いた。

「ええとな。俺、感情が介在しないことなら、大抵のことは許せるんだよ」

自分でも意味不明だと思った台詞《せりふ》に、慈英は「たとえば？」と食いついてくる。身を乗り出すような彼の態度はやはりいままでと違いすぎて、臣はつい笑ってしまった。

「身体の貸しだしとか？」

茶化すように言うと、彼はさすがに引いたようだった。怯《ひる》んだように顎を引く姿を眺め、臣はほんのりともの哀しさを覚えた。ここにいる慈英は、臣の過去も現在もすべて受けとめ、愛してくれた相手ではない。それをあらためて実感したからだ。

(認めろ。それがいまの現実だ)

臣はふっと息をついて、心のままに言葉を綴る。

「でも、気持ちが絡んだらだめだ。ちょっとでも相手が揺れると哀しいし、許せなくなる」

「揺れる？」

「俺に対しての気持ちが」

「……それは、そういう経験をしたから？」

探るような慈英の声に、臣は静かに笑った。

誰より知っているはずのことを、まるで知らないと問う男は、もどかしそうに臣の心を探っている。

（遠くなっちゃったな）

お互いの気持ちがこんなにもわからない。出会ったころと同じか、それ以上の隔たりがいまの慈英と臣の間には横たわっている。それでも、すくなくともいま目のまえにいる彼は、臣を拒絶はしていない。それだけでも希望が持てるし、救われた気分になれた。

「慈英、ちょっといいかな」

「なんでしょう」

突然の言葉にまばたきして、軽く首をかしげてみせる。仕種《しぐさ》も声も、なにも変わらない。けれどもう、自分のものではない男。

「うん、ちょっとさわる」

臣はアイスパックをおろして立ちあがると、そっと慈英の身体に腕をまわした。彼は一瞬きょとんとした顔をし、そのあとぎょっと声をあげた。

「……あの！」

「いやじゃなかったら、じっとしてて」

ひさしぶりに抱きついて、ほっと息が漏れた。心臓の音が早いのは動揺しているからだろう。うろたえ、硬直する態度も、困り果てた顔も、もう何年も見てはいなかった。

それでも、体温が、手ざわりが、においが、慈英だ。

「俺な、きょうは殴られて、ちょっと疲れてるから。ごめんな、慰めてほしい」

慈英は「でも、俺は」と身じろぐ。触れられることを拒絶されたくはなく、臣は腕にすがるような力をこめ、逃げないでくれと懇願《こんがん》した。

「なんにもしなくていいから。……慈英を、ちょっとだけ俺に、貸して」

「小山さん？」

戸惑っている声に違和感を覚え、どうしようもない痛みが胸を刺した。「もうひとつだけ、お願い」と震える声で臣は言った。

「ごめん。あと、そうやって呼ぶの、やめて」

「そうやって、って」

「小山さんって、呼ぶな」

かすかに声が震えた。慈英はなにも言わず、抱き返しもしなかったけれど、拒むこともなかった。

「男に抱きつかれたりとか、気持ち悪くてごめんな」

ひさしぶりに、その言葉を口にした。すこし以前なら、そうして謝るたびに怒った男は、無言で立ちつくしている。そのことにかすかに傷つき、けれど臣は、かつてのようには絶望的にならない自分にも気がついた。

「……俺、大丈夫だからさ」

吐息だけの声で宣言する。慈英は「なにが、ですか」と、これも不器用にかすれた声で問いかけてくる。困り果てているのに、突き放さないやさしさ。まだ臣を好きでもなかったころ、強引に迫ったときと同じで、彼は拒絶しない。

(やっぱり、慈英は慈英だ)

嬉しいような哀しいような気分になりながらかぶりを振って、臣はそっと手を離す。

ようやく、覚悟が決まった。それを自分にたしかめるための抱擁《ほうよう》だった。

慈英はもう、東京に戻すべきだと思う。そうでなくても、本気で期限を決めるなりして、それまでに記憶が戻らなければ、そのときは、そのときだ。

「おまえがさ、このさきどういう結論を出しても、俺は大丈夫だから」

「え?」

臣が距離を――物理的な意味だけでなく――とったことに気づいたのだろう。慈英は戸惑うように視線を揺らし、眉をひそめた。

「なあ慈英。変な意地張ってないで、おまえは本当にもう、東京に帰れよ」

慈英は衝撃を受けたようだった。表情を凍らせた彼に、臣は淡々とした声で諭す。

「おまえがこの町にいるのは、俺のためだった。異動で僻地《へきち》の任務になって、一年待っててくれるかって言ったらついてきてくれた。おまえがここにいる理由って、それだけなんだ」

「それだけって……」

「不便だし、もう理由もない。だから、おまえはおまえが必要とされるところにいけよ」

自分でも驚くほど穏やかに、臣はそう宣言した。

七年、大事にされた。どうせ終わる、どうせ捨てられると嘆き、すぐにあきらめようとした臣を、慈英は本当に真綿でくるんで蜜に浸し続けるように、やさしく愛してくれた。

だからもし——もし、別れが訪れても、たぶん以前のように壊れたりはしない。

笑みすら浮かべている臣に、慈英はなぜか青ざめていた。拳をきつく握りしめ、すぐ近くにいるのに遠い、あの隔たりを彼も感じていることが、なぜだかわかった。

「それは、まえの俺とは違うから、もういいってことですか」

「いや、そういう意味じゃないんだけどな」

哀しくて苦しくても、思い出があればちゃんと、生きていける気がした。遠くで、慈英の幸福を祈れる程度には、大人になったのだと感じる。

「何度も倒れたのって、決まって俺のこと思いだそうとしてるときだろう？」

否定がないことが哀しかったけれど、臣はもうこれ以上、こんなことは続けていられないと思った。

「これからもこの町にいたら、俺と関わるだろ。また発作を起こして倒れるかもしれない。そのとき誰もいなくて、また頭打ったりしたら記憶飛ぶだけじゃすまないかもしれない。だからもう、切ってくれていいよ」

「あなたはそれでいいんですか」

責めるような声で苦しげに問われて、臣はもちろんだと微笑んだ。

「慈英がいいなら、俺は、それでいいんだよ」

虚勢《きょせい》でもなく、無理をしたつもりはない。この一カ月、考え抜いた末での答えだった。

だが、それを告げられた相手は、なんのことだかわからない、と顔をしかめていた。

「あなたはやっぱり、わけがわからない」

「……それ、昔も言われたな」

くすりと笑うと、慈英はやはりむすっとしていた。

なぜだかそれが、妙にかわいくも、おかしくも感じられて、臣はいつまでも笑っていた。

慈英はまばたきもせず、ただじっとその顔を見つめるだけだった。

＊　＊　＊

その夜、慈英はなかなか寝つけず、ベッドのうえで何度も寝返りを打った。

じっとりとした、寝苦しい夜だった。夜半になっても日光であたたまった地熱が去らず、すこし身じろぐと汗が肌を滑っていく。

眠れないのは、悩ましいことが多いせいだと慈英は思った。

（なにが、東京に帰れ、だ）

臣の言うことはある意味もっともではあったが、素直に帰る気にはなれなかった。むしろ、吹っ切れたようにあんなことを言ってくる臣がわからなくて腹立たしく、なぜそんなにあっさりしているのだと恨めしかったほどだ。

慈英はずっと臣のせいで混乱し、頭痛もし、たびたび倒れる羽目になっている。その当の本人が、まるであっさりと「自分を切り捨てろ」と言いだした。理性ではそうするのがベストだと知っていたくせに、口から出た言葉は正反対のものだった。

──意地でも帰りません。

けんかを売るかのように言ってのけたら、彼は困った顔をして黙りこんだ。

その場は引いた。というか平行線の話に不毛さを覚え、ふてくされてその場をあとにしたというほうが正しい。どうして彼を相手にすると、こうも自分は大人げない行動を取ってしまうのか、そしていっこうに改善できないのかがわからない。ごちゃごちゃになった頭が妙に熱っぽく、無理に目を閉じると横たわっているのに眩暈がする。

「……くそ、だめだ」

むくりと起きあがり、いらいらと髪をかきむしった。顔をこすり、なにげなく視線を向けた部屋の壁には、立てかけてある八号キャンバス。高さ五十センチ弱のそれには、幼いころの自分の姿が描かれている。

──これは、おまえが持ってろよ。

照映と言い争った日のあと、臣はそう言って無理やり慈英に預けていった。もめごとになった要因を見たくはなく、きちんと梱包したはずだったが、記憶違いだっただろうか。

光のあふれる夏、縁台に座って汗をかいている少年の姿は感傷的なうつくしさに満ちていて、あれが自分だと言われても慈英には納得がいかない。ただ、照映の画家としての才は惜しまれて、ああも完璧主義でなければ彼はきっと描き続けていただろうにと思った。

いろいろと苦いものを感じさせる絵から目を逸らす。窓の外を見ると月が異様に明るく、まるで昼間のようにも思えた。いずれにせよ眠れず、夜の散歩をしようかと慈英は寝汗をかいた身体からシャツを脱いだ。

Tシャツとジーンズに着替え、外に出る。夜の早いこのあたりでは、深夜になると誰もいない。聞こえるのは虫の声と犬の遠吠え、たまにふくろうのものらしい鳴き声だけだ。

空を見あげると、尋常でなく大きな青白い月が出ていた。吸いこまれそうになりながらそれを見つめていたとき、背後でかさりと足音が立った。

「誰だ？」

「誰だって……そっちこそだろ」

鋭く誰何《すいか》の声をあげると、そこには制服姿で懐中電灯を持った臣がいた。

「なにしてんだ、こんな夜中に」

「散歩です。そちらは？」

「言うまでもないだろ、見回り」

こんな時間までかと目を瞠ると、彼はくすくすと笑った。なぜだか制帽はかぶっておらず、もともと色白の頬と栗色の髪が月光に照らされ、けぶるように輝いている。まるで内側から光を発しているように克明な姿に思わず見惚《みと》れると、臣がすらりとした手を差しだした。

「暇なら、こいよ。茶くらいつきあってやる」

昼間、激しく言い争ったことなど忘れたように、臣は言った。彼はいつもそうだ。慈英がどんなにやつあたりをしても、ひどい態度を取っても、次に会ったら必ず笑いかけてくる。

(傷ついた顔するくせに、なんで笑える?)

それがわからなくて、突っかかってしまうのかもしれない。

睫毛《まつげ》のさきまで、きらきらと光っていた。現実感のないうつくしさに魅入《みい》られて、慈英はなにを考えるよりも早く、細い指を握る。見た目のわりに手のひらの皮膚が硬く感じるのは、職務柄いろいろと鍛えてもいるからだろうか。

じっとその手を見ていると、拳につぶれたあとがある。細かく見れば修羅場をくぐったことのある男の手なのに、臣はどこまでもほっそりと優美だ。

無言のまま駐在所に入ると、明かりはついていなかった。けれど入り口から差しこむ月の光だけで、充分に視界はきく。

だが入り口まえに立って月光を背後に背負った臣の表情は、影になって見えなかった。

「奥に、ゆっくりできるところあるから、そこ入って」

「あ、ええ。はい」

うながされたとおり、奥には畳敷きの仮眠室のような場所があった。段差の部分に腰かけたとたん、急に眠気が襲ってくる。

（まずいな。いつものあれか？）

唐突な頭痛、もしくはナルコレプシーかと疑うくらいに突然な眠気。一瞬ひやりとしたけれど、軽くあくびが出たことで、単に時間が時間なだけかとほっとした。

「眠いのか？」

「あ、いえ……」

声をかけられ、慈英は失礼を詫びようとした。だがその肩を白い手に押されたとたん、なぜか抵抗もできずに畳のうえに横たわっていた。

「あの、小山さん？」

いったいなにがどうしたんだと慈英が面くらっている隙に、彼は身体のうえに乗りあがってくる。ぎくっと慈英は身を強ばらせ、押し返そうとしたがその手を臣が摑んだ。

決して押さえこむような力ではなかった。細い腿で慈英の腰を挟んでいるが、体重をかけてくることもない。けれどもそれだけに、制服を着ているくせに妙にやわらかい尻のあたりが、慈英の腰に触れるか触れないかといった具合に感じられ、ひどく焦った。

（なんだ？）

やんわりと手首を摑まれるだけで、強引に押しのけるのも気が引けた。どうしていいかわからずに固まっていると、ぽつりと哀しげに臣がつぶやく。

「おまえさ、俺のこと、きらいだよな？」

「え、いえ、べつに。そんなことはありません」

軽く力を入れられ、慈英の両手は畳に縫いつけられる。振りほどこうと思えばすぐにもできる、そんなやわらかい押さえかたなのに、やはり抵抗できない。

部屋のなかは、月光のせいでしろじろと明るい。けれど覆いかぶさってくる臣の顔は、相変わらず見えないままだ。

「ほんと？　きらいじゃない？」

「え、ええ。きらいじゃないです」

一転、嬉しげになる臣の声に、必死にうなずいた。こんなふうに問いつめるほど傷つけていたのかと思うと申し訳なく、話がしたかったのだろうかと慈英はぼんやり考えた。

だがいくらなんでもこの体勢は、いただけない。

「あの、小山さ、ん、……っ!?」

起きて話をしたいと言いかけた慈英のまえで、臣はゆっくりと制服のボタンをはずしはじめた。なにをする気だ、と問おうにも、あまりのことに声が出せない。

ひとつ、ふたつとボタンがはずされ、薄いブルーのシャツが開かれていく。相変わらず彼の顔はろくに見えないのに、さらされた肌が青白くぬめるように光っているのがやけにはっきりと目に飛びこんできて、慈英は思わず顔を背《そむ》けた。

小山さん、これはおかしいでしょう。そう言ったつもりなのに、声が出ない。どうしてだろうと思っているうちに、臣は次々と服を脱ぎ、ついにはシャツを腕に引っかけただけの、ほとんど全裸で慈英のうえにいた。

（なんだ。なにかおかしい。どういうことだこれは！）

叫ぼうにもぱくぱくと口を動かすだけで、うめき声さえも出ない。その唇にやわらかく湿ったものが重なり、口づけられたのだと気づいた。

舌はちいさくて薄かった。そして信じられないほど巧みに蠢き、口腔の弱い場所をかすられたとたん、反射で腰が跳ねあがった。やわらかく白い尻へと突き入れるような動きに、臣の唇から「あっ……」となまめかしい声が漏れる。

（くそ、なんだその声は……なんで、身体が動かないんだ⁉）

違う、こんなことをしたいわけじゃない。必死にかぶりを振るけれど声は出ず、もう押さえこまれてもいないのに、起きあがることもできない。ただ、じんじんと身体中が熱くてたまらず、臣がいやらしく口づけるたび、腰のあたりが重く張っていく。

「気持ちよくしてあげるから、いやがんないで……？」

「う……っ」

ジーンズのなかで窮屈《きゅうくつ》に押しこめられていたものをさすられる。硬いボタンがはずされるのにもなすすべはなく、臣の手によってそこは暴かれた。慣れた様子で男のそれをしごく手は、すこしだけ荒れた表面のせいで強烈な刺激を送りこんでくる。

(や、め、ろ)

痙攣するだけの喉から声を絞りだそうとして、ふたたび唇にふさがれた。何度も何度もついばまれながら、臣の手が自分の乳首をいじっているのが視界のはしに映る。

「ごめん、我慢できない。ごめん、……ちょうだい？」

なにを、と問う暇もなかった。大きく脚を開いた臣は自分でそれをあてがい、どろりと熱っぽいなかへと引きこんでいく。慈英は歯を食いしばってこらえたけれど、身体はまったく言うことをきかず、一度突きあげたらもうだめだった。

「んや、あああ……！」

臣が甲高い悲鳴を放った瞬間、理性のすべてが崩壊した。ねっとりと絡みついてくる極上の感触に、息を切らして腰を突きあげる。あられもなく乱れる身体が激しい律動に浮きあがり、逃がすかと腕を伸ばせば、なぜか今度は動いた。

「……っ、く、はあっ、はあっ、はあっ」

泣きながら乱れる腰を鷲摑みにして、遠慮もなにもなく貪《むさぼ》る。しっとりと手のひらに感じる肌は汗ばんでいるのにひんやりと冷たい。忙しなくあまい声を出す唇はつややかに赤く、無意識に右手を伸ばすとすぐさまくわえられ、吸いついてくる。

「ああ、すき、慈英、じえ、好き……っ」

指を舐めながら舌足らずに告げられ、かっと頭が煮えた。制限される動きが無性にもどかしくなり、臣の身体を摑んで強引に反転させると、押さえつけてしゃにむに腰を振る。

たまらなくよくて、よくて、なぜこんなことにとか、どうしてとか、まともなことが考えられなかった。ただただ抱きたくて、この身体に射精したかった。臣のなかは濡れていて熱い。震えて反応し、揉みくちゃにいじるとびくびく震えて慈英を締めつけてくる。これをもっと、ひどいくらいにいじったら、どうなるのだろうか。

「キス、キスして、慈英……」

獣のような欲にとりつかれていた慈英に、お願い、と臣が泣いて両手を差し伸べてくる。じっと見つめてくる目が、名前を呼んでと告げている。慈英は口を開いた。

「小山、さん……?」

そのとたん、いままであえいでいたのが嘘かのように、臣はすうっと表情をなくした。

「――違うよ」

冷ややかな声が聞こえたとたん、すべての光景がかき消える。腕のなかで悶《もだ》えていた身体も、どこか異様に明るい仮眠室も。ぐにゃりと溶けるように形をなくしていく。

（え……？）

茫然としている間にすべてのものは色を失い、周囲はただの闇になった。そしてどこからが地面なのか、自分がどこにいるのかすらもわからないような漆黒《しっこく》は、巨大な大きな穴だと気づいたとき、すごい勢いで身体が落下しはじめた。

「うわ、あ、あぁあああ！」

叫んだとたん、がくん！　と身体が跳ねあがった。しかしその背中は適度な硬さを持ったやわらかい布に受けとめられる。

はっと目を瞠った慈英は、一瞬なにが起きたのかわからなかった。かすむ目を何度かしばたたかせると、そこは自分の自室だった。

「ゆ、夢……？」

つぶやいて確認しなければ、耐えられなかった。恐怖と混乱、そして興奮の名残でいまだに心臓はばくばくと音を立てている。

（なんだ、いまの、夢は）

起きあがり、じっとりと汗で濡れた顔を両手で覆った。ぼんやりとした意識の断片で、強烈な淫夢を見たことだけはわかったけれど、なんといっても内容が内容だった。

夢のなかとはいえ、経験がないほど激しいセックスだった。しかも相手は男だった。信じられない、と慈英はかぶりを振った。

「嘘だろう」

相手は乱れた制服を着ていた。あれは間違いなく臣だった。誘われてこの手が男のあれを握り、泣いて羞じらうのを押さえつけて舐めた。しかも自分から進んで。もっと信じられない。

だが夢の名残にひどく顔が熱い。肌が痺れている。おまけに下着のなかが湿っていて、いまだに不服そうに高ぶっている。夢精一歩手前の段階だと気づいて地の底まで落ちこんだ。

「嘘だろう……」

もういちどうつろにつぶやき、しばし放心した。それでもいっこうに肌の興奮がおさまらず、投げやりなあきらめと同時に立ちあがる。

じっとりと汗に重いシャツを脱ぎながら風呂場へ向かう。微妙な歩きにくさを感じた。これをどう始末するのか、考えることを慈英は放棄した。

＊　＊　＊

妙な夢を見たおかげで、慈英は非常にうしろめたかった。

正直、臣の顔を見られないとすら考えた。けれど幡中家で起きた事件に関し、奈美子のほうからも被害届を出すことが決まって、証言が欲しいと言われては呼び出しに応じないわけにはいかず、数日後には渋々と駐在所まで出向く羽目になった。

「それじゃ念のため、この書類にサインして。ないとは思うけど、もし裁判とかになったら、またいろいろ訊かれるかもしれない。それでもいいか？」

「……ええ、かまいません」

制服姿でてきぱきと仕事をする臣は、夢のなかの淫らな姿などみじんも感じさせることはない。たしかに美形ではあるが、むしろ誠実で有能な警察官、としか感じられず、よりによってあの夢のなかの行為が制服姿のままだったということに、慈英は激しく落ちこんだ。

「そういう嗜好は、なかったと思うんだけどな……」

「ん、なに？」

小声で思わずつぶやくと、臣がきょとんと目をまるくしている。ひどい罪悪感に「なんでもないです」と口早に言えば、意図したよりもぶっきらぼうな声になった。それにも申し訳なく思ったけれど、こちらの態度にももはや慣れたのか、臣は笑って流してくれた。

それから三日も経つと夢の記憶はだいぶあやふやにぼやけていき、なんとか臣の顔を見ても挙動不審《きょどうふしん》にならずにすむようになった。だが会話が無事に成立するようになったらなったで、言い争いの種は尽きなかった。

「ほんとに意地張ってないでさあ、早く東京戻れって」

ことあるごとに、臣はそう口にする。あれから何度も説得されたけれど、「自分のことは自分で決める」と突っぱねると、臣はため息をついて口をつぐんだ。

だがそれは、帰すのをあきらめたという意味ではなかったようだ。

——おーい。いつ引っ越しするんだ？

最悪なことに、臣は狭い町で顔をあわせるたび、そう言ってからかってくる。「しません」とかたくなに慈英が答えるけれど、屈託ない顔で「早く帰れよ」と言われるだけ。そのたびに、以前とはまた違ういらいらが募る。

「帰りませんし、引っ越しもしません」

「だからさあ。何度も言うけど、おまえ病人なんだぞ？」

「とくに異状もない状態ですから、病人とは思っていません」

「どこがだよ。頭痛は治らない、ぶっ倒れる、記憶は飛び飛び！　充分に異状だろう！」

このやりとりもすでに五日目に突入している。バトルはところかまわずで、道ばただったり買いものの中だったりとさまざまだが、一番多い舞台は駐在所だ。

「つか、なんでおまえ入り浸ってんの。もう事情聴取、終わっただろ」

「ひとがいないところで倒れると危険っていうのが、そちらの主張ですよね。だったら常にひとがいればいいわけですよね」

「……あ、そう。それで、なんでここにいるわけ」

すでに勝手知ったる狭い駐在所のなかで、慈英はさっさとコーヒーを淹れる。ここに置いてあるコーヒーセットは、慈英の自宅にあったものとまったく同じメーカーのもので、もしかしなくともかつての自分が用意したことは知れた。

(彼に、淹れてやったりしたんだろうか)

甲斐甲斐《かいがい》しく尽くしていただろう男のことを想像すると不愉快で、ひとりぶんのコーヒーを勝手に淹れ、勝手に飲みながら、慈英は勝手なことを言った。

「駐在さんは町の平和を護るお仕事なので、俺も保護してもらおうかと」

なにか書類らしきものを書いていた臣のペン先が、力をこめすぎたのか紙を突き破ったようだ。目をつりあげて机を叩くと立ちあがり、風を切る音がしそうな勢いで、外を指さした。

「ばか言ってないで東京帰れっ！」

「強制退去させる権利はないですよね、駐在さんには」

しらっと言い放った慈英に、臣はぎりぎりと唇を嚙んだあと、乱暴に音を立てて座りなおす。破れたのはどうやら報告書だったらしく、ぐしゃぐしゃにまるめて捨てたあと、「ああもうっ」とうなって書類入れから同じ用紙を取りだした。

ぶすっとしたまま書きなおしをはじめた臣の手元を覗きこむと、幡中家で起きた乱闘事件についての報告書であることがわかった。

幡中家での乱闘事件は、よくある暴力事件として処理された。奈美子義弟とその友人たちは全員逮捕、父親も周囲に迷惑をかけた息子を管理できていなかったことで、浩三らに相当な説教をくらったと聞いている。

（真剣な顔だな）

あまり認めたくないことでもあったが、慈英は臣が仕事をしているときの顔を、好ましいと思っていた。ここに入り浸るのは、それを見たいがためでもある。そして自分のとんでもない夢に現れた淫靡《いんび》でなまめかしい彼の姿を、この色気もそっけもないシチュエーションもろとも上書きし、消してしまいたいという気持ちもあった。

ただ――ちいさな唇をきゅっと結び、目を伏せている臣の顔に見入っているようでは、上書き作業がうまくいっているのかどうか定かではない。

自分があまりに彼の顔を凝視しすぎていることに気づき、慈英は無意味に咳払いすると、臣に話しかけた。

「彼ら、結局どうなったんですか」

「あの連中か？　ひとりは執行猶予中の事件で即送致《そうち》、ふたりは県警でも暴れて拘留中、もうひとりは薬物法違反の余罪が見つかって別件の取り調べ。主犯の文昭はそいつらに較べると罪状は軽かったけど、アルコール中毒がひどいってんで、まずは病院」

言いながら、同じ内容を奈美子の証言と幡中父の証言を交えて書き綴っている。

「そういうのって、パソコンで作らないんですか」

「どっちでもいいんだよ。……あーもー、気が散る」

いっさい顔をあげずにそっけない臣は、話しかけるなというように手を振ってみせた。慈英は立ったままコーヒーをすすり、手持ちぶさたに狭い駐在所のなかを見まわす。

目に付いたのはまるめて壁に立てかけられた模造紙だった。破れたところをテープで貼り合わせてあるのを見て、あのとき臣が破ってしまった地図だと気づく。

すぐ傍《そば》に新しい模造紙があるのを見つけた慈英は、コーヒーのカップを片づけ、臣のためのコーヒーを淹れてそっと机に置くと、破れた地図と無地の紙をごそごそと床に拡げた。

「ペン借ります」

「え……」

机のペン立てから適当なものを摑み、慈英は床にしゃがみこんだ。臣が驚いた声をあげるなか、黙々と新しい地図を描きはじめる。臣の字で細かい註釈がなされているところまでも正確に書き写していると、「そんなことしなくていいよ」とちいさな声がした。

振り返ると、椅子にかけたままの彼が、哀しそうな微笑みを浮かべている。

「俺が描いたものなんだから、俺が作りなおしてもいいでしょう」

「でも、破れてても使えるし。おまえそんなことより、自分の仕事しろよ。ずっと描いてなかっただろ」

静かに諭されても聞けない。慈英は目を逸らし、また地図を描き写す作業に戻った。困り果てたようなため息が聞こえ、顔をあげないままに慈英は口を開いた。

「一応、これでも反省してるし、お詫びもしたいと思ってるんです」

「お詫びって……なに？　俺に？」

本当に驚いたように声をあげられ、慈英はなんだか情けなくなった。けれどそれもこれも、自分がひどい態度をとってきたせいだ。

「俺が怪我したあとから、ずっと態度が最悪だったと思います。これだって、俺がよけいなことを言わなければ破れなかったわけですし」

「なんだよ、いまさら。そんなのべつに気にしてないよ」

笑いながらあっさりと言われ、慈英は線を描く手を止めた。ペンにキャップをしてから立ちあがると、椅子に座ったままの臣をじっと見おろす。

「どうした？」

小首をかしげた彼の唇が動いた。そのなかから覗く白い歯と、赤い舌。夢のなかで貪った感触がよみがえり、ごくりと慈英は喉を鳴らした。

とっさに目を逸らしたさきには、夢の舞台となった仮眠室がある。気を逸らすつもりがさらに記憶を刺激する羽目になり、慈英はきつく顔をしかめた。

あの場所で、臣が服を脱いだ。淫らに脚を開き、入れてと誘った。すべては夢でしかないことなのに、脳内に残る映像はあまりになまなましくて、鳩尾が熱くなってくる。

「なんだよ慈英、どうしたって——」

「なんでもないですよ！」

苦笑しながらの問いかけを、反射的に怒鳴って遮ってしまった。妄想にふけっていたことへのうしろめたさのせいだ。はっとして臣を見ると、一瞬だけあの、傷つき疲れた顔をする。その頰は青ざめていたけれど、すぐに彼はにっこりと笑った。

「ごめん、俺、帰れ帰れってしつこかったな」

どうにかふつうに話そうと努力する臣に、慈英は「べつに」と答える。

そっけなくしかできない自分を呪《のろ》った。ただでさえ微妙な関係だったのに、あの夢のせいでさらに態度はぎこちなくなり、臣のことがまともに見られない。

臣にプレッシャーとストレスをかけ続けるこんな状態が、いいわけがない。けれど慈英のなかのなにかが、ここから離れることを強烈に拒む。

しゃわしゃわと、蟬時雨《せみしぐれ》が沈黙の隙間を埋めていった。考え疲れた慈英は、もういっそのことすべてを日にさらしてしまえと口を開いた。

「訊きたいんですが」

「なに？」

「俺とあなたって、つきあってたんですよね。やっぱり、寝てたんですか」

臣はすぐには答えず、しばらく沈黙していた。ちらりとうかがえば、その顔に表情はなく、ただじっと探るように慈英を見ている。

「どうなんですか？　セックス、してました？」

もどかしくて問いを重ねると、彼は、はっと短い息をついて立ちあがった。制帽を手にとり、自転車の鍵を取りあげる。

「ちょっと、答えて——」

「ここじゃなんだから、ちょっと外いこう」

軽く顎をしゃくってうながす彼は、帽子をかぶりながらさきに歩きだす。その表情は夢のなかと同じく、逆光になって見えなかった。

ふたりは無言のまま、並んで歩いた。臣の押す自転車が、からからと音を立てている。

「どこまでいくんですか」

「ひとがいなさそうなとこ」

とくにあてがあるわけでもなかったようで、適当に歩みを進めた臣は、上り坂のうえにある路線バスのバス停のまえで自転車を止め、スタンドを立てた。

ここを通るバスは二時間に一本。利用者もほとんどないのに、錆《さ》びの浮いた自動販売機は、一応稼働《かどう》しているらしい。小銭を入れてマイナーな炭酸飲料水を二本買った彼は、「飲む？」と赤い缶を差しだしてきた。ぼそぼそと礼を言って受けとると、申し訳程度のひさしがついたバス停のベンチに並んで腰かけ、地方にしか売っていない炭酸飲料を喉に流しこむ。ふだんの慈英にはあますぎる味だったけれど、汗をかいた身体にはちょうどよかった。

道の向かいは、休ませている無人の畑が拡がっている。そのさきにはすっかり見慣れた山の姿がある。すべてが止まったような光景のなかで、空をとろとろと流れる雲だけが時間の経過を知らしめた。

「さっきの質問だけどな。やってたよ。セックスした」

長い沈黙のあと、ぽつりと臣は言った。

「七年まえからずっと。いっしょにいられるときは、抱きあった。最後にしたのは、おまえが入院する三日まえ。キスマーク、ついてたろ。あれおまえがつけろって言ったんだ」

「あれか。発疹かなにかかと思ってました」

気づかなかったと驚く慈英に「すごい色だったからな」と臣は眉を寄せて笑う。だがすぐに笑みは崩れて、彼はうつむいてしまった。

「……やっぱり、いやだったんだろ」

「え？」

「突然そんなこと訊くのおかしいじゃん。男と寝てたとか、認めたくないんだろ？」

すべてをあきらめきったような顔で告げられて、慈英は不愉快になった。認めたくないといえばなかったことになるのかと、そうつめよってやりたくなる。

「認めるとか認めないじゃなくて、本当のことだったんでしょう。俺が忘れてるだけで」

照映の言葉や和恵のメール、忘れたと言いながらも徐々に浮かびあがってくる記憶の断片は、臣と自分が深い関係であったという事実を証明するものばかりだ。

「証拠だってたくさんあるし、自分でも言ったじゃないですか。俺がここにいるのは、あなたがいるからだと、そのためだけだって」

怒ったように告げると、臣は低く嗤いを漏らした。

「状況証拠はあるな。けど、そうまでして証明しなきゃ、本当だと思えないんだろ？ 照映とか和恵とか、そういうやつが言うことは信じられるかもしれない。けどそういうのいっさいなしで、俺が恋人だって言ったところで、いまのおまえが信じるとは思えない」

淡々とした口調は慈英の胸を痛ませた。臣の言ったことは否定できないからだ。まったく記憶にない、しかも同性を相手に恋人だったといきなり言われたら、一笑に付しただろう。

「外堀を埋めて、恋愛してましたって教えなきゃならない関係ってさ。それ、意味ないじゃん。恋人とか言えないし、無駄だよ」

投げやりにも取れる言葉がもどかしくて、慈英は奥歯を噛みしめる。そしてなぜこんなにも腹が立つのか、ようやく気づいた。

「打ち明けて、もういちど構築するって考えはなかったんですか」

「うん、ない」

即答に慈英が面くらうと、彼はさらっとこう続けた。

「だって、俺ら、出会いからむちゃくちゃだったから。あんなこと二度とできない。どうして慈英が俺を好きって言ってくれたのか、正直いまだにわかってない」

臣は、遠くを見ていた。もうここにいる男は自分のものではないのだと、とっくに彼はそう決めているのだと、静謐《せいひつ》な横顔に教えられた。

「一応言っておくけど、無理やり抱かせたの、俺のほう。おまえは最初、ただ流されてただけだったと思う。そしたら、たぶん……ほだされたのかな。好きになってくれたんだ」

照れたように目を伏せたその顔は、ひどくかわいくも思えた。だからこそ不快で、悔しいと思った。それは『臣の慈英』だけに捧げた表情で、いまの慈英のものではないのだ。

「もうね、あんなふうに俺のこと、好きになってくれるやつ、いないから。俺もそうで、ほかのやつとか、絶対無理なんだ」

「なんで、終わった話になってるんですか」

臣のさばさばした態度に、ますます鳩尾が熱くなる。自分はこんなにも歯がゆいのに、どうしてそんなに落ちついているんだと臣を揺さぶってやりたくて、じっさいに手を出しかけたところで彼の言葉に凍りついた。

「だっておまえは、俺のこと好きでもなんでもないだろ?」

それがいっそ、腹立ちまぎれの皮肉ならばよかった。怒りにまかせてのものであれば、どうにか糸口も摑めたと思う。なのに、穏やかな目でやさしく言われて、慈英の感情は宙に浮いてしまった。

何度か唇を噛み、このもどかしさを表現する術《すべ》を探した。けれど他人とのコミュニケーションを放棄してばかりいた慈英に、気のきいた言葉など見つかるわけがない。

ただ腹立たしくて、率直に怒りをぶつけるしかできない。

「どうしてそう、卑屈なんですか」

低くうなるような声で告げると、臣が目をまるくした。

「事実は事実なんだから、拒否されたって堂々と主張すればいいでしょう。なんでそう、さらっと終わりにできるんです？　俺とのことは、あなたにとって簡単にあきらめてしまえるような、その程度のことですか」

まくしたてる慈英に臣は顔を歪め、「簡単って、そんな」と抗弁《こうべん》しようとした。だが聴いてやれず、慈英は感情のままに吐き捨てる。

「そういう人間を俺が好きだったとは思えない。だから信じられないって言ってるんです！」

自分が放った言葉に驚き、慈英は口をきつく結んだ。またしても、意図した方向とずれていった発言に、もうほとほと嫌気がさしてくる。

「すみません。言いすぎました」

自分の言葉のあまりのへたさに、慈英はがっくりと肩を落とした。無言の臣がひどく怖く感じられて、ぬるくなりはじめた炭酸飲料を喉に流しこんだ。さきほどはほどよく感じられたのに、粘つくような甘味が顔をしかめさせる。

言葉もこれと同じだ。温度がすこし違うだけで、あまくも、まずくもなる。強烈に猛省しながらうなだれていると、さぞや不愉快にさせただろうと思われた臣が、不思議なくらい穏やかな声で言った。

「そうか。おまえ、挫折《ざせつ》したことない慈英だったか」

おずおずと隣をうかがえば、臣はどこかおかしそうに笑っていた。あの、見ているほうがつらくなるような表情はそこにはなく、まずはほっとする。だがどうして笑っているのかわからず、慈英は眉をひそめた。

「うん。パラレルワールドみたいなもんだよな」

「……あの、なにを言ってるんですか?」

「そりゃ、俺のこと好きだとか、実感ないよな。ごめん」

脈絡《みゃくらく》のない発言が理解できず、慈英はうろんな目で臣を見た。不気味なものでも見るような目つきをされたのに、臣はおかしそうに笑うばかりだ。軽やかな笑い声は、耳に心地よかった。だがそれだけに、意図のわからない言葉の不可解さは募った。

「まったく意味がわからないんですが」

「うん、だからさ。ええと、なんて言えばいいかな」

ますます困惑する慈英に、臣はまるで子どもをなだめるようなやさしい声を出した。

「鹿間さんのこと、覚えてないんだよな？　個展のこととかも」

「ええ。もともと何年もまえのことだし、記憶もちょっとあやふやで」

「そうだな、慈英、忘れっぽいからな」

今回の記憶障害に関して、過去の事実と反する部分にさほどの矛盾を感じないのは、臣がいま言ったとおりだ。弓削碧に指摘されもしたが、慈英はもともと他人に興味を持たず、感情の絡む面倒ごとについてもすぐに忘れてしまえる。

「でもな、それ、いまのおまえだからだと思う。絵の仕事してることは認識してるし、自分にちゃんと自信もあるだろ。けど七年まえは、違ったんだよ。自分の絵のこと否定されて、描けなくなって、すごく落ちこんでた。……別人みたいだと思ってるだろ？」

違和感は事実で、慈英は「ええ」とうなずく。

ひとつひとつ臣の口から語られる、迷うばかりだった二十三歳の青年の話は、どこか別人のようにしか思えなかった。それは彼の視点で理解した話だからかもしれないし、戻らない記憶のせいなのかもしれない。

半信半疑の顔をする慈英に、臣は「じっさい別人だと思う」と静かに言った。

「いまのおまえは、打ちのめされたこととか負けたことがないまま、育っちゃった慈英なんだと思う。俺に会うはずがない、俺を好きになるわけがない、そういう慈英だ」

断定され、慈英はなにも答えられなかった。臣の目はそれを否定することを許していない。

拒絶のような強い負の感情からではなく、それを信じているからこそ、慈英の言葉は彼に届かないのだと悟って、絶望感がこみあげてくる。

「あのころの俺も、そういうおまえのまんまだったら、好きだったかどうかさすがにわかんねえなあ」

慈英は打ちのめされているというのに、臣は軽い調子でおかしそうに言った。互いの感情の温度の違いに、ますます慈英はいらだった。自分が臣を好きだったという事実を、たしかにまだ実感してもいないし、納得もできていない部分は多々ある。けれど、臣自身にそれをなかったこととされるのは、たまらなくいやな気分だった。

「じゃあ、お互い好意を持ったのは、間違いだったたって意味ですか」

ささくれた気分で突きつけた言葉に、臣は軽く肩を揺らした。

「……そうは、思わないけど」

目を伏せると、青みがかった瞼のさきで睫毛が震えていた。

またあの、傷ついた表情だ。出会ってから――慈英のいまの認識としては、こうとしか言いようがない――こんな顔ばかりさせている。

とっさに謝ろうかと思ったところで、臣がふっと顔をあげた。そして立ちあがり、空になった缶を手に、自販機の横のごみ箱へと向かう。からん、とアルミ缶が音を立てた。

「もしも……とか考えたら切りはないいし、いまのおまえが受けいれがたい気持ちなのは、わかってる」

振り向いた臣のまっすぐな目にどきりとして、慈英は言葉が出なくなる。

臣は明るく快活に笑うくせに、一瞬でゆらゆらと揺れて傷つきやすい脆《もろ》さを見せる。

——臣にいちゃんは昔から、いっぱいつらいことがあって、表面は笑ってるけど、いっぱい泣いてきました。でも頑張りやです。やさしいです。

和恵の語った言葉のとおり、彼は強いけれど、不安定で危うい。

そんなひとを責めるばかりで、いったい自分はなにをしているのか。後悔の念がわくと同時に、抱きしめてみたいと思った。

細い身体は、夢のなかにあるとおり、しっとりと熱くやわらかいのだろうか。

衝動のまま身を乗り出した慈英を、臣の言葉がとどまらせた。

「でも、ごめんな。俺、おまえのこと好きだよ」

抜けるような夏山と青空を背に、哀しそうに笑って、臣は言った。その笑顔があまりにあざやかで、だから慈英まで哀しくなった。

「きらわれたとしても、たぶん、好きだから。それだけは、いやだって言わないでくれ」

「わ、すれてる、のに?」

「うん。忘れられたけど」

でも好きだ、と臣は微笑む。

「それだけは、変わらない。ずっと、きっと死ぬまで、愛してる」

たぶん、何度も聞いた言葉なのだろう。それなのに、いまの慈英は、はじめてはっきりと告げられた告白に、微動だにできなかった。

そして慈英が言葉を探し、気持ちを見据えるより早く、臣はどんどん話を進めていく。

「辞令もおりないし、どうやらまだしばらく、この町にいると思うんだ。でもおまえにはそんな必要ない。つきあう必要は、もう、ないんだ」

「必要、ないって」

「絵の仕事するのも、本当は東京のほうがいいだろ。打ちあわせだって、何時間もかけて東京にいかなくたってよくなる。だから、もう本当に、東京に帰れよ。それで、自分のしなきゃいけないこと、ちゃんとやれ」

すべて吹っ切れたかのような言葉に焦った。突き放していたのは自分のはずなのに、置いていかれたような、途方に暮れた気持ちになって、身動きができない。慈英はずっと混乱していて、気持ちの出口が見えないでいるのに、臣はどんどんさきにいってしまう。

「ちょっと待って、だから」

慈英の制止も聞かず、臣は最後通牒《つうちょう》を突きつけた。

「わかってるんだ。俺がいたらおまえ、このまままずっと描けないだろう」

「なんで、それ……」

「見てりゃわかるよ。知ってるんだ、おまえのこと。だから、もうやめよう。……な？」

彼が言葉を切ったとたん、すべての声をかき消すかのような強烈な蟬時雨が降りそそぐ。もっと早く鳴いて、いまの臣の言葉を聞こえないようにしてほしかったと慈英は思った。心から、慈英のことだけを思って発せられた別れの言葉など、つらすぎた。

沈黙に耐えられなくなったのか、臣は制帽をかぶりなおし、自転車にまたがる。

「小山さん、どこに」

とっさに腰を浮かし、慈英は手を伸ばした。その手を叩き落とし、臣は叫んだ。

「だから、その呼びかたやめろって！　いやなんだよもう、思い知らされるのは！」

激しい拒絶に慈英は硬直し、臣はさっと顔色をなくした。

彼の腕を摑み損ねた手が、宙に浮いている。その距離はおそらく、互いの心の距離だ。好きだと言ってくれても、臣は慈英を見てはいない。そしていまの慈英を求めてもいない。

「ご、ごめんな。大声あげて。あの、俺、さきにいくな」

なにかをごまかすように、へたくそな笑顔を作って、彼は慈英から目を背け、ペダルに足をかけた。

「じゃあな。気をつけて帰れよ」

「ちょっと、あのっ……」

引き留める間もなく、臣は自転車で坂道をくだっていった。目元が光って見えたのは、汗なのか涙なのか、それもわからない。

ただ、置いてきぼりにされてしまった情けなさだけが、ひどくこたえた。

＊　＊　＊

赤くなった目をしばたたかせ、パソコンと向かいあっていた臣はあくびを嚙み殺した。

マウスをクリックする手にも力が入らず、ときどき意識が落ちそうになる。

ふたたび大きなあくびをしていると、駐在所を通りがかった近所の女性が、からからと笑って指摘した。

「あら駐在さん、寝不足かい。目が真っ赤だよ」

「あ、ははは……すみません。みっともないとこ見られちゃった」

「暑いからねえ。あんまり寝苦しいようなら、したで寝ればいいのに」

駐在所の二階にある住居部分の空調設備がひどいものであるのは、町のひとは皆知っている。臣の前任者などは、仮眠室のほうがずっとマシだと言って、夏場はそこのクーラーをつけて寝ていたそうだ。

「そんなわけにいきませんよ」

「そうお？　じゃあ、冬んときみたいに先生のとこ泊めてもらいなよ」

事情を知らない彼女の言葉に、臣は胸の痛みを覚える。だがどうにか表情を取り繕い、

「我慢できなかったらそうしますよ」と笑って、おしゃべり好きな女性を送り出した。

（まずいなあ）

目が赤いのも寝不足なのも、蒸し暑い熱帯夜のせいではない。単純に、夜通しネットで調べものをしているせいだ。

いまもまた違法な取引をするオークションサイトの情報をしらみつぶしにあたっていたけれど、望むものは見つからなかった。

「ここもだめか……」

ぐったりとつぶやいたとたん、パソコンのスピーカーからぴこんというチャイムが鳴り、画面のはしでメッセンジャーの着信が知らされる。クリックすると、照映からのものだった。

【GとNはシロ。そっちはどうだ】

臣はキーを叩いて【同じくHもハズレ】と返した。そして、島田に無理を言って頼みこみ、こっそりと譲り受けた裏オークションサイトやSNSのリストへ、また×を大きくつける。

画面ではまた照映のメッセンジャーが新着メッセージを表示していた。

【まどろっこしいから、電話にする】

短い一文を読みとったと同時に、臣の携帯が振動する。

「どーも。そっちもだめか」

『だめだ。きのうは二十件アクセスしてみたけど、どれもこれもろくなブツ扱ってねえし。本当にこんなんで見つける気なのか？』

疲れた声に、電話の向こうで、照映がうんざりした顔をしているのが見えるようだった。

「悪いな、仕事もあるだろ。切りあげてもいいぞ？」

『ひとのこと言えんのかよ』

「俺は……まあ、平和だからさ。わりあい時間はあるんだよ」

駐在の仕事もこなしつつ、夜通しネットに貼りついている状況で、本当は寝不足だ。しかしいずれにしろ、ここ二カ月近くはろくに眠れてもいない。

「それに夜は暇だし。……やることあったほうが、いいんだ」

ひとりの夜が寂しいことを、思いださずにすむ。ごまかしきれず声を弱らせた臣に、照映は『そうか』とだけ言って話題を変えた。

『島田さんのほうで、なんかわかったのか』

「一応、追跡調査の手は止めてないって。ただ、福田と杉野が切れちまったんで、ソッチ方面の担当者があんまり力入れてくれないみたいで」

臣が探しているのは、杉野が持って逃げたあの慈英の習作だった。

『ネットオークションしらみつぶしって、よくもまあ根性のいることを考えつくよな』

「考えつくっていうか、それしかできねえんだよ」

つきあわされている照映のあきれ声に、臣は悔しげに言葉を返した。

暴行事件の被害者は鹿間と慈英の両方だが、盗難事件についての当事者はものを管理をしていた鹿間となる。慈英は面倒くさがって、盗難届そのものを出そうともしなかった。

おまけに事件が発生したのは東京で、強盗事件の通報を受けた警視庁の管轄《かんかつ》だ。つまり、いくら関係者に近くても、臣には完全に管轄外の事件となる。どうあっても正攻法で捜査をすることはできないし、なにより東京で売りさばかれたとおぼしき品を、長野の山奥にいて捜査するのは言うまでもなく不可能だ。

「言っただろ、正直、無駄かもしれないって。だから、いやなら」

『やめてもいいってのは聞いた。けど、なにかしてえのはいっしょなんだよ、こっちも』

途中で言葉を引き取った照映に「ごめん」と告げると、彼はいつもの剛気な笑い声を聞かせてくれた。

『とにかく無理すんな。島田さんも、いろいろ手を尽くしてみるって言ってくれたし』

「わかった。ありがとうって伝えてくれ」

立場上、この件で臣と島田が直接連絡をとりあっていることがばれると、いろいろ面倒なことになる。そのため、仲介を買って出てくれた照映には感謝していた。

「照映も、ありがとな。ほんと面倒かけて——」

言いながら、臣は一瞬、目のまえがふっと暗くなるのを感じた。すうっと手足が冷たくなり、身体が大きくかしぐ。

（あ、やばい。貧血）

このところよくある症状に、臣は目をつぶって耐えた。この二カ月近く、ろくに眠れず食べてもいないのだから無理もない。そのうえこの猛暑で、いよいよ身体が弱ってきたらしい。

不自然にとぎれた声に、照映が『どうした？』と訊いている気がした。だがその声もひどく遠く感じ、耳鳴りがはじまったのだと自覚した。

「あ、いや。なんでもない。寝不足のせいで眩暈しただけ」

血糖値がさがっているのを感じて、引き出しから個別包装のチョコレートを取りだした。口に放りこんでゆっくり舐めていると、どうにか視界の暗さが戻ってくる。

照映は臣の答えに『時間外労働もたいがいにしとけよ』と小言を言った。

『あのばかが原因で、おまえまで倒れちゃ洒落《しゃれ》にならん』

むすっとした声を出す照映は、あれ以来慈英と連絡をとっていないようだった。怒りに怒って事実をぶちまけたあと「俺は悪くない」と言い張り、慈英から謝るまで連絡しないと、まるで子どものように言ったのだ。

『……つうか、あいついま、どうしてんだ』

そのくせ本当は心配らしく、ちょこちょこと臣に電話をしては様子をうかがってくる。なんだかんだと言いながら、保護者体質の抜けない男が微笑ましいと思った。

「元気、だと思う。ただ意地でも東京に帰らないって言い張ってるけどな」

『は？　帰れっつったのか、おまえ』

「うん……だって、また倒れたりしたら怖いだろ。それに」

もう血糖値は戻ったはずなのに、指が震えた。ぎゅっと握ってごまかしながら、臣はかすれた声でつぶやいた。

「……俺もなんかちょっと、さすがにもう、しんどいかなー、とか。ははは」

『臣、おまえ』

「だってあいつさ。あれっきり、一度も絵、描かないんだもん」

慈英に訊いてもはっきりとは答えないけれど、ときどき差しいれにいく尚子から、まるで筆をとっている様子がないことは知らされていた。

——やっぱり怪我のせいで、調子が悪いのかね。

どことなく覇気《はき》がない彼を、皆が心配している。それを知るたび、つらかった。

「ほんと俺がストレスになってるんだなって、それはちょっと、やっぱさ……」

『ばか言うな！　おまえのせいじゃねえだろ！』

真剣な声を発した照映に、臣ははっとした。本音を漏らしてしまったことを羞じて、あわてて無駄に明るい声をだす。

「や、……冗談。俺は平気だ、ごめん。変なこと言ったな」

『なにが冗談だ、そんな声だして』

　ごまかされてくれない照映に、臣は「ほんとだって」としつこく繰り返した。

「ほら、ただ、あいつやっぱ病気だし、まずいだろ。ほんとに慈英の身体のことが心配だしさ、それに――」

　照映をしゃべらせないためだけの無意味な言葉は、強烈なガラスの破砕音で阻まれた。はっと振り返ったそこには、目を血走らせた幡中文昭が、金属バットを手にして立っている。

『おい、臣。どうした！』

「悪い、緊急事態。切る」

『緊急事態ってなんだ、なにがあっ――』

　照映の声は、通話オフのボタンでかき消された。駐在所の窓をバットで叩き割った文昭は、にたにたと笑いながら臣を睨みつけている。

「よう、駐在さん。元気か？」

　一歩踏み出すと、文昭の足下でガラスがじゃりりと音を立てた。臣も立ちあがり、距離を測ってあとじさる。

「いろいろ世話になったよな。あんたに投げられて、しばらく背中が痛かった」

　文昭は威嚇するように、金属バットを振りまわした。臣はとっさに腰に手をやるけれど、そこに警棒がないことに気づき、青ざめる。

（しまったっ）

ひたすら机に向かう作業中だったため、邪魔になるからと壁際の棚に置いたのだ。いくらなんでも平和ボケがすぎたと自分を罵る。

だが顔に出すような愚は犯さず、臣はあえて挑発するように笑ってみせた。

「お礼参りか？　アル中の治療はどうした」

「うるせえっ！　てめえが小細工したおかげで、めちゃくちゃになっちまった！」

「なにが小細工だよ」

「奈美子だよ、あのヤリマン、俺らでやるまえに逃がしやがって！」

振りあげた文昭のバットが、壁に叩きつけられる。出入り口は彼の背後にひとつきり、逃げ場はない。退路を断たれた臣は一瞬身がまえ、相手に飛びかかると見せかけておいて背後の仮眠室へと飛びこんだ。

「待て、こらぁ！　くそ、このっ……」

文昭は追ってくるが、予想どおり横幅があるため狭く障害物の多い駐在所内では素早く動けなかった。闇雲にバットを振りまわしたけれど、仮眠室の入り口は戸一枚ぶんしか隙間がなく、攻撃は届かない。そして無駄な力と安普請《やすぶしん》が幸いし、彼のバットは引き戸にめりこんで抜けなくなった。

「あ、ち、ちくしょう」

どうにか引き抜けないかとあわてる文昭に、臣は身を低くして、まっすぐ無防備な腹へと体当たりした。加速がついたために彼を突き飛ばすことには成功したけれど、そのまま押さえこむには体重差がありすぎ、形勢はあっさりと逆転された。

「ちょろちょろすんな、待てこらあ！」

バットを放り投げた文昭に拳で殴られ、殴り返してどうにか隙を見て逃げ出す。こうなればもう確保は不可能で、助けを呼ぶためにも外に出なければならない。

倒された机や壊れたパソコン、ありとあらゆるものが散乱した空間を抜け、臣がどうにか外へと足を踏み出した瞬間、照りつけた太陽に、ぐらっと身体がかしいだ。

うそ、とちいさくつぶやいたのは、まるで足が萎えていたからだ。さああっと血の気が引き、目のまえが暗くかすんでいく

虫の鳴くような、うなるような音が遠くからだんだん大きく響いてきて、また耳鳴りがはじまったのだと臣は思った。

（ここで、貧血かよ）

ノイジーな視界に、背後で文昭がバットに手をかけ、引き抜いているさまが見えた。周囲には誰もおらず、臣はどうにか倒れずにいるのが精一杯の身体で、よろよろと足を踏み出す。

背中から、シャツを摑まれた。倒れこんだ地面は乾いていて、砂埃《すなぼこり》が巻き起こる。

太陽を背にした男が、大きくバットを振りかぶったシルエットが、スローモーションのよ

うに目に焼きついた。

(もう、だめか)

アル中の暴行犯に逆恨みで撲殺《ぼくさつ》。ちょっと予想外の死にかただと、笑えてきた。

死にたくはないけれど、もう、立ちあがれない。

「ふざけんなあああ!」

誰かの絶叫が聞こえ、臣は目をつぶった。だが、覚悟した痛みはいっこうに襲ってはこず、

「ぎゃっ」という声を発したのはべつの誰かだった。

(……え?)

目を開けて状況を確認しようにも、起きあがることすらできない。耳鳴りもひどく、五感のすべてが閉ざされかけている臣には、なにがどうなっているのかすこしもわからなかった。

地面に伏したままの頬が地熱のせいでひどく熱い。皮膚感覚だけはまだ残っているらしい。

(うわ、まじで顔やけどすっかも)

散漫になりかけた意識のなかで考えていると、いきなり身体が抱き起こされる。

「――臣さん、だいじょうぶですかっ!」

軽く頬をはたかれて、そこは痛いのに、と臣は思った。

「目を開けて、臣さん!」

あまりにしつこくはたかれるので、うなりながらどうにか目を開ける。すると、ひどく焦

ったような顔の慈英が、臣の身体を抱えていた。

「え？　じえ……」

「あいつにどこを殴られたんです、頭は!?　やられてませんか！」

「え、いや、むしろ俺勝手に倒れただけ……」

言いかけた臣は、なにかなまぬるいものが伝うのを感じて言葉を切った。

「うわ、鼻血。やば」

暑さのせいか、殴られた拍子《ひょうし》に鼻の血管が切れたのか。いずれにしろみっともない、と鼻を押さえた臣に、慈英はますます青ざめる。

「浩三さん、びょ、病院に連れていかないと！」

叫んだ慈英に、頼もしい声が「おう」と答えた。

「早く、連れてってやってくれ！　あとは俺らでどうにかすっから！」

「……えっ、浩三さん？」

驚いて声のしたほうを見ると、見慣れた農作業用のトラックが停まっていて、浩三と伊沢らが三人がかりで暴れる文昭を押さえこんでいた。どうやら臣が耳鳴りだと思ったのは、このトラックが走ってくる音だったらしい。しかしずいぶんとタイミングがいいことだ――と不思議に思っていた臣は、いきなり抱きあげられて驚いた。

「えっ、うわ？」

「いきますよ、摑まって。車まで、すぐだから」

慈英はよりによってそのまま走り出した。いったいなにがどうなっているのかわからないまま、振り落とされないように首にしがみつく。

慈英の力強い腕、汗ばんだ首筋のにおい。そんな場合でもないのに幸せで、臣は思わず微笑んでしまった。

「……俺、死ぬのかな」

「ばかなこと言わないでください！」

耳元で叫ばれて、かなりうるさかった。けれどくすくすと臣は上機嫌に笑い続け、そのことでいっそう、慈英を青ざめさせていた。

＊　＊　＊

慈英が臣の危機に駆けつけたのは、照映からの電話によるものだった。

『あいつと電話中、なんだかやべえ音がした。いけ！』

鋭い声の短いメッセージに、なにを考える暇もなく飛び出したところに、その日の作業を終えた浩三のトラックが通りかかったのは幸いだった。手早くわけを話すと、浩三は顔色を変えて慈英を「荷台に乗ってくれ、はやく！」とうながした。

そして駆けつけた瞬間、慈英が見たものは、文昭が倒れた臣へと金属バットを振りあげている姿だった。血が凍った。一瞬で殺意がわき起こり、走るトラックの荷台から、とっさに積まれていた砂袋を取りあげ、文昭へと投げつけた。

あとはトラックを見て怯んだ男がバットを投げ捨て、逃走をはかったところを浩三らが取り押さえたけれど、ほんの数秒遅れたら、どうなっていたかわからない。

「へえ、そういうことだったのか」

ことの説明を受けた臣は暢気な声を発し、見舞いにきた堺に怒鳴りつけられた。

「そういうことだったのか、じゃないだろうが！　このばかものが！」

「あ、あの、堺さん落ちついて……」

お茶を運んできた慈英は、顔を赤くして怒っている堺に声をかけた。

駐在所がめちゃくちゃになってしまったため、臣は慈英の家で身体を休ませていた。そして知らせを受けた堺は、その日のうちに市内から飛んできたのだが、開口一番、あの怒鳴り声だ。ちいさくなる臣をまえに、仁王立《におうだ》ちでまくしたてた。

「自己管理もできずに貧血起こしたあげく、犯人確保に民間人の手を借りるってのは、どういうことだ！」

「とりあえず、怪我人ですから。お説教は後日でも」

「こいつはやらかしたらすぐに言ってきかせないと、わからんのですよ」

だが堺の説教はすこしもやわらぐことはなかった。臣の診察結果は、打撲と軽い脱臼《だっきゅう》、捻挫。それから寝不足による疲労と、軽度の熱射病だった。堺の怒りは、心配の裏返しでもあるのだろう。

「寝不足の理由が盗難品の追跡調査をしてただと。あれは東京の事件だ、警視庁の管轄だろうが。それを横から首を突っこんで、なにをよけいな怪我までしてるんだ!」

「ちょ、堺さんそれは、いまは」

堺の言葉に、慈英がはっと顔をあげる。臣は焦ってごまかそうとするが、堺は最後まで言ってしまった。

「秀島さんの絵を取り返したいからといって、越権行為まで許すわけにいかん! しばらく謹慎だ、じっくり反省しろ!」

「わかりましたっ」

大喝した堺は臣を一瞥《いちべつ》すると足早に部屋を出ていき、あわてて慈英はあとを追った。それを待っていたのか、玄関で立ちつくす堺は、さきほど鬼の形相《ぎょうそう》をしていた男と同じ人物とは思えないくらい、小柄で穏和に思えた。

「すみませんね。いきなりきて、ひさしぶりに会ったかと思えばお見苦しいところを」

「あ、いえ……」

じつのところ、慈英は堺の顔も覚えてはいなかった。言いよどんだことで察したのだろう、彼はごく穏やかに「そうだった、覚えてないんでした」とつぶやいた。だがそのつぶらな目に、ほんの一瞬よぎった寂しさを見落とすことはできなかった。

「いまのあなたには、他人みたいなもんでしょうに。そんな状況で厄介かけて、申し訳ない」

「とんでもない。こちらこそ、お世話になっていますので」

深々と頭をさげられて、慈英は恐縮した。このひとのことも、いまの自分はきっと哀しませているのだろう。

「……ご迷惑ばかりおかけしますが、ひとまず、あれをお願いできますか」

はい、とうなずいた慈英に力なく笑いかけ、仕事を抜けてきたという堺はうしろ髪引かれる様子ながら、急ぎ足で帰っていった。

やるせないものを覚えて寝室に戻ると、臣が起きあがろうとしていた。あわてて駆けより「なにしてるんですか」と叱りつけると、ばつが悪そうな顔をする。

「喉、渇いちゃったんで、なんかもらおうかと」

事実なのだろう、すこしだけ不快そうに顔を歪めた臣は、乾いた唇をぺろりと舐める。その瞬間どっと体内の圧があがり、心拍数が乱れたのを慈英は感じた。

薄く開いた唇と寝乱れた髪、気だるそうな表情に、すさまじかった淫夢を思いだした。ベッドのうえというシチュエーションも気まずいものを連想させ、慈英は内心で焦る。

「俺が持ってくるから寝ていてください」

「え……そうか？　ごめんな」

横にならせた臣の着ているTシャツとスウェットは、この部屋のなかにあった。ぼろぼろの制服姿で病院から戻ったあと、着替えがないとぐずった彼に「この家にもあるだろう」とかまをかけたところ、渋々と収納場所を口にした。

（なんで、変な遠慮ばっかりするんだ）

もともとそういう関係であったなら、こういうときくらい頼ればいい。しかし臣は頼るどころか、最初はあのめちゃくちゃになった駐在所に戻るとまで言ったのだ。病院から戻る帰り道はその件で口論になり、復路の半分はお互いむっつりとして口もきかなかった。

最終的には慈英がふたたび臣を抱えあげ、この家に拉致《らち》することで決着をつけた。

「お茶どうぞ。ぬるめにしましたけど」

「ありがと……あち。唇に滲みる」

お茶を淹れて渡すと、顔を歪めながら臣は笑う。いつ見ても傷ついてばかりのきれいな顔に、慈英は怒りがこみあげてきた。ベッドの背もたれに身体を預けた臣をじろりと睨《ね》めつけると彼は「……なに」と上目遣いで肩をすくめる。

「寝不足になってまで、どうして調べたりするんですか」

そうでなければ、こんな目にあわなかっただろうに。言外に責めると、臣は何度か茶を吹き冷ましてすすったあと、ひどく淡々とした声で言った。

「おまえの絵は、どうやってでも、取り返してやりたいから」

「なんでそこまでするんですか！」

理由がないだろう、と慈英はまるで咎めるように臣に言った。

「あなたの仕事じゃないんでしょう。なくなった絵なんか、どうでもいいんですよ。言ったでしょう。覚えてすらいないうえに、昔の習作だ。放っておけばいいって」

「それでも。慈英の絵が、盗まれて違法に売られるなんて、俺は許せないから」

臣は頑として首を縦に振らなかった。かたくなな態度にいらだちつつ、そこまで言われたことがまったく嬉しくないとは言えない。慈英の追及は、弱くならざるを得なかった。

「……描いた本人がどうでもいいって言ってるのに？」

「俺はこれ以上、おまえになんにも、なくさせたくないんだ」

なおも強情に、臣は言い張った。まるで自分の責任かのような言葉を、慈英は怪訝《けげん》に思う。

「頭打ったのも、俺の記憶が曖昧なのも、あなたのせいじゃないでしょう」

「そういうことじゃないんだ」

臣は凜とした声で告げた。

「俺は、おまえのこと、もう絶対に傷つけさせないって、自分で自分に誓ったんだ。それをできなかったんだから……絵くらい、ちゃんと、取り返してやりたいんだ」

真剣な目をした彼は、ほんの一瞬慈英の右肩を眺めた。この記憶にない傷にも臣が関わっているのだ。予想どおりではあったけれど、せつない目をする彼に息が苦しくなる。

「なんで、そこまでするんですか」

事件が起きて以来、慈英の態度は最悪だったとしか言えない。臣を忘れ、恋人だったことを否定した。好きだと言われて、なにも言えずに黙りこみ、傷つけた。

もうとっくに見限ってもおかしくないのに、見捨てられて当然の男なのに、臣はまだそんなことを言う。

「俺、あなたのこと、ひどい拒絶のしかた、したんですよ。どうして？」

「いいんだ。俺がずっとしてきたことだし、してもらったことを返したいから」

微笑む臣の表情は、いっそ幸せそうにも思えた。だが慈英はただ苦しかった。この笑顔は、いまの慈英が受けとるべきものではない。消えてしまった誰かが、臣を笑わせたのだ。

自分は彼になにひとつ、してあげた記憶がない。それをこんなにつらく思う日がくるなどと、予想したこともなかった。

「俺ずっとさ、怖かったんだ。おまえが、俺に飽きるのが。好きじゃ、なくなるのが」

そう言うくせに、彼はなにも怖いものなどない、そんな目をしていた。

「好きって言われて、どっかでずっと信じてなかった。いつか見捨てられるって思ってた。けど慈英は、卑屈になってた俺を七年かけて、信じさせてくれたんだ」

たとえ慈英本人が覚えていなくても、それは事実なのだと、臣は切れた唇で笑った。

「だから、べつに感謝とかしなくていい。自己満足だから。迷惑で、重たいかもしれないけど、それはまあ、無視してくれ」

さらりと明るく言うから、よけいせつない。彼の覚悟に、慈英はなにを返せるだろう。

「小山さん、でも」

「そうやって呼ぶのやめろっつっただろ。さっきは、臣って呼んだじゃねえか」

笑いながら、ほんの一瞬なじる目をした臣の言葉に、慈英は押し黙る。そんなふうに呼んだかどうかなど、覚えてもいなかった。ただ、傷ついた彼の目を覚まさせたくて、夢中で声をかけただけだ。

なにを言えばいいのかわからなくなっていると、臣はため息をついて言った。

「だからな。何度も言うけど、慈英は東京に戻ったほうがいいよ。慈英がしたいことの邪魔、したくない。これはずっと変わってないんだ」

「……もう、いやになりましたか」

そばにいるのがつらいのか。遠ざけたいのか。問いかけると、臣はかぶりを振った。

「俺がおまえを好きなことは、おまえが俺を好きでいてくれるかどうかとは関係ないんだ。それは今回のことで思い知った。……本当はちょっぴり、もうやめたいと思ったけど」

でもやっぱり、好きなんだ。照れたように彼は、笑っていた。はにかんだような笑顔が、慈英の胸をじくじくと疼《うず》かせる。なのにその影響力も知らず、臣は自嘲する。

「ごめん。重たくてやだよな、こんなの」

「いやじゃないです。ただ、よくわからないだけで」

とっさに口走った言葉を、臣は「忘れてるならしかたないよ」と受け流す。慈英はもどかしく手のひらを開閉しながら、かぶりを振った。

「そうじゃなくて。あの、どうして照映さんと、連絡取ってるんですか」

「へ？　なんでって」

「さっきも、電話してたんでしょう？　あのひとのほうが、俺よりずっと頼りになるのは知ってますけど、でも……」

どうして臣の危険を、彼から知らされたのか。そんな些細《ささい》なことに引っかかっている自分に気づいて、慈英の言葉は尻つぼみになってしまった。

きょとんとしたように、臣が目をまるくする。ややあって、慈英の言葉を理解したあと、ぎょっとしたようにかぶりを振った。

「いや、いやいやいや！　ないってそれ！　ないし！　電話したのは調査の協力頼んでたから、それでだし！」

「でも、病院で抱きあってたじゃないですか」

不服そうな自分の声に、慈英は気づいた。これではまるで嫉妬深い男のようだ。

（嫉妬って、なんで）

しかも照映に対して、いったいなぜ。理由はわからないまま、慈英は困惑しきっていた。

そして無意識に顔をさすったあと、はっとする。鬚《ひげ》はいまも、ないままだ。

慈英が髪や鬚を伸ばしていたのは、かつて憧れを持って慕っていた照映のスタイルを真似ていたことはわかっていた。それがそのうち習慣になっていたけれど、退院してからずっと、鬚を伸ばす気にならなかった。それがなぜなのか自分でもわからなかった。

無自覚に反発していて、だからいやだったのだ。すこしでも照映とかぶる部分があると、臣に思わせたくなかった。

（あれは、嫉妬してたのか）

あまりの自分の幼さに、頬が熱くなる。だが、必死になってまくしたてる臣は、慈英の愕然とする自覚など、まるで気づいていないようだった。

「違うって。あれはその、俺がへこんでて、倒れそうだったから、しょうがなく支えてくれただけだし！　第一、ふだんの俺ら、まじで仲良くねえし！　あいつ恋人いるし！」

自分と照映が、いかに相性が悪いのかと、臣はあれこれと言ったが、慈英は話の半分も聞いてはいなかった。顔をしかめたり、目をまるくしてみたりと、くるくる変わる表情や、その声に聴き惚れていて、話の内容はどうでもよくなっていたからだ。

「どうか、しましたか」

しばらくして気づくと、臣もまた口を閉ざしていた。凝視していた自分自身に慈英があわてると、臣はすこしだけあきれたふうに笑った。

「そうやって、ひとの話聞いてないでじっと見るとこだけは、変わってないなあ」

「あ……すみません」

いいよ、とかぶりを振って、臣はしばらく黙りこんだ。そのあと、ふっと力の抜けた感じに笑って、ぽつりと言った。

「あのな。俺、照映におまえのこともらったんだ」

意味がわからず、慈英は「え？」と首をかしげる。

「ほら、あの絵だよ。ネオテニーってタイトルの。あの絵も、そこに描かれた男も大切にするって、そのとき誓った」

幼かった慈英を描いた、照映の最後の絵。あれは象徴だったのだと臣は言う。とても重たい言葉で、聞き逃してはいけないはずなのに、慈英はふっと意識が拡散するのに気づいた。

「大切……」

瞼の裏で、光が反射する。ハーブのような強いにおいが突然鼻腔を突き刺し、慈英ははっと周囲を見まわした。臣が驚いたように目をまるくする。

「どうした？」

「いま、なにか、においが」

臣は怪訝そうに鼻をひくつかせ「なにも、においなんかしないぞ」と首をかしげる。

「におうっていえば、せいぜい油絵の具のにおいくらいだろ？」

深呼吸すると、たしかにそうだった。部屋のなかには階下からかすかに漂うテレピン油のにおいしかしない。開けはなった窓からも、山の澄んだ空気だけが流れこんでくる。

（気のせいか）

また五感がおかしくなっていたらしい。フラッシュバックのようによみがえるこれらは、理由のわからない強迫観念に近いものを慈英に意識させる。

「……大丈夫か？」

顔色を失っていた慈英に、怪我をした臣がそっと声をかけてくる。やさしく、やわらかく、包むようなあまい声は、もう何度も聞いた。

ほっそりしているけれど、臣はやわらかい。心も——身体もたぶん。触れたときにはきっと、あの夢のようにとろけたまま、慈英を包みこんでいたのだろう。

まばたきも忘れて見入っていると、臣は不思議そうに首をかしげた。

「慈英？　どうした？」

「あ……」

覗きこむようにして見つめてくる目の色が、慈英のすべてになる。知らず彼のなめらかな頬に手が伸びた。なにを考えてのことでもない、ただ無性にさわってみたかっただけだ。

そして触れた瞬間、想像どおりの感触と、臣の無防備な表情にくらりとした。

(なんだ、これ。心が……吸い取られる?)

単に造形的に整っていると受けとめていた臣のすべてが、強烈なインパクトで視界に飛びこんでくる。自分の反応にも面くらいながらも、その肌を撫でる行為がやめられない。

この手触りを知っている。そしてはじめて触れたとき、どれほど自分が狼狽したかも。

(あのときも、こうしてさわった)

泥に汚れたきれいな顔、それを払った指。ないはずの記憶を辿っている自分に気づき、反射的に慈英の手が強ばる。

「じ、慈英? どうか……痛っ」

うっかり傷に触れたのか、臣がちいさく声をあげた。慈英ははっと手を離して詫びた。

「あっ、あの、すみませんでした。痛みますか」

「いや、いい。そっちこそ、平気か? なんか顔赤くないか?」

指摘され、慈英は「えっ?」ととっさに自分の顔を手で覆った。そして、それが臣の頬に触れた指だと気づいたとたん、さらに顔が熱くなるのを感じ、今度はあわてて手を離す。

(俺はなにしてたんだ、いま)

臣に触れた手のひらをじっと眺めた。ざわざわと痺れているのが不思議で、手を開閉し、指をこすりあわせる。けれど痺れはいっこうに取れない。心臓が騒いで落ちつかないし、鳩尾がくすぐったい。

　そして、唐突に怖くなった。

　臣の顔にはまた傷が増えている。治りきるより早く殴られて、それでも誰かを護ろうとする彼は立派だと思うけれど、いつそれが彼を危うくするのかと思うと、ぞっとするほど怖い。

　ぐったりと倒れていた臣を見つけた瞬間、慈英は逆上していた。おそらく浩三らがいっしょに飛びかかっていなければ、あのバットを取りあげて男をめった打ちにするくらいのことはしただろう。

「なあ、本当に大丈夫か？　また頭、痛いのか」

　自分のほうが怪我をしているくせに、臣はそんなことを言う。さんざん傷つけられ、もう手放そうと決めたはずの男にそっと手を差し伸べ、触れた腕をさすっていたわろうとする。

（これ、が。もしも、なくなってしまったら）

　血の気のない臣の顔を思いだすだけで、心臓が、ぎりりと絞られるように痛んだ。想像だけで寒気がして、全身が総毛立つ。

　口を開いたら、なにかとんでもないことを口走りそうな気がして、慈英は唇をきつく嚙む。

（こんなふう、だったのか）

　こんなにもこめかみが疼くのは後遺症のせいではない。彼に対しての、覚えがないほど強い感情に怯えたせいだ。

七年まえ、臣と本当に出会ったときにも、こんなふうに落ちたのではないだろうか。おそらくきっかけらしいなにかではなく、突然にただ、嵐に巻きこまれるようにして、なにがなんでも手に入れたいと、そう思ったはずだ。

そして彼を好きだと自覚して、焦がれて悶え、苦しんだ。すとんと胸に落ちてきた感情に、慈英は全身に鳥肌が立った。

「……あの！」

「ん？　どうした？」

たまらずに声をかける。だが臣は無邪気な顔をするのを見て、慈英はまた口をつぐんだ。

――俺ら、出会いからむちゃくちゃだったから。あんなこと二度とできない。

――あんなふうに俺のこと、好きになってくれるやつ、いないから。俺もそうで、ほかのやつとか、絶対無理なんだ。

さきほど言われたばかりの言葉たちが、浮ついていた気分に冷水をかけた。

(なにを言おうっていうんだ)

すでに臣が終わりを決めたあとなのだ。そしてそれはすべて、自分のせいだった。

慈英はいままで臣を、彼との関係をさんざん否定してきた。傷つけ、やつあたりするたび周囲にたしなめられても、どうしても受けいれがたいなにかがあった。どうしてこんなにもいらだつのかと何度も自問し、わからずにきたけれど、いまやっとすべてが理解できた。

——俺がおまえを好きなことは、おまえが俺を好きでいてくれるかどうかとは関係ない。

あの言葉は、かつての慈英へと向けられたものでしかない。

臣がくれる言葉も情も、すべてが自分を素どおりし『頭のなかにいるはずの誰か』に向けてのものだとしか思えないからいやだったのだ。百パーセント自分だけのものでないなら、そんなものかけらもいらないと、差しだされたものを振り捨てていた。

(なんて、幼稚な)

慈英の頬がかっと熱くなった。まるで小学生の好きな子いじめと大差ない。というよりも、それそのものでしかなかった自分の行動が、たまらなく恥ずかしかった。

はじめて目を開けて彼を見たときから、慈英のなかにあったのはねじまがった独占欲だ。だから照映や久遠に慰められている彼を見るのが苦痛だった。自分以外に心を許す臣のことが許せなかった。放っておけばいいものを、わざわざ絡んでみせたのもそれだ。傷ついた顔にいらいらすると思いながら、慈英のせいで心を揺らす臣が見たかった。

理不尽に腹を立てたのは、自分が彼を笑わせることも慰めることもできないからだ。

「なあ、どうしたんだ慈英。なんか言いたいことでもあるのか?」

「いえ……あの」

口にしていいものであれば、いくらでも言いたいことはあった。いままでのことを謝りたいし釈明もしたい。わかってもらいたい、許されたい。

彼のなかに踏みこみたいし、もっと奥にいきたい。傷つけたぶんだけ大事にしたい。泣かせたぶんを笑わせたい。疲れたなら慰めて護ってやりたい。——愛したい、愛されたい。どれもこれも自分中心で欲求ばかりだ。内圧があがりすぎて、ひとつもまともな言葉になりそうにない。そしてすべてがいまさらだ。

——ほかのやつとか、絶対無理なんだ。

臣はそう言った。あんなこと二度とできないとも言った。そして、臣が好きなのは七年をかけて彼を大事にし続けた男であって、いまの自分ではない。

わかりきっていた、どうでもいいと思っていたはずの事実が、慈英を打ちのめした。

——あとになって、それがどれだけまずいことだったかわかったとき、間違いなく死にたくなる。つうか、いまの自分をぶっ殺したくなるぞ。

久遠の言葉の意味がようやくわかった。羞恥と悔恨に喉を締めつけられ、軽いパニックに陥った。たしかにこれは、死にたくなる。

「……なんでも、ありません」

無理に笑いを浮かべてみせると、臣は「そっか？」と眉を寄せ、小首をかしげる。すこし頼りないその仕種は、ふだんの——制服を着ている彼には決して見られないものだ。

無防備な彼から向けられた信頼が嬉しい。けれどその信頼を作りあげた自分ではないことが、とてつもなくいやで、腹立たしい。

「とにかくもう、寝たほうがいいです。たかが怪我とか、ばかにできないから」

「なんだそれ、おまえが言うなって」

「だから言うんですよ」

　横たわるように言って、布団をかけなおす。さらりと枕に拡がった髪も、困ったように笑う顔も、とてもきれいだと思った。触れたいけれど触れる資格のない苦しさに、ベッドサイドに腰かけたまま、臣をじっと眺め続ける。

「なんだよ？　やっぱりなんか、言いたいことあるんだろ」

　苦笑する臣に、見ていたいからとは言えず、慈英はそのとき思いついたことを口走った。

「どうして俺は、あなたの絵を描いてないのかな」

　アトリエを見てまわったけれど、臣を描いた絵は一枚もなかった。これだけ鑑賞に堪えうる相手をまえにまったく絵心が疼かなかったというのが不思議だったのは事実だ。

　すると、臣はまるでやましいことでもあるかのように、ふっと目を逸らした。

「……人物、苦手だって言ってただろ」

　たしかに以前は、人物画が苦手だと感じた時期があったと、おぼろな記憶のなかで認識している。だが、まったく描かないわけではなかった。

　なにより、単純にこれほど目を奪われる存在を、『自分』が描かなかったとは思えない。いくら別人のようだと言ったところで、そういうこだわりまで変化したとは思えない。

「でも、町のひとを描いた絵はあったんですよ。浩三さんとか大月のおばあちゃんとか」

「描かれるのいやだって、俺が言ったんだよ。……もういいだろ、おやすみ！」

いよいよ臣は目を泳がせ、布団のなかにもぐりこもうとする。あきらかになにかを隠すような臣を問いつめようかと思った。けれど背中を向けた彼の気配は、それ以上訊くなと告げていた。そして、慈英はその拒絶を受けいれるしかなかった。

ばかばかしいことに、背を向けられただけで心臓が萎縮した。心が怯えている。もうあんなふうにつれなくすることなど、きっとできない。

自覚したときには、相手はもうあきらめてしまっていた。しかも心を捧げた相手が『自分』ときては、もう笑う以外どうしようもない。

薄い背中を眺めていると、またこらえきれなくなりそうで、慈英は立ちあがる。

「……おやすみなさい」

静かに告げて部屋をあとにすることしか、いまの慈英にできることはなかった。

＊　＊　＊

結局臣が慈英の家にいたのは、たった二日間のことだった。

めちゃくちゃになった駐在所は、その間に浩三や尚子らの手で片づけられ、机などの壊れた備品類については警察のほうで手配してくれるらしいが、臣の個人所有だったノートパソコンなどは、文昭に損害賠償請求をするしかないらしい。

「同じ機種はまだあるから買えるけど、設定しなおしかあ」

まだ傷の残った顔でがっかりしたようにうつむく臣に「バックアップはないんですか」と問えば、あるにはあるけれど、と言った。

「細かい設定とかは完全にはもとどおりにならないだろ。いろいろカスタマイズして、愛着もあったんだよな。こういうのって育てた中身が大事だからさ」

他愛もないひとことに、慈英はまるで自分のことを言われている気がした。外側だけ同じ、中身はべつ。バックアップデータを移しても、それはまったくもとのとおりではない。

「いろいろ迷惑かけて、ごめんな。二階は無事だし、あっちに戻るよ」

「まだ、完治してないじゃないですか」

「この程度の怪我平気だよ、やわじゃないって。おまえもちゃんと仕事しろよ」

心配するなと笑って、臣は慈英の家から出ていった。あっさりとした態度には寂寥《せきりょう》を覚えたが、引き留めても無駄なことは知っている。

臣がそばにいることは喜びでもあったが、気づいたばかりの不毛な片思いに苦しんだ二日間でもあった。これといったなにかがあったわけではない。ただ、臣はひたすら穏やかで、けれど恐縮もしていた。

——ほんとごめんな、迷惑かけて。なるべく早く、おいとまするから。

食事を作るたび、手当をするたびに笑いながら言われて、自分は彼を心配する権利すらなくしてしまったのだと思い知らされた。あまやかす権利も、ここにいてくれと言う権利も、そのすべてを混乱しきった自分の手で、壊してしまったのだ。

そして軽やかに去る背中を見送るしかない、自分の情けなさを噛みしめた。

「これから……どうしたらいいんだか」

臣の言うように、彼のまえから消えたほうがいいのだろうか。いくら考えても答えは出ず、その夜、慈英はアトリエにある二〇〇号のキャンバスのまえで、何時間も立ちつくしていた。

まだ筆をとる気にはなれないが、一時期のような、虚無感に似たうろたえは感じない。

四角く切り取られた青空のなかのイコンは、楽しげに躍るように舞いあがっている。これを吹き飛ばすような一筆を入れるのか、もっと違う着地点があるのか、まだ摑めない。

ただ、なにかもやもやした爆発の予兆のようなものが腹の奥に凝《こご》っている。

抑圧されているが、激しく強いものだと肌で感じとれるそれは、ぽろぽろと臣にまつわる記憶が断片的によみがえってくるたびに、慈英の裡《うち》で胎動《たいどう》を強めた。

いまはまだ殻のなかでどくりどくりと脈打つだけだが、いずれ摑めるものと信じたい。

臣との隔たりが絶望的ないま、そうとでも思わなければ、耐えられそうになかった。

「駐在さんの怪我、たいしたことなくてよかったですねえ」

にこにこしながら言う尚子は、剪定《せんてい》ばさみで自宅の庭に植えたトマトを収穫していた。これは売り物にするわけではなく、自宅用の露地栽培《ろじさいばい》だという。

「ほら先生、持ってって」

カゴに入れたぴかぴかのトマトを渡されて、慈英は「ありがとうございます」と恐縮した。尚子に譲る約束をした古い画材道具を渡しに訪れたのだが、これではもらいにきたようだ。

「いつもすみません。いらないもの引き取ってもらったのに、いただいてしまって」

「いいえぇ。いっつも教えてもらってるのに、月謝も受けとってくれないんだから」

「尚子さんたちは、半分絵を描いて、半分お茶を飲んでるからですよ」

「そりゃそうだけどさあ」

慈英と尚子の思いつきからはじまったお絵かき教室は、メンバーも適当に入れ替わることが多く、太志のように絵筆をとることすらない人間まで参加して、ていのいい井戸端会議所になりつつある。

田舎らしい、多少下世話な噂話も飛び交うことはあるが、もともと気のいい人間ばかりで、にぎやかなアトリエの状態が慈英もきらいではなくなっていた。

＊　＊　＊

「先生が東京に帰っても、みんなでやろうかって話、してるんですよ」

「え？　帰るって……」

「あれ、違うの？　そんなような話、駐在さんとしてなかったかね？」

おそらく一時期、顔を見ればいつ引っ越すかと臣がせっついていた話を聞かれたのだろう。

慈英はひっそりとため息をつき、「まだ決めていません」と低い声で言った。

「まだってことは、やっぱり帰るのかい？」

尚子の寂しそうに問いに、わからない、と慈英は目をつぶってかぶりを振る。

（……ん？）

思考に没入していたそのとき、ふわりと風が吹いた。野草独特のきついにおいが鼻先をかすめる。慈英は庭に植えられた、細長い葉がみっしりとついた草に目をやった。

「ところであの、これは？　すごく、きついにおいの草ですけど。ハーブですか？」

「ワームウッドですよ。名前のとおりで、このにおいが虫除けにきくんです」

尚子が答えたそれは、聞いたことのない名前だった。妙に覚えのあるにおいだから、てっきり知っているものかと思っていたが、道ばたででも嗅いだのかもしれない。

「このワームウッドね、伝説があるんですよ。ほら、聖書の、アダムとイブにリンゴを食べさせた蛇。あれがエデンの園を追放されたとき、這ったあとに生えた草だって言われてるんです。毒性も強いらしいから、こじつけたんでしょうけどねえ」

「へえ。おもしろいですね……」

園芸マニュアルの受け売りだと尚子は笑った。だが慈英はなぜか、その植物から目が離せない。どうしてもなにかが引っかかり、しつこいかと思いつつ尚子へ訊《たず》ねた。

「これって、あの。日本名はなんて言うんでしょうか」

「ニガヨモギですよ」

ずきり、頭の芯が疼いた。鼻腔のなかに一気にのぼってくるそのにおいに、慈英は眩暈を覚える。また風が吹いた。木漏れ日がちらちらと揺れ、いつもの頭痛がはじまる。

(いや、違う)

ふだんより数倍も鮮明なフラッシュバックだった。

ガラスの割れる音が、また頭のなかに響きわたった。そして、こめかみを殴打されたときの痛みと、倒れこみ、天地が逆さになる視界。

倒れている男。左右で角度が違う靴。緑色の酒に染まった緞通《だんつう》に、くせのあるにおい。

かちりかちりと、空白だったパズルのピースが埋まっていく。

(ニガヨモギ……グリーンのボトル――『Pernod』、そう、ペルノだ)

ボトルの緑、血の赤、風をはらんだカーテン。背後にいた誰かが、大きく腕を振りあげる。

そしてひずんだ声が告げた言葉が、このときはっきりとよみがえった。

――あ、あ、あんたの、大切なもんを、もらってく。悪い。ほ、本当にすまん……。

ぐるぐる、ぐるぐると世界のすべてがまわる。まるで堰《せき》を切ったかのようにどっと入りこんできた情報の勢いに圧倒され、慈英はよろめく。手に抱えていたカゴとトマトが、庭先に落ち、尚子がはっと振り返った。

「先生⁉　ちょっと、やっぱり具合悪いんですか⁉」

「あ、いえ……いえ。大丈夫です」

真っ青な顔で、慈英は立ちあがる。手足が震えていたが、意識は失わずにすんだ。寝ている場合ではないと、その気力だけで慈英は立っていた。

「すみません。いかないといけないところがあります。また、うかがいます」

「え、ええ、……いいですけど」

驚いている尚子に一礼すると、慈英は走り出した。

奪われ、なくしてしまった『大切』なもの。いまの慈英なら考えるまでもなくわかる。

(そんなの、あのひとしかいないじゃないか)

息を切らして慈英は駆けた。あときもなく、ただ、いまのこの思いを伝えなければならないと、それだけでひた走る。

自分じゃない自分だとか、もう手遅れだとかどうでもよかった。

――俺がおまえを好きなことは、おまえが俺を好きでいてくれるかどうかとは関係ない。

慈英もそれは同じだった。そして臣には、ちゃんと愛されているのだと知る権利がある。

彼が受けいれるかどうかと、それはべつの問題だ。理屈をこねて愛されていないと拗《す》ねるまえに、自分が求めていることを、せめて彼に伝えないとならない。

「くそ、遠い……っ」

尚子の家から駐在所までは、歩いて三十分ほどかかる。こんなことなら車を出せばよかった。気が急き、断続的な頭痛のせいで足がもつれる。

足を滑らせて転びそうになったとき、道の向こうから走ってくる自転車が見えた。

「あれ？　慈英、どうして……」

慈英は答えるより早く、自転車を停めた彼に向かって走った。驚く顔が見えた瞬間迸《ほとばし》ったのは叫びにも似た声だった。

「臣さん！」

「わっ、うわっ、危ない！」

彼が茫然としている間に、強く抱きしめた。バランスを崩しそうになった臣が声をあげるけれど、細い身体を摑んで離さなかった。

ぜいぜいと息を切らし、声もろくに出なくて、汗だくのまま必死にかき抱く。臣のにおいがして、まだ鼻先に残るニガヨモギの香りを打ち消すくらい、大きく息を吸いこんだ。

「ど、どうしたんだよ。なんかあった？　慈英、なあ」

「……ニガヨモギが」

「は？　なに？　ヨモギ？」

「ペルノのにおいで、光が、……殴られて、大切なもの盗られて、俺はだから、それが」

　呼吸は乱れ、声はかすれて言葉は支離滅裂《しりめつれつ》。ぽかんとしたまま、自転車をまたいだ形でどうにかバランスを取っていた臣は、途中からはっと顔色を変えた。

「殴られたってなんだ？　慈英、どこ？　どうした？　痛むのか？」

　真剣な顔の臣が、汗だくの慈英の頬を両手で包みこみ、怪我はないかとたしかめてくる。必死に案じるその目を見たとき、すべての理性と思考が瓦解《がかい》した。

「俺は、あなたが好きだ」

　臣は突然の言葉に硬直した。目を大きく瞠り、一瞬あとじさろうとする彼の手を、自分の頬に押しあてたまま慈英はもういちど「好きだ」言った。

「……なに言ってんだ。またそういう、わけわかんないこと」

　薄茶色の目に浮かぶのは怯えと警戒心だった。自分に対して、そこまで身がまえるくらいに傷つけてしまった事実が慈英の心を痛めつけたけれど、逃がさないと手を掴んだ。

「だ、だから言っただろう。本当はどうだとか教えられると、あとづけで記憶が混乱して」

「もう混乱してない。好きだったと知ったわけじゃない。好きに、なったんだ」

　もがいても、慈英は離さなかった。じりじりと背中を太陽が焼く。

「ぜんぶじゃないけど、思いだした。だから俺はどこにもいかないし、あなたも、どこにもいかないで」

「じ、えい……？」

臣の向こうに、空が見える。たぶんふたりで、こんな光景を何度も見たと確信できた。

——すんげえ、愛してる。

迷わず、信じた目でささやいてくれた、その記憶に嫉妬する。臣の目に映っている自分が自分でないと感じ、悔しくて羨ましくて、でももう、どうでもいい。

「俺だって、愛してる……！」

声を振り絞って叫んだ瞬間、慈英は崩れ落ちた。


「……ほんとに、何回気絶すりゃすむんだよ、おまえは」

「すみません」

小言を言う臣は、制服のまま濡れたタオルを絞り、寝室に横たわった慈英の顔を拭く。

幸いにしてブラックアウトは一瞬ですんだけれど、無茶をしたせいか完全にグロッキーになった慈英に肩を貸し、家まで運んだのは臣だった。

目を伏せた臣は、もういちど冷たい水に浸して絞ったタオルをそっと慈英の額に置く。

「すみませんっていうかさ。……ほんと、心臓痛いんだよ。やめてくれ、まじで」

「それは俺だって同じなんですけどね。怪我ばっかりじゃないですか」

「俺は仕事だし！」

「俺だって病気です」

減らず口を叩きあって、お互いに苦笑した。ふと真顔になった臣は、こめかみに残った傷を指先で辿り「傷、また増えちゃったな」と哀しそうに言ったあと、静かに問いかけた。

「思いだしたって、どれくらい？」

「殴られたときのこと。あとは、まだかなり断片的でしかないですが、一番知りたかったことはわかった気がします。どうして、記憶が飛んだのか」

慈英はそこでベッドのうえに起きあがり、鹿間の事務所で起きたことを話した。すでに逮捕された小池からの供述とも合致していたらしく、臣は真剣な顔でうなずいていた。

「やっぱり、頭殴られたのがきっかけなんだな。でも、どうしてそんなことで……？」

臣もまたずっと不可解だったのだろう。こうなってからはじめて発せられた「どうして」というなじるような言葉に、なぜだか慈英はほっとしていた。

額を冷やしていたタオルを所在なくいじる臣の手から取りあげ、代わりに自分の手を握らせる。あの日、病室で臣がしてくれたとき、握り返すことはしなかった。気づいた臣がほっとしたように眉をさげ、握った手を見おろした。伏せた睫毛が揺れて、きれいだと思った。

「大切なものをもらっていく、と言われて。それが俺の絵だとは思わなかった」

自分より幾分ちいさな手をもてあそびながら言うと、臣は「え……？」と顔をあげた。

「俺にとって、大切だったのはあなただから」

臣はぽかんと口を開いた。じわじわと白い頬が赤くなり、かわいい、と慈英は笑う。

「それを奪われてしまったんだと、そう思いこんだというか……暗示のようなものが、かかってしまったんじゃないかと思います」

光の反射に過敏だったのもそれだと思う。暗示は一定条件で引き起こされるというから、似たような状況が引き金だったのかもしれないという慈英の説明に、臣は何度も目を白黒させていた。

「な、なにそれ。慈英、そんな、ばかな。んな単純な話なのか？」

「ただの憶測ですけど。ほかに説明がつきません。それに俺は……あのときの『俺』は、頭から血を流している鹿間さんを見て動揺していた」

どこか自意識と乖離《かいり》した『記憶』を、慈英は冷静に見ていた。だからこそ、理解できたこともあった。

「あの瞬間、俺は、自分が殴られて、死ぬんだと思っていた」

ひゅっと臣が息を吞む。動揺する彼の手を握り、慈英はその目を見つめて告げた。

「死んでも盗られたくないものといったら、あなたのことだった。奪われるくらいなら、なにもなかったことでいるほうがましだった。だから、殴られて混乱した脳が、変なふうに間違って、鍵をかけたんじゃないかとしか思えません」

「なに、それ……」

慈英は、わなわなと震えている臣の肩をそっと抱き寄せる。拒まれなかったことに内心ほっとしつつ引き寄せると、ちいさな頭が鎖骨のあたりにこすりつけられた。

「おまえ、やっぱり、ばかだろ。な……なにが、死ぬだよ」

小刻みに震える肩をさすりながら、「そうですね」と慈英は言った。臣は「そうですね、じゃないだろ」と怒った声を出した。

「俺、盗られたりしないじゃん。ていうか、その場にいないだろ」

「まあ、血も出たし意識が朦朧《もうろう》としていたので、短絡的になっていたんじゃないかと」

「ばか！」

臣の拳が、肩を叩いた。かなり痛かったけれども、慈英はうめくことすらしなかった。ただ、殴りつけたあとに抱きついてくる臣の身体を、きつく両腕で捕まえた。

「それで俺のこと忘れてりゃ、世話ないだろう！」

「ごめんなさい」

「なにやってんだよおまえ、なにやってんだっ！」

ごめんなさい、ともういちど謝って、怒りと混乱で赤らんでいる頬に唇を寄せた。びくっと臣は震えたけれど、腕から逃げ出すことはしなかった。

ただ、頬を押さえて目をまるくする臣に、慈英は息苦しさを覚えた。

「あなたの好きだった男を、消してしまって、本当に悪いと思ってる」

口走った言葉は本心だった。これだけはどう詫びようと、取り返しのつかないことだ。

残念ながら、それでも記憶のすべては思いだせなかった。まだなにか鍵がかかっている。

もしかしたらもう二度と思いだせないかもしれない。それでも、臣を離せない。

「混乱したせいで、つらくあたった。苦しめて、泣かせて、本当に……でも」

臣の手をとって、もういちど頬にキスをした。唇にしていいのかどうか、まだわからない。

けれど紅潮した頬が、抱きしめた肌の熱さが、図に乗る慈英を許していると教える。

「俺は、好きになってしまったので。いまの俺のことも、好きになってもらえないですか」

「じ、え……？」

「だめですか？　あなたと、七年もいっしょにいた男じゃないと、許せませんか？」

胸が破裂しそうなほど苦しかった。臣は目も唇も開いたまま、凍りついたように動かない。

慈英はたまりかねて臣の肩を摑み、震える声でせがんだ。

「頼むから、俺のことだけ、見てください」

そのひとことを必死になって告げたとたん、臣の顔が歪んだ。そして、なにがおかしいのか、くすくすと笑いはじめた。

「な、なんですか」

「なんですかって、ははは、あは……じ、慈英、お、おんなじこと、言う……っあははは！」

腹を抱えて臣は笑う。どうやら脳のなかで迷子になっている男も、まったく同じことを口にしたことがあるらしいと気づき、憮然《ぶぜん》とする。

「二番煎じですか。いやだな。ぱくったみたいだ」

「あはは、ははは！　ほ、本人なのにぱくりって！」

そのひとことにさらに笑った臣は、どうにか息を整え、目尻に残った涙を拭った。

「……忘れても、いいよ。そんなこと、気にしなくていい」

「どうしてですか」

臣はずっとあんなに苦しそうだったのに、それでは納得がいかない。簡単に許されていいわけがない。慈英が顔をしかめると、すこし照れたように臣は言った。

「だって、慈英は慈英だ。ちゃんと俺のこと好きになってくれたんだろ」

そのひとことがどれほど慈英を救うのか、臣はきっとわかっていない。だが慈英は素直に歓喜することはできなかった。

彼の表情は、まだ笑いの名残で微笑んでいる。けれどその目はどこか、哀しげだった。

「なにか、あるんですか」

「ううん。ほんとに、いいんだ。でも、あの……でもさ」

臣は自分の腕で、自分の身体をぎゅっと抱いていた。まるで身を護るような仕種に彼の不安を感じとり、慈英は胸が絞られるように痛んだ。

「もう、忘れないで、な。俺のこと、知らんぷりとかしないでくれ」

病院で出会ってから、ただの一度も、忘れられたことについて、慈英をなじりも、責めもしなかった臣は、静かに涙ぐんで声を震わせた。

「手、離せって言われたのほんとに、痛かったから。ああいう痛いの俺、ほんとにだめなんだ。弱くて」

久遠の忠告が骨身に沁みる。まだ思いだしてさえいないのに、泣かせた自分が許せない。あの日、忘れたならたいしたことなどないと言いきった、そんな自分をいっそ殺したい。

「小山さん、あの」

「その呼びかたもやめろって、言ってるだろ」

注意めかして言う臣はやわらかく微笑んでいるのに、どうしようもなく哀しそうだった。すべてをさらけ出しているわけではないと、肌に感じる。

「……ごめんなさい」

「ううん、いい。俺が引っかかっちゃうだけだから。慈英は、気にしなくていいから」

それでも気遣う臣がもどかしかった。遠慮などされたくなかった。もっと距離を縮めたい。あまえてほしい。頼られたい。泣かせたくない。ちゃんと、彼のことを名前で呼びたい。けれど、どう呼んでいたのかすら、いまの慈英は覚えていない。ただの名詞としてではなく、どんな声で、どんな気持ちで——どんな思いで、彼の名を呼んでいたのか。

「……っ」

ぶり返した頭痛に、眩暈が起きた。けれど力を振り絞って細い身体を抱きしめる。

臣が倒れているのを見つけたとき。そしてさきほど、自転車の彼を抱きしめたとき。自分はなんと彼を呼んだ？

「おみ、さん？」

失われた記憶のくびきから、無理やり自分をもぎ離し、慈英は彼の名を口にした。そのとたん、ふっと頭が軽くなった。口にした音の響きがどこまでもあまく、なめらかだった。すっと、頭の痛みが引いていく。そのことで、これが正しかったのだとわかった。

「臣さんって、そう、呼んでた。そうですね？」

臣は無言で何度もうなずいた。肩に押しつけられた目元が濡れている。さらさらした髪を撫でながら、慈英は痛みを滲ませてつぶやいた。

「ちゃんと、思いだしたい」

うめくようなそれに「無理しなくても」と臣があわてる。けれど潤んだ目元を拭ってやりながら、慈英はかぶりを振った。

「いやだ。七年ぶんのあなたを、忘れて、知らないでいるなんて、そんなのはいやだ」

この身体を抱き、慈しみ、愛した時間。七年もの間、共有したすべては、いまの慈英にとって別人のものとしか思えない。もう癒えたこめかみの傷。すでにかさぶたすらもないそこに指を立て、慈英はきつく目をつぶった。

「あるはずなのに、ちゃんと、ここに――このなかに！」

照映や久遠に慰められる臣を見るたび、不愉快でたまらなかったのも、すべて嫉妬の現れだった。それも、むなしくばかばかしいと思うけれども、かつての自分に対して覚えた悋気《りんき》に較べればはるかに楽だった。

「俺は、あなたになにを言いましたか」

「慈英、だから――」

「なにを話していましたか。どんなふうに抱いて、どんなふうに、愛してた？」

自分のことなのに、苦しげに問いかけてくる慈英がおかしいのか、臣は笑いだす。

「やさしかったよ。ときどき厳しかったりもしたけど、ずっとやさしかった。いまと同じ」

その声こそがひどくやさしく、せつなかった。なだめられたいわけではないと慈英は顔をしかめ、いったいどこがだと思う。男とつきあうなんて信じられないとまで言った。突き放し、態度も悪くて――なのにやさしかったのは臣のほうだ。

「同じって、どこがですか。落ちこませて、久遠さんだの照映さんだのに慰めさせるような真似、まえの俺はしたんですか」

「いや久遠さんは、この間が初対面だし、照映だってそんなに会ってないし……って」

訝《いぶか》しげに顔をしかめた臣は「ひょっとして」と目をしばたたかせた。

「あの、慈英、妬いてんの？」

「……まあ、はい。というか、ずっと妬いてたようです」

渋々認めると、臣はまたぽかんと口を開けた。あきれられたのかもしれないと思いつつ、無防備な唇に腹が立って、慈英は唐突にキスを奪った。

「わ、あ、うわ」

「なんですか、変な声だして」

「え、あ。いや。手、だしてくれるんだなと思って」

くれるってなんだ。慈英が眉をひそめると、臣は赤くなりながら無意味に手を開閉させ、うろうろと目を泳がせた。うろたえぶりに見ていられず、もういちど抱きしめなおすと、今度はぴたりと身じろぎもしない。

「臣さん？　キスしたら、だめですか？」

「や、だめじゃない。うん、あの……うん」

うん、とうなずいたとたん、ぽたりと大きな雫が臣の目からこぼれ落ちた。

「キス、とか。もうないかなと思ってたんで、び、びっくりした」

「……臣さん」

ぽろぽろと涙をこぼして、臣は笑う。そしてその顔はあっという間にくしゃくしゃになり、次の瞬間、慈英は彼に抱きつかれ、臣からの熱烈なキスを受けていた。

「ん、んんん」

ちいさな舌に唇を舐められ、熱はあっさりと沸点を越える。しなやかで熱い身体が絡みついてくる、そのすべてが誘惑に思えた。ためらいは、もちろんあった。けれどなめらかな舌を知りたくて唇を開いたとたん、唾液のあまさに夢中になった。貪るように舌を絡め、強引に抱きこんだ身体をシーツに押さえつける。

「……こんなことされると、キスだけじゃすまなくなる」

身体が熱くて、苦しかった。おあつらえ向きにベッドのうえで、押し倒された臣は抵抗するどころか、足まで絡めて目を潤ませる。

「してくれんの？　男の身体でも、いい？」

まだすこし不安そうに、たしかめるように問いかけてくる。たぶんこれも、失った時間のなかで繰り返し、臣が問いかけてきたことなのだろう。

「いい、というか。無理をさせない程度で抑えきれるか、自信がない」

腰をすりつけると、なまめかしく息をついて身をよじる。いつか見た夢のなかの表情と寸分違わない、どころかより以上に色気のある臣に、頭がくらくらした。

臣はまだ制服を着たままだ。なのに髪は乱れ、唇はキスの余韻《よいん》に濡れて腫れ、そのギャップがたまらなくいやらしい。

「や、やりかた、わかる？　あの俺、わかんなかったらちゃんと、自分で準備……」

「わかります」

言いきると、臣はすこし驚いたようだった。なぜだろう、と思いながらも、慈英は不安そうな臣の頰をそっと撫でる。かすかに、男に殴られた傷がかさぶたになっていた。

「訊きたいんですけど」

「なに？」

「臣さんがこの格好をしてたとき、俺、押し倒したことありますか？」

妄想じみた夢を打ち明けるのは恥ずかしかったが、真実を知りたいと、制服をひっぱって問いかけた。答えは言葉ではなく、臣の真っ赤になった顔とうろたえる目だった。

「……あるんだ」

「いや、あの。え？　お、思いだした？」

「じゃなくて、……夢で見ました。すごかった」

ますます臣は赤くなる。慈英はごくりと息を呑み、嫉妬混じりの欲望を素直に口にした。

「俺も、そうしていいですか」

「え、えっと、えっと。でもあのときは、ぜんぶしてなくって、その」

あわあわする臣は、言わなくてもいいことを白状していると気づいていないらしい。慈英はかすかに笑って、ふっくらと赤い耳たぶを指でいじる。

「じゃあ、いろいろ混ざってるんだ。あの夢」

「な、なにしたの、俺」

どうしていいのかわからない様子で、臣はひたすら羞じらっている。表情をなくすと冷たいくらい整った顔だちなのに、いまはひたすらかわいいと思えた。

「まあ、いろいろ。したのは臣さんじゃなくて、俺のほうでしたけどね」

「あ、う、そ……そう、なのか」

「で、実践していいですか？」

そろそろ言葉ではものたりないと、慈英は臣の返事を待たずに唇に嚙みついた。制服のシャツをボトムからひっぱりだし、引き締まった腹を撫でると、臣はぎくりと全身を強ばらせる。

「ま、待って、待てってって！」

「なに？　もう、いいでしょう？」

もがいてキスをほどいた臣を、余裕のない顔で押さえつける。「いやなわけじゃないから」と必死になった彼は、それでも慈英の手から逃げようとする。

「あの、頼むからシャワー貸して。あと制服のまんまは、やっぱまずい」

「なんでですか」

まえの『慈英』とはしたのに、自分はだめなのか。そんな気分で睨めつけると、臣はひくりと顔をひきつらせ、それでも必死に拒んだ。

「あれはイレギュラーだったんだってば！　仕事の服でそういうのはやだし、それにっ、こんなの想定外だから、準備してないし！」

準備、と慈英は口のなかで繰り返す。そして、どろどろだった夢のなかの内容と臣の焦り具合を照らしあわせ、「ああ」と納得した。

「このままじゃ、無理ですか？」

「無理だろ……二カ月近く、なんもしてないし」

ぼそりと言われた言葉の意味はいまひとつ摑めなかったけれど、臣に無理を強いることはしたくなかった。だから頰に指を滑らせ、「さわるだけでもいいです」と言った。

「臣さんにさわれるなら、なんでもいい。ただ、裸で抱きしめたい」

熱っぽくささやき、奪うことを許された唇をゆっくり吸うと、臣の目がとろりと溶けた。

「……おまえ、ほんと、ずるい」

臣は慈英の胸を小突いて、のろのろと起きあがった。どこへいくのかと思っていると、

「いったん、駐在所閉めてくる」と背中を向けたまま彼は言う。

「あと……必要なやつ、ベッドのしたの引き出し、二段目にあるから」

「え？」

「おまえもシャワー浴びておけばっ」

言い捨てて、ばたばたと臣は走っていった。

彼の言葉を確認するように引き出しを開けると、そこにはベッドのうえで必要なグッズが、たしかにちゃんと入っている。

慈英はひっそりと笑い、臣の言いつけを守るため、浴室へと向かった。

＊　＊　＊

部屋着に着替え、駐在所の入り口に『秀島さんの家にいます。なにかあったら携帯に電話をください』と張り紙をして、臣は慈英の家へと引き返した。

その間中、臣の心臓はばくばくと早鐘を打ち続けていて、慈英に迎えられたときには、はずんだ息をこらえるのが苦しいくらいだった。

「遅かったですね」

「……うん」

時間がかかったのは、駐在所のほうで風呂を使ってきたからだ。まだ湿っている自分の髪を意味もなくいじっていると、待ちきれないように腰を抱かれて部屋に連れられる。

ベッドに並んで腰かけ、お互いの身体を抱きしめた。慈英の髪もまだ濡れていて、しっとりとした手触りに胸が疼く。

「髪、ちょっと伸びてきたかな」

「長いほうが好きですか？」

どっちでもいい、と臣はなめらかな頬を手で撫でる。そっと顔が近づいて、唇が重なったと同時に、Tシャツの裾《すそ》から手が入りこんでくる。

「んっ」

するすると腹を這いあがった長い指が、まだやわらかいままの乳首をつまむ。音を立てて口づけながら、指の腹でかすめるように撫でられ、ぷくりと硬くなったところで押しつぶされ、息が乱れた。

「脱がせていいですか……？」

唇を頬に滑らせながら問われて、臣は「自分で脱ぐ」とちいさく答えた。

「だから、おまえも、脱いで」

うなずいた慈英は、着ていたTシャツを頭抜きで脱ぎ去る。明かりを落とした部屋、天《てん》井《じょう》の小窓から差しこむ月の光に、慈英の整った身体のラインが浮かびあがった。

ひさしぶりに見る恋人の肌にうっとりと見惚れていると、さっさと下着まで脱ぎ終えた慈英が、急かすように臣のシャツに手をかける。

「早く」

「あ、ご、ごめん……わっ！」

真剣な目で言われて、身体中が熱くなる。赤くなりながらTシャツを脱ぐと、待ちきれないというようにハーフパンツに手をかけられ、ゴムウエストのそれを下着ごと引き抜かれた。

「じ、慈英、ちょっ」

「見せて」

さっきから単語でしかしゃべらなくなっている。おたおたしているうちにベッドへと身体を倒され、両手首を押さえつけられて、じっくりと裸を見られた。

「やっぱり、この身体だ。夢で見た。すごくきれいだった」

挑みかかってくる男を見あげると、欲にけぶる、獣じみた目つきをしていた。熱があふれて止められない、そんな目でもういちど見てもらえるとは思っていなかった。

臣は、自分のなかに押し隠していた飢えに気づいた。この二カ月近く、冷めた視線を向けられるばかりだったことに、心の芯がひどく痛めつけられていた。

「慈英。見てるだけ、か?」

摑まれた手をもがかせると、拘束はあっさりほどけた。抱きしめてくれと両手を差しだすと、熱い身体が重なってくる。ごまかしきれない高ぶりがお互いの肌をかすめ、臣はちいさく息を吞んだ。

「いろいろ、したいけど、離したくない」

「う、……ん、うん」

ぎゅっと抱きしめあい、ささやかれた言葉に脳が痺れる。こうしているだけで身体の疼きはひどくなり、もぞりと足を動かしたとたん、慈英が腰を揺らした。

「あ、ちょっ……あ、ああ、あ」

首筋に吸いつかれて、臣は仰け反る。手足を絡めあったまま、小刻みに身体をこすりつけあうだけで、肌が濡れてくるのを知った。慈英の大きな手が背中をさすり、動きにくいというように、横臥《おうが》する体勢へと抱きあったまま転がる。

「じ、慈英……？」

「こうして」

うえになった片足を持ちあげられ、慈英の足に絡ませられた。密着度がさらに高まり、お互いの熱がぬるぬると滑る。敏感な場所がこすれあう卑猥《ひわい》な感触に、嚙みしめた唇からはこらえきれない声が漏れた。

「は……あっ、はあっ、ああ、んん……んー……っ」

「臣さん、……臣さん、いい？」

「うんっ、うんっ」

うなずいて広い胸にしがみつき、臣も腰を揺らめかせる。刺激が強くて、そのくせ、もの足りずに手を伸ばし、慈英のそれと自分のものをまとめて握りこんだとたん、ぐっと突きあげるように動かされた。

「ああ！　あっ、やっ」

「いや？」

ひっそりと笑った慈英に、逃げられないようにと両手で尻を摑まれる。隠すこともなく押しつけてくる欲情に煽《あお》られながら、揉みくちゃにされる肉の狭間に長い指が滑りこんだ。ぬちり、と音を立てて開くそこへと慈英の指先が触れたと同時に、彼ははっと息を吞んだ。

「……濡れてる？」

驚いたようにつぶやかれ、臣は全身を赤らめながら「言うなよ」とそっぽを向いた。

「自分でしたんですか」

「言うなって……ば！　あ、もう、そこ、やっ」

片方の手であわいを開き、もう片方の指の腹でぬるついた入り口をたしかめるように撫でる慈英は、なかまで踏みこんでこようとしない。掻痒感《そうようかん》ともどかしさに身をよじって、臣は慈英の顎に嚙みつく。悪戯《いたずら》を咎めるように、つぷりと指が入りこんだ。

「あ！　あ……！」

「痛くないんですか」

ない、とかぶりを振って、恋人をそっとうかがうように上目に見あげた。なかば閉じた瞼でじっと凝視してくる視線が強すぎて、臣はぶるりと震える。

やさしさよりも欲情のほうが強い、こんな目をする慈英はひさしぶりに見る。ぞくぞくと芯から震えが走って、絡めた脚をさらに強く引きつけた。

「も、い……もう、いいから」

ほしい。めちゃくちゃにされたい。入れられたい。それしか考えられなくなって、臣は体内にある細く硬いものを締めつけ、握りしめた彼の性器を上下にこする。

「慈英、これ……あの……」

快楽への期待で喉が乾あがり、声がうまく出せない。慈英もなにか言う余裕はないとばかりに臣の唇を吸い、ひさしぶりだというのにとろけた肉をかきまわしてくる。

指が深く、浅くと出入りする。根元まで呑みこませたまま奥をくすぐり、ゆっくりと引き抜きながら左右に開いて、これからくるものの太さを身体に教えこんでいく。

臣の手は忙しなくふたりのそれをこすりあげ、無我夢中でお互いに腰をぶつけあった。

「んむ、う……っん！　んっんっ」

舌と指が、同じリズムで臣を犯し、めちゃくちゃにした。指が増え、舌が激しくなって、ほしいのに怖くてかぶりを振ると、絡んでいた脚をほどかれ、腿を摑んで開かされる。

「臣さん……臣さん、入れて、いいですか」

「ん、んんっ」

がくがくと震えながら何度も首を振ると、斜めによじれた状態でそれをあてがわれた。本当は、避妊具をつけろと言うつもりだったけれど、もうそんなこともどうでもよかった。

（濡れてる……熱い）

押しあて、なじませるようにぬらぬらとこすりつけられる熱のすごさに、ごくりと喉が鳴った。臣の身体は物欲しげにひくついては慈英の先端を食《は》み、もう待てない、と目を閉じたその瞬間、ずぐりとそれが突き入れられた。

「んあ……！」

身体のなかが、あまくぬかるんでいる。そこを押し開いてくる強烈な硬さに、声があふれて涙が落ちた。ブランクがあったはずなのに、信じられないほどそこはやわらかくとろけ、慈英の熱をすべて呑みこむ。

腰をきつく抱かれて、さらに奥へと向かうように身体を打ちつけられる。充溢感《じゅういつかん》と、苦しさと、かすかな痛み。そのすべてが快楽となって臣を襲った。

つながったままキスをして、奔放《ほんぽう》に身体を揺らす。慈英は動きにくいと感じたのか、ふたたび腿を持ちあげて開かせ、臣をシーツへと転がし、うえからのしかかって突いてくる。

股関節の開く痛みがひさしぶりすぎて、苦しいのに嬉しかった。

「あ、じえ、慈英、あっ、あっ」

「……すごい」

頭のなかに渦巻く言葉を口にしたのは慈英のほうで、なにかに耐えるように目を閉じている。悩ましいその表情にも煽られ、慣れた身体はひくりひくりと彼そのものを締めつける。

「すごく、いい。臣さん、すごくいい」

「そ……？」

言葉どおり、たまらなくなったように腰を揺らすのは無意識の反応で、不規則な律動に臣は浅い息を振りまきながら微笑んだ。

「好きに、動いていいから」

「痛くはないんですか」

七年ぶりの問いかけに、思わず笑みは深くなる。腰をよじり、さらに奥へと男を呑みこめるように角度を調整すると、ぐっと慈英の腹筋が引き絞られるのが見えた。

「ここ、ちゃんと、おまえの形覚えてるから……おまえのための、身体だから」

くんっ、と粘膜が引き入れるような蠢動《しゅんどう》をする。抱きあった身体が同時にひくりと震え、慈英がまるで悔しいことでもあるように唇を嚙んだ。

「じゃあ、遠慮しません」

「うん」

「知りませんから……！」

宣言するなり、慈英は本当に遠慮を捨てた。

濁った音を立てて、慈英が奥へと出入りする。ぐんっと突き入れられ、臣もまた腰を振った。張り出した部分が襞をすりつぶすように動く。そのたび、過敏な粘膜は痛いほど収縮し、男の太い根をじゅんじゅんと吸った。

「臣さん、ほんとにいやらしい。たまらない、むちゃくちゃ、興奮、する」

「だっ、だって慈英が、そんな……あっ、あっあっあっ！」

突き入れるたびに息を切らし、臣は乱れた。慈英もまた、ペニスのすべてを奥まで押しこみたいというほどに腰を入れてくる。濡れそぼった肌にこすれる下生えの感触さえ気持ちよくて、臣も腰をあげ、慈英にこすりつけた。

「いい、気持ちいい……溶けそうだ、臣さん」

快感に濁った声でつぶやいた慈英は、臣の脚の間で揺れるそれに手を伸ばす。ぎゅっと握りしめたかと思えば、まったくためらいのない、どころかひどく卑猥な手つきでしごきあげてきた。

「たまらない、こんな、いっぱい濡れて」

「やあ、やっやっ……はあ、あっ、はああっ！」

屹立《きつりつ》の先端をいじられ、臣は悲鳴じみた声をあげた。逃げるように腰をよじると両足首を持たれて、さらに脚を拡げられる。そのまま、肉のぶつかる音が立つほどに腰を前後された。勢いに押されて激しくされるたび、結合部からも臣の先端からも雫があふれ、シーツと互いの身体を濡らした。

「ほら、こう、するたび、漏れてる」

「やっ、ばか、言うなっ」

恥ずかしい言いかたをされ、臣の身体が全身真っ赤になった。それを楽しげに見守る男はわざと腰をグラインドさせてくる。

「臣さん、いつもこんなに濡れるんですか？」

「ばか！　そんなの、慈英の、せ、いっ」

激しいからだと訴えると「違うでしょう」と慈英は言った。

「臣さんが、いやらしいのが悪い」

「ちが……！　あ、あっあっあっ！」

慈英はいろいろな動きで臣をいじめた。まわして、突いて、こすりつけて引き抜く。速度も角度も変則的で、そのぜんぶが予想がつかず、だから感じる。

（やばいやばいやばい。きもちいい、きもちいい。ぬるぬるって……あそこ、が）

なにより、粘膜を舐めずるようなペニスから彼の体液があふれ、まぜあわされている。いくらでもあふれて、濡れるのはあたりまえだと言うのに、慈英はとても嬉しそうに言う。

「ほら、ね？　やっぱり、出てくる」

「あ、ひ、……ま、わさな、いで」

弱々しくかぶりを振り、臣は腕をもがかせる。摑んだ慈英の腕に爪を立てても、彼はむしろ嬉しげに笑った。

「まわすの、きらい？」

「いやだ、きらい」

「嘘つき」

ふふ、と笑って、慈英はちいさな乳首を嚙む。舌でそれを転がされながら腰をまわしては突かれ、突いては攪拌《かくはん》され、臣は声をあげて泣きよがった。

（いつもより、意地悪い……でも）

身体の奥の奥に、すべてを入れてくれといわんばかりの抱きかたは、はじめてのときから変わらない。

慈英が臣を欲してくる強さ、それだけはずっと同じだと感じて、泣きたくなった。そして、だからこそ安心して、乱れることができた。

「気持ちいい？　臣さん。言って」

「だめ、それ、ぐちゅぐちゅ、……だ、めっ、だめっ」

「いや？　じゃあやめますか？」

どうするの。言わないとやめる。あまく脅して、慈英は腰の動きを止めた。

「や、やだ……慈英、やめる、な……っ」

腕を摑み、お願いだと訴えると、慈英はふふっと笑う。

「やっぱり臣さん、いやらしい」

「いやらしくて、きれいで……かわいい」

ぐうっと上体を倒して奥に入れられ、臣は悲鳴をあげてのたうった。いたぶりながら愛《め》でるような言葉にも、慈英の身体にも感じきって、もう限界が近づいていた。

ぐらぐらと視界が揺れて、ぴんと爪先が反り返る。全身が汗まみれで、痺れている。

「も、いく、いきたい、いきたい」

「いいですよ。俺も、……いきたい」

深くキスをして、最後までいこうとお互いに腰を振りたくった。臣は慈英の腰に足を絡め、ぐいぐいとなかにくるよう押しつける。慈英もまた、同じほどに臣の粘膜を求めて暴いた。

息を切らして睦みあいながら、慈英がぽつりとつぶやく。

「でも、だめかも……」

「な、に？　あ、なに？」

「一度で、終わらない。もっと、したい……臣さん、臣さん、したい」

あまえた声で乳首をもてあそび、鼻先をこすりつけてくる男がいとおしくてかわいかった。

頭を抱きかかえ、額に唇を押しあてると、臣はうわずった声で「いいよ」と伝えた。

「そんなの、訊かなくていい。いっぱい、したい」

「本当に？　いい？」

「あ……！」

「してい、から、あ……っ！」

肩に嚙みつかれて、そのとたん臣は射精していた。慈英はまだ終わらないからと、臣の腰を抱きしめ、休むことなく追いこんでくる。

（やばい、もう、めちゃくちゃ……）

達したはずなのに、すこしも終わっていない。ひさしぶりのセックスなのに、ドライオーガズムを味わう羽目になるらしいと気づいて、臣は全身を震わせる。

涙にかすむ目を凝らすと、焼き焦がすような目で自分を見つめながら、この身体を味わう男がいた。搦《から》めとって溺れさせて、逃がしたくない。胸を反らし、腕を伸ばし、臣は精一杯の手管《てくだ》で慈英を締めつけてあまやかす。

「あ、臣、さん……っ」

うわずった声を漏らした男が、広い背中を強ばらせた。身体のなかでちいさな波が起き、爪先がぴんと反り返る。どくりどくりと脈が激しく、体内が熱く濡れていった。

しばらくじっと抱きあい、荒い息をまき散らしていた慈英が、ぽつりと言った。

「……だめだ」

「うん……」

そのあとは言葉もなく嚙みついて絡みついてすごした。どこまでも臣は開いていき、応じるように慈英がそこを埋め尽くす。身体だけではなく、心がそうできているのだと知った。

夜が深く、長くて、朝がくることが信じられない。

臣の奥から蜜があふれていく。慈英が好きなだけすすり、貪ればいいと、すべてを与え、奪い合った。

＊　＊　＊

肩のくぼみにはまった臣の形よい頭を、慈英は飽かず撫で続けていた。

行為のあと、感極まったように泣きだした臣はそのまま眠ってしまった。うしろ髪はシーツのうえで激しく揺れたさまを表し、すこしもつれている。梳《す》いて流すと、しっとりしたそれが心地よく指に絡んだ。

ちいさく「んん」と臣がむずかって、起こさないようにそっと腕をはずし、起きあがる。うつぶせに転がった彼の目はすこし赤く腫れぼったい気がしたけれど、慈英にとっては完璧に整った造形だ。何時間でも眺めていたいと思い、これが消えるのが惜しいと感じた。

（そうだ）

残せないものなら写し取ればいい。単純な発想で、手近に紙がないかと探した。画材類はどうやらアトリエにまとめてあるらしく、取りにいく時間が惜しい。机まわりを探して見つけたのは、御崎《みさき》から送られてきた契約書のドラフトと、ボールペンだった。

ファックス用紙の裏でもないよりマシだと、下着だけを身につけた慈英は、バインダファイルを下敷きにして臣の寝顔を描きはじめた。角度のついた繊細な鼻。さらりとシーツに零れてたわんだ前髪のラインを追ううちに、強烈なデジャビュを覚える。

白い頬に影を落とす、長い睫毛。涙のあと。キスに腫れた唇――。

「……!」

頑丈《がんじょう》に封じこめた記憶の鍵が、いっぺんに音を立てて開いた。どっと流れこんでくる七年のできごとは強烈で、慈英の手が描きかけのスケッチを握りつぶす。おもむろに立ちあがると急な階段を駆けおり、急いでアトリエへと向かった。

描きかけのまま止まっていた絵に、思いのままの色を載せる。

空にうねるイコン。その四角い窓のなかに映るもの――慈英の作った世界のなかであれば、どこまでも飛んでいけと見守り、けれどそこから決して出しはしないと閉じこめたもの。

誰にも知られないように、わからないように、ぼんやりと描いたイコンのなかの人物は臣だ。それは慈英にとって、彼こそが聖像であり、崇めている対象だからだ。

ものたりなかったなにかが埋まっていく。すさまじいスピードで筆を滑らせ、パレットナイフを動かし、身体中に汗をかき、絵の具が散るのもかまわず描き続けた。

「……慈英?」

どれだけ時間が経ったのかわからなかった。ひっそりとかけられた声で振り向くと、こちらも下着のうえにシャツだけを羽織った臣が、じっと慈英を見つめている。

「描けたのか？　仕事、できた？」

部屋にひとり置き去りにされたことを責めるでもなく、臣は目を輝かせて駆けよってきた。慈英は無言でうなずくと、その手から筆がぽろりと落ちる。

「……結局、何度もこれで捕まる」

「え？　なに？」

絵の具まみれの腕で、慈英は臣の胸に触れた。そのままずるずると床に崩れ落ち膝を突くと、驚く臣の脚をかき抱く。腹に顔を押しつけると、臣は驚いていた。

「お、おい⁉　どうした？　また具合悪い……、慈英？」

がくがくと手が震えて、臣の脚に指が食いこんだ。痛むだろうに咎めることはせず、臣はゆっくりと慈英の裸の肩をさする。

「……泣いてんの？　どうした？」

なにも言えず、ひゅうっと喉から息が漏れる。感情が渦巻いて言葉にならず、どうにか口にできたのは臣の名前だけだった。涙など、物心ついてからろくに流したことがなく、しかもこんな勢いであふれるから、どう止めればいいのかわからない。

「おみ、さん。臣さん、臣さん、臣さん」

「うん、いるよ。いるから、そんな、怖がらなくていいって」

慈英にもうまく説明できないことを、臣はなぜかわかったようだった。ゆっくりと、わななく慈英の腕をほどかせ、自分もしゃがみこむと、泣きじゃくる男の頭を抱えこむ。

愛されていると実感させてくれる仕種に、やっと慈英の震えが止まった。熱のこもった息を吐き出すと、臣の手が慈しむように涙を拭うのにまかせた。

混乱がおさまると、ようやく舌のもつれがなくなった。長く息をついて最後の震えを振り払うと、慈英は「臣さん」と彼を呼んだ。なに？　と笑って臣は慈英の頬を撫で続ける。

「五日どころじゃなくなりましたね、離れてたの」

臣の手が止まり、目が大きく見開かれた。彼もまた、なにを言えばいいのかわからないように唇を開閉し、ほとんど聞こえないくらいの声で、おそるおそるつぶやいた。

「ぜんぶ、おもいだした……？」

慈英がうなずいたとたん、臣は飛びつくようにして抱きしめてくる。慈英もきつくその背を抱き返し、頬をすりよせ、唇をあわせた。長いキスをほどいた瞬間、慈英が告げたのは、あまり気がきいているとも思えない言葉だった。

「ただいま臣さん」

「……遅い！」

ふたりして泣き笑ったまま、抱きあって床に転がる。さきほどそうしたばかりなのに、全身で相手を感じたくて、肌という肌をこすりあわせ、手足を絡めてたしかめた。

「だだっ子の面倒をみさせてごめんなさい」

「そうだよ、おまえほんと、最悪だったから！　すげえ大変だったし、俺っ……」

「わかってる。ぜんぶ覚えてる。ありがとう。……愛してる」

もういちどキスをして、舌を絡めあわせた。無言のまま下着を引き下ろしても、臣も拒まず腰を浮かせる。まだ湿ったままのそこを探ろうとして、絵の具まみれの手に気づいた。

「手が汚れてるから、臣さんが開いて」

穏やかに告げると、赤い目をした臣はうなずき、慈英のそれを握りしめて自分のなかに導きいれた。さきほどの名残でぬかるんだ場所は、慣れた身体をやさしく包みこむ。

「んん、あ、あ……っ」

快楽を追うより、つながっていたかった。臣も同じようで、しっかりと慈英の腰に脚を絡めたまま、ふたりはじっと動かなかった。

「慈英のばか」

抱きあったまま、臣がかすれた声で言った。慈英は眉をさげ、ごめんなさいとささやく。

「俺すっげえいじめられた」

「好きな子いじめはセオリーだったんじゃないかと」

「さっさと東京帰ればよかったのに」

「死んでも臣さんのいないところはいやです」

死んでも、の言葉に臣がまた目を潤ませ、慈英は謝りながら目尻にキスをする。ごまかすようにゆっくりと身体を揺すって臣に声をあげさせた。

「も……すぐ、して、ごまかす……ずるい……っ、あ！」

身体を反転させ、臣を腹のうえに乗せる。ぺたりと脚を床につけた彼はさきほどまでの疲れで動けないらしく、やんわりと慈英を締めつけてくるだけだ。

腰を摑んでしたから揺さぶると、臣は唇を嚙んで声を殺した。背後には、あと一筆入れれば完成するだろうあの絵が見えて、自分の愛したものすべてを見つめながらのセックスは、慈英に背筋が痺れるような充足と快感を与える。

突きあげるたび目を閉じてちいさくあえいでいた臣が、次第に自分から腰を揺らしはじめた。身をよじり、こらえきれないように背中を仰け反らせて高い声をあげる。

「ああ……！」

臣のまとったシャツがばさりと拡がるさまは、まるで絵のなかのイコンの空を飛ぶ、鳥のようだった。ぐったりと崩れ落ちてきた身体を抱きしめ、慈英は息を切らしている臣の耳にキスを落とし、ささやきかけた。

「臣さん、お風呂、入りましょうか？」

「うん……」

「それから、やっぱりあのスケッチは返して」

「え……なに……？」

余韻の残る濡れた目をしばたたかせ、臣はなんのことかと首をかしげた。腰を持ちあげてゆっくりとつながりをほどくと、互いの汚れた身体はシャツでざっと拭う。

慈英は臣の手をとって立ちあがらせ、逃げないようにと手を握りしめた。

「隠してあるでしょう。臣さんを描いた絵。あれがあったら、さっさと記憶は戻ったはずなので、保険にちゃんと持っておきます」

「え、や、やだよ。だいたい保険って、なんでそんなの言いきれる――」

「描いたとたんに思いだしたからです」

にっこりと笑って告げた慈英が「だから返してください」と、有無を言わせぬ調子で念押しすると、臣はぐっと唇を噛みしめた。

「だめでもいいですよ、また描きますから。七年ぶんのストックはここに戻ってきたので。画家の記憶力はたしかです」

額をとんとつついて言えば、臣はじっとりと恨みがましい目で睨んできた。

「たいした記憶力だよ。まるっとひとのこと忘れて」

「だからそうならないように、返してほしいってお願いしてるんですが」

「屁理屈こねんな、ばか慈英！　ひと泣かせておいて開きなおるな！」

真っ赤になって摑みかかり、怒鳴る臣に、慈英は声をあげて笑った。全身であまえきっているからこその乱暴な態度と素直じゃない言葉に、胸がやわらかに潤んでいく。

拗ねたこの顔が見たかった。遠慮もなく言葉をぶつけ、ひどいと怒る、臣にとってそれは慈英にだけに向けた無防備な信頼だからだ。

「全員にちゃんと謝ります。臣さんにもね、一生かけて償うから」

暴れる身体を捕まえ、額に口づけたとたん、臣はふっと表情をあらためる。

「じゃ、あの。いっこ、交換条件つける」

「なんなりと」

真剣な顔をする臣に、慈英も徐々に笑いをほどいた。何度も言いにくそうに唇を噛み、深呼吸をした。

「に、入籍したら、返す」

今度は慈英が固まる番だった。ぎゅっと力をこめて手を握ってくる臣は真っ赤になり、言葉を重ねる。

「もう関係ないって言わせたくない。次におまえが忘れたら、養子縁組の届書突きつけて、おまえの父親だって言ってやるから、だから——」

臣の頭を抱えこみ、慈英は彼の言葉を止めさせた。そうでなければまた、せっかく止めたはずの涙があふれそうになったからだ。

「だから、泣くなってば、ばか」

肩の震えで手遅れだったとばれたけれども、屈託なく臣の笑う声が聞けたから、もうそれで充分だった。

＊　＊　＊

七月の終わり、鹿間が退院したという知らせが照映からもたらされた。ひどい怪我を負ったものの、幸い後遺症は残ることはないらしい。

『ただし、あいつはこれからが大変だろうな。小池の会社の従業員から、損害を与えた件で訴訟を起こされたらしい。ほかにも、今回の取り調べのおかげで過去を思いだした何人かが、便乗して訴えるって話もあるとさ。気の毒に』

「気の毒なもんかよ。慈英巻きこんであんな目に遭わせたのあいつだろうが。命助かっただけありがたいと思えっつうの」

駐在所に充満する勢いで臣が毒を吐くとそりゃそうだ、と照映はからから笑った。

『まあでもよかったな。雨降って地固まるってやつか』

「雨っていうか、大雨警報の土砂災害って感じだったけどな……」

記憶が戻ったことを告げたとき、照映はほっとしたように何度も『そうか』とつぶやいていた。彼の描いた『ネオテニー／幼形成熟』は、いまは無事に臣の手元にある。

だが、慈英の習作はやはり、いくら捜査しても見つかることはないままだった。

『島田さんがしばらくは継続捜査していくけど、やっぱむずかしいだろうってよ』

「うん……しかたないかもな」

『なんだ、あっさりしてんな。あきらめたのか？』

拍子抜けしたような照映の声に、臣はくすくすと笑った。

どうにか手元に戻してやりたいと必死だったけれど、それを「べつにいりません」と一《いっ》蹴《しゅう》したのは、ほかならぬ描いた本人だ。だが理由は、彼がかつてのように、どうでもいいと思ってうち捨てているわけではない。

――臣さんと知りあう以前に描いた絵なんか、俺のなかで意味はないんです。

先日描きあがったばかりの空色のイコンの絵が、どういう意図で描かれたかまでを教えられては、臣ももうこだわる理由をなくしてしまった。

「慈英がするなっていうから、もういいかなって」

ちなみにそれを教えてくれた日、慈英はなぜか頬に手形をつけていた。和恵は宣言どおり、詫びをいれた慈英を容赦なく、『ボコった』らしい。それを話すと、照映はまた大笑いしていたが、突然その電話は誰かに奪われた。

『ねえねえ臣くーん。まさかと思うけど、一発やったら記憶戻ったとか言わないよね』

電話を奪った久遠の第一声に、微妙に違うとも言いきれず、臣は顔をしかめた。

「……ご想像におまかせします」

『え、つまんない。もっと詳しく……あっなんだよ、おまえだって訊きたいだろ』

「切りますよー。それじゃー」

電話の向こうで言い争う声がする。顔は上品できれいなのに、久遠は下世話なシモネタが好きなのだろうかとあきれながら、宣言どおり臣は電話を切った。

文昭が破壊し尽くした駐在所のなかは、まだ一部、修理が終わっていない。だがどうやら夏もすぎて辞令がおりないところを見ると、当面ここで働かなければならないらしい。

「さて、じゃあきょうもお仕事しますかね」

制帽をかぶり、自転車の鍵を持って、臣は外へと向かう。

蝉時雨が夏影を揺らすように降りそそぐなか、走り出す自転車が風を切る。

道の向こうに、背の高い恋人の姿が見え、臣は彼に向かって大きく、手を振った。

あとがき

短編集からは八カ月ぶりですが、完全新作書き下ろしとしては約四年ぶりの慈英×臣シリーズ。じつはこの本が、ルチル文庫で三十冊目の刊行物となります。

思えばルチル文庫創刊の第二弾ラインナップが『ひめやかな殉情』でした。その後、ノベルズの大改稿文庫化となった『しなやかな熱情』、そして舞台を今作と同じ山奥に移しての『あざやかな恋情』と発行していただき、この三部作で一応のひと区切り、と当時のあとがきで書いていたのですが、けっきょくはこうして続きを書かせていただけることとなり、本当にありがたいなあ、と思っております。

そして不思議なことにノベルズ版『しなやかな熱情』から、続編であるルチル文庫『ひめやかな殉情』までが四年、『あざやかな恋情』から今作『はなやかな哀情』までが、これも四年という区切りになっていて、なんの符丁なのかしら、と不思議に思っています。

とはいえ、今回の四年は、完全なブランクではありませんでした。

ドラマCDとして『しなやかな熱情』から『あざやかな恋情』までの三作＋短編である『さらさら。』が、書き下ろしシナリオもくわえて単独でCD化されるなど、小説新作としては動かないながらも、このシリーズとはずっとつきあい続けてきました。

そして昨年には、照映が主役となる『インクルージョン』、趣味で書きためた短編＋書き下ろしをくわえた『やすらかな夜のための寓話』も刊行していただき、それらすべてのエピソードが、今回のこの話につながっています。

今回は、記憶喪失という、物語としては本当にオーソドックスな題材を使いましたが、ある意味では、もういちどはじめから、のお話になっていると思います。

途中途中、フラッシュバック的に出てくる台詞や慈英の夢などは、前述の作品たちのなかで起きた出来事ほかを踏まえており、あえて今作中では詳細な説明をしておりません。これもシリーズ作ならではというか、読み続けてくださる皆さんがいてこそできた話でありますが、この話ではじめて慈英と臣に触れた方には、ちょっとわかりづらいかもしれません。

趣味で短編『さらさら。』を書いてから足かけ十年もの間つきあい続けているのは、じつのところこのシリーズのみ。そして幸いなことに、このさきもまだ続いていきそうです。

初ノベルズよりイラストを担当いただいている蓮川先生、ご多忙のなか、いろいろとご迷惑をおかけしましたが、臣ハーレムカットと弓削が最高に素晴らしかったです。そして久々の鬚なし慈英に制服臣も堪能させていただきました！

担当さま、毎度ご迷惑をおかけしておりますが、今回もお世話になりました。すぐ次にアレが控えておりますが、頑張ります……。それからチェック担当Rさん、今回も本当にありがとう。書きすぎて減頁する相談につきあわせたSZKさんも、ありがとうありがとう。

最後に、このシリーズを読み続け、愛でてくださる読者の皆様、これからも慈英と臣をよろしくお願いいたします。

✦初出　はなやかな哀情……………書き下ろし

崎谷はるひ先生、蓮川愛先生へのお便り、本作品に関するご意見、ご感想などは
〒151-0051 東京都渋谷区千駄ヶ谷4-9-7
幻冬舎コミックス　ルチル文庫「はなやかな哀情」係まで。

幻冬舎ルチル文庫

はなやかな哀情

2010年8月20日　第1刷発行

✦著者	崎谷はるひ　さきや はるひ
✦発行人	伊藤嘉彦
✦発行元	株式会社 幻冬舎コミックス 〒151-0051 東京都渋谷区千駄ヶ谷4-9-7 電話 03(5411)6432[編集]
✦発売元	株式会社 幻冬舎 〒151-0051 東京都渋谷区千駄ヶ谷4-9-7 電話 03(5411)6222[営業] 振替 00120-8-767643
✦印刷・製本所	中央精版印刷株式会社

✦検印廃止

ISBN978-4-344-82027-2　C0193　Printed in Japan